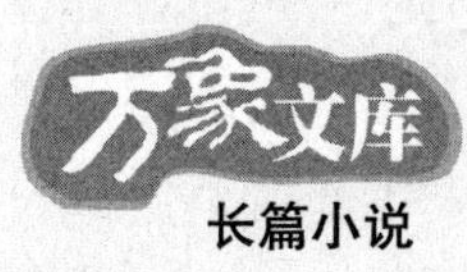

长篇小说

一个女孩破茧成蝶的成长故事

平行时空里的爱

Invisible Love

陆梅华　著

人民日报出版社

图书在版编目（CIP）数据

平行时空里的爱／陆梅华著．—北京：人民日报出版社，
2015.11
ISBN 978－7－5115－3454－5

Ⅰ.①平… Ⅱ.①陆… Ⅲ.①长篇小说—中国—当代
Ⅳ.①I247.5

中国版本图书馆 CIP 数据核字（2015）第 274018 号

书　　名：平行时空里的爱
著　　者：陆梅华

出 版 人：董　伟
责任编辑：王　怡
封面设计：中联学林

出版发行：人民日报出版社
社　　址：北京金台西路 2 号
邮政编码：100733
发行热线：（010）65369527　65369846　65369509　65369510
邮购热线：（010）65369530　65363527
编辑热线：（010）65363532
网　　址：www.peopledailypress.com
经　　销：新华书店
印　　刷：北京天正元印务有限公司

开　　本：710mm×1000mm　1/16
字　　数：253 千字
印　　张：15.5
印　　次：2016 年 1 月第 1 版　　2016 年 1 月第 1 次印刷

书　　号：ISBN 978－7－5115－3454－5
定　　价：46.00 元

目录

第一章　初遇（一）

华秋和坐在图书馆一楼的阶梯上，透过玻璃窗看着寒风中的小树林，仿佛能听到湖边柳条嘎嘎的脆响。

再过几个小时她就可以飞回南城了。

十年的祈祷，会把星和等回来吗？

十年心如素，身如玉，只为他一句，十年后我会回来的。

那甚至算不上一句承诺，而且，那时他才13岁，她也才12岁。可她竟等了十年。

重逢的幻想，千变万化，只是不离他——木星和。

会不会与他在飘满落叶的枫林偶遇，在开满紫荆的树下相拥，或在竹丛掩映的小溪边光脚嬉戏？

即使他的面貌在梦中渐渐模糊，她却相信见到他的第一眼，一定能认出他来。

只是，梦了十年的人，他的梦里可有我？

回城时间愈近，她就愈像面临审判一般，恐慌地从暖气充盈的图书馆逃到寒风里。

人工湖的石山群，一个十来岁的男孩迎面跑来。他的步子很急，就好像朝着某个终点冲刺。石板路还算宽敞，不知道男孩为何撞了她一下，而且也没有停下道歉，反而以更快的速度绕道跑开。秋和只觉得这孩子有些鲁莽，但也只是被碰了一下腰，无关痛痒，便未十分在意。

初雪不期而至。

第一朵雪飘到脸上时，她以为是做梦。她闭上眼睛嗅了嗅空气中的清凉，啊，初雪真的来了！星和也会回来的！小树林响起少女梦幻的笑声。她像只欢快的狐狸摇落树上的薄雪，在红果树下一遍一遍地祈祷，让我再见见他，哪怕只有一次！

她不经意回头，发现一个陌生男人目不转睛盯着她笑，尴尬地朝另一个方向跑开。

雪渐厚渐滑，让她失了重心，身体沉沉地就要亲吻雪地。就在这时，那个陌生人迅敏地跑过来，把她拦腰抱住。

华秋和惊慌地抬起头，看到那个男人又在目不转睛盯着她，眼里充满玩味的笑意。

她羞愤地抓住他的手臂努力站了起来，用力推了一下，挣脱他的怀抱。

他并没有生气，两个小酒窝依旧笑得浪荡。

秋和没有道谢，仿佛他贪婪的眼神冒犯了她为星和珍藏的秘密花园。

“喂，你不要你的钱包了吗？”

身后传来那个男人焦急的叫喊。

秋和摸了摸外套的口袋，停下脚步。钱包真的不见了！这时她已火冒三丈了，这个莫名其妙的男人居然偷了她和星和的照片！

她怒气冲冲走到他面前，狠狠地命令道：“快还我钱包！”

那个小酒窝笑盈盈地把钱包在她面前晃了晃，待她伸手去要时却把钱包收了回去。

“快还我，你这小偷！”她气愤极了，心想真是人不可貌相，这么衣冠楚楚的一个男人居然会偷钱包！

他却突然大笑起来，边笑边摇头，似乎她说的话很荒谬，指着自己一身名牌，说：“你仔细看看，仔细看看，我哪个地方像小偷，我想要什么还需要偷？”

她打量了一下他，在他夹克的左肩上看到一只雄鹰一样的图案，里面写着GA两个字。哦，阿曼尼啊！阿迪达斯还不是满街都是嘛！

看到自己的证据没有说服力，他叹了口气，换了平静些的语气说："我真不是小偷，我是名退伍军人，刚才在街上遇到一个小偷偷了我的Iphone，我把他逮住了，还缴出他偷了的钱包，真的，就刚才，就在校外金城路上。"

这一长串话让她感觉他口音有点像南城人。或许是老乡，那就给他个机会解释。

她追问："那你不认识我，怎么找到我的？"

"这叫有缘千里来相会啊！"那两个酒窝溢满自恋。

谁要和你相会啊!？她警惕地看着他，趁他又开始目不转睛看着她的脸时，伸手抽回钱包便转身跑开。

只听身后喊道："喂，真不是我偷的。刚才是不是有个新疆小孩经过这里？"

她想起刚才那个漂亮的小孩，转过身将信将疑问他："真的是你帮我拿回来的？你不是小偷？"

"当然不是！你不信看看，钱包没少东西吧？"

她拿出钱包翻看了一下，她和星和的照片还在。那个男人也凑过来看，还问："这男孩是谁啊？有点面熟。"

你是谁啊，凭什么告诉你关于星和的事啊？她快速合上钱夹，很不友好地回了一句："谢谢，再见！"。

"请等一下！不好意思，我有个不情之请？请你一定不要拒绝好吗？"

南城！他也要回南城。这两个字让秋和倍感亲切，又听到他连续用了两个"请"字，一副诚心诚意祈求的模样，虽然没答应，但也没拒绝，只是默默踩着雪朝人工湖旁的小山走去。

男人亦步亦趋，还快活地吹起口哨。

秋和还没试过和男人这样在雪景中散步。

如果星和在，一定要和他打雪仗，堆雪人，吃冰激凌……她想。

"你叫什么名字啊？"

男人的声音打断了她纷飞的思绪。

“雪婷。”

“真是人如其名啊，雪中站立的亭亭少女！”

她不以为然地看了他一眼。

“你怎么不问我叫什么？”

“有必要吗？你可能也会随便编个名字。”

“怎么名字也可以编的吗？”

“当然了。雪婷就是我胡编的名字。”秋和微微扬起嘴角，露出狡黠的表情。

小酒窝又笑嘻嘻地说：“你真是厉害啊，随便编都编得那么好听。”

“你比较厉害，我随便编的你都能解读得这么好。”秋和快速扫了他一眼，又长又翘的睫毛扑闪间，双眼清澈灵动。

“你说话真有意思。你的口音怎么那么熟悉，你是不是南城人啊？”

这从天而降的“跟屁虫”，似乎没觉出我不待见他嘛。秋和自顾向前走，淡淡地点了点头。

“真的是啊？”林小语兴奋道：“我也是南城的！”

秋和面无表情扫过那张其实还算帅气的脸。

“我们在南城没有遇见过，却来到这千里之外的西北相遇，真是有缘千里来相会啊！”

秋和表情清冷，男人的热情却继续沸腾着，完全不介意她的冷淡。

“你是我走出军营后接触的第一个女孩，嗯，真好！”他有些自言自语道，望着天空微微笑，像是在筹划着什么。

山脚下冰湖剔透，雪桥晶莹，柳枝缠雪，到处银装素裹，美不胜收。

“对了，其实你叫华秋和，是吧？”小酒窝有些得意地说。

“你怎么知道我名字？”秋和又警惕起来，觉得自己的信息被人窥探了。

“你钱包上看到的呀。我叫林小语。很高兴认识你！和妹妹。”

“你叫什么？”秋和转过身，紧紧地盯着他。

“和妹妹啊。怎么，这么叫太亲密了？”

“不是，你说你叫什么？”

“林小语。树林的林，小人的小，无语的语。”男人自我感觉幽默地笑着，脸上的酒窝一起一落。

“林小语?”秋和惊讶中脸上露出一丝惊恐，望着他，仿佛他是个可怕极了的人物，眼神跌进深深的洞穴，困在其中。

第一章　初遇（二）

林小语三个字把华秋和的记忆带回了童年。

山林间，寂静的青草坡上，蒲公英点点。她和星和肩并肩坐在一座坟边。

“星和，你在想什么？”

“想害死爸爸的那些人。等我长大，我一定要找他们报仇。”

星和眉头紧蹙，拳头紧握，小小的脸上现出和年龄不相称的怨怒。

“他们是谁？”

“是林小语的爸爸。”

“林小语又是谁？”

“是我曾经最好的朋友。可是他说妈妈是狐狸精。我们现在是敌人了。”

松树飒飒作响，星和清澈的双眼写满幼嫩的忧伤。

眼前这个林小语，碰巧也是南城人，会不会就是星和的仇家呢？

“喂，怎么样？我很帅吧？”看到秋和一直盯着自己看，林小语得意地自恋起来。

秋和并未理会，依旧沉浸在自己的思绪里。星和说过，他会找林家算账，那这个人会不会有星和的消息呢？可如果他真的是星和仇家，是不是不该和他有接触？十年杳无音讯，秋和真的无法确定要怎样做才是对星和好，不禁眉头紧皱。

“怎么了？”林小语看到她瞬息万变的表情很是疑惑。

“哦，没什么。应该是同名同姓而已。再见啊！”说着往山上走去。

“哎，去哪里，不是给我做导游吗？”

秋和坚决道：“不行，你别再跟着我，我不和林小语做朋友。”

“为什么呀？为什么不能和我交朋友？”

林小语步步尾随，一路不停追问。秋和只是沉默，不理他，只是嘴角露出狡黠的微笑，心想：哼，跟着吧，我自然有办法甩掉你。

小山虽然不高，却很陡峭。石阶小道蜿蜒曲折，林小语仍紧跟着秋和。覆雪的道上留下一长一短的浅脚印，就像跳动的音符。

爬到山顶，林小语惬意地舒了一口气，呼出的雾气融在雪气里，和蜻蜓落在荷花瓣一般轻柔。从山顶环顾四周，一片晶莹剔透的世界，想想回到南方就很难再看到这样的美景，林小语不禁感叹不虚此行。

再回头时，却发现秋和已不在身边。山坡上赫然出现一条滑痕，一带白雪中露出崭新的黄土小路。这女孩居然玩起了滑雪！眨眼间，她已经滑到半山腰，一旁的灌木丛惊起十几只麻雀，星星点点落在雪白的松枝上。

林小语往坡下看去，不由心里一紧，这本可以是个安全的小滑道，一路没有什么草木阻挡，但是山脚下就是人工湖，一路没有什么东西遮挡，女孩会一路滑到湖里的。

林小语立刻一跃而下，半蹲下身子，扎稳脚子，拦腰抱住女孩。坡陡雪滑加上惯性，二人向下滑的速度越来越快，眼看离湖越来越近，秋和惊恐地闭上眼睛。这时林小语抱紧女孩，用力往后侧仰，躺倒在地上，双脚用力穿透雪层顶住泥层，两人有惊无险停在山脚与人工湖间狭窄的小道上。

女孩惊魂未定地睁开眼睛，发现自己正趴在林小语身上，双手还紧紧搂着他的脖子，尴尬地松开手。她原本只是急着要甩掉这半路出现的狗皮膏，谁知道会遇到这样的危险。

林小语心想她一定是对自己敏捷的身手钦佩万分，对自己英雄救美感激得说不出话来了。

没想到女孩只是红着脸着急道：“你还不放开手？”

林小语这才慢吞吞松开手，拍着身上的雪和黄土，时不时往女孩脸上看去，见她红粉的双颊，默认是女孩子有意于自己的表现，不禁暗暗得意。

咚咚咚……

图书馆钟楼幽远的钟声自参天古树间传来。

“糟了，三点了!”女孩焦急地说道，“我要走了，再见!”

林小语看她又要走，又是不舍又是焦急，说不出再见，又苦于不知找什么理由继续跟着人家女孩，巴巴看着她走出十来米远，情急之下，喊道：“喂，我救了你两次，你都不感谢一下就这么走啦?”

女孩头也不回地说：“谢谢！再见!”

走了两步突然又大声喊道：“不对！不再见！不要再见了!”话音刚落人已抄小道走向树林外的主干道。

“你说什么？为什么不再见?”秋和的话让林小语感到很不解，正要追问，突然发现雪地上有张红白相间的卡片，应该是她掉的，便捡了起来看，居然是一张飞机票！5点飞往南城的飞机票。

“喂，你的飞机票!”

这时那女孩已经坐上校园观光车，扬长而去了。

林小语心里着急，她丢了飞机票怎么回家呢？自己买的恰好是五点的火车票，从这里到机场要一个小时。送票给她再返回，一定不够时间了。

林小语在校园观光车上思量着，难道自己也要“飞”回南城？

这个念头让有恐高症的林小语顿时感到一阵晕眩，手心冒出了冷汗。

可是如果就这样断了线索，以后可能就见不到女孩了。想到这他好像犯了热病一般，把他烧灼得难受非常，好像见不到女孩，这股热病就褪不去了。

第二章　机场寻芳

机场大厅人头攒动。

秋和独自坐在巨大的大理石柱下，显得有些孤寂。

她看了看四周，柱子后面有一对旁若无人拥吻惜别的情侣，斜对面的花径旁三四个女生嘻嘻哈哈笑成一团，对面的柱子下坐着一对手牵手相依而坐的老夫妇。她被这“执子之手，与子偕老”的画面所吸引，凝神欣赏。那位老太太似乎发现了这位观众，对她报以微笑。这陌生的一笑让秋和感到暖暖的，仿佛一道亮光，领着她的记忆穿越时空隧道，落在一个十岁男孩的脸上。

在那芒树成林的山村小学里，课间孩子们成群结队嘻嘻闹闹。秋和独自坐在一旁的长椅上羡慕地看着同学们，安静而孤独。这时，一个陌生男孩走了过来，在椅子另一端坐下。他们都看到了对方，但没有说话，只是安静地看别人玩。过了几分钟，或许是渐渐感受到彼此同样的孤独，两个孩子互相看了看，相视而笑。那个下午，那棵老梅树旁，树影斑驳的长椅上，那个叫星和的男孩……

秋和对着巨白的天花板微笑，星和的样子清晰起来。高挺的鼻梁，清澈的大眼睛，标准的国字脸。现在想来，他在孩子中是一等一的“帅哥”，难怪当老师把他领到她面前与她同桌时，女孩们眼中是毫不友好的嫉妒。

“你好！我叫星和！”男孩伸出右手要和她握手。

秋和愣愣地看着他，这个小绅士打招呼的方式让她感到又新奇又尴尬。村里的男孩向女孩伸手的情况向来只有打架时才能看到。男孩女孩桌上总隔着“庄严”的三八线。男孩女孩各玩各的，就是放学路上走了同一条小路也会就“路权”争吵一番。孩子们的明规则就是要对异性充满敌意，否则就不合群。可这个新来的同桌居然要和她握手！她从来形单影只，既不受女孩欢迎，也未得男孩容纳。但孩子们的规则还是“威慑”着她，让她迟迟不愿伸手，只是低着头难过，为自己让他尴尬难过，也为自己会错失这唯一的朋友难过。

如果现在他走到我面前，伸出手对我说：你好！我是星和。我一定不顾一切，一头扎进他怀里！

突然一阵哨声刺穿耳膜，那些画面都消失不见。

只见平地电梯上一个男人拖着行李箱狂奔，嘴里含着个口哨，按“一，一，一二一”的节奏吹着。在候机中百无聊赖到疲倦的人们，不约而同瞧向这个奇葩，一副终于有好戏看了的表情。秋和嫌恶这噪音扰了回忆，也伸脖子看看这讨厌鬼到底是谁。

那男人冲进人群，放下哨子大声喊道：“和妹妹，和妹妹，我来了！”

秋和定睛一看，又好气又好笑。

居然是林小语！他还真是块狗皮膏药，怎么甩都甩不掉呢。

秋和躲到柱子后面，想在林小语发现她之前去安检，彻底摆脱这个瘟神。

可才走出两步，林小语就横在她面前，手里晃着张红机票，气喘吁吁地说：“秋和，你的票！”

“你怎么来了？”秋和没好气地问。

“你的机票丢在雪地里了，我捡到了就马上给你送过来了。给！”林小语把机票递给秋和，以为她会激动万分地接过机票再感激涕零地给自己一个拥抱。没想到她只是面无表情地接过机票，冷冷地说：“谢谢，再见。”

“你这人怎么这样啊，说走就走啊！你看，我为了给你送票，把火车的软卧票都浪费了。我现在回不去南城了，你，你要为我负责！”林小语张着双臂挡住她的去路，一副赖定你的模样。

秋和看了看他手中的软卧票，有些过意不去。虽然他不送机票来，自己一样凭身份证办好了登机手续，可是人家毕竟是因为她耽误了行程。

“那你想怎样？”

“我要和你一起坐飞机回南城。”

“那就走吧！”

林小语开心地咧着两个酒窝跟着秋和去坐飞机，谁知道到安检口秋和进去了，他就被拦在外边。

“先生，请出示登机牌。”

安保这么一问，林小语自己拍拍脑袋瓜说：“哎呀，就顾着给你送机票，我自己还没买机票呢！”

离飞机起飞只剩30分钟了，谅你也上不了飞机。

秋和在安保背后偷偷笑了，冲林小语摆摆手：“我在飞机上等你，不见不散哦！”

没想到林小语真的又含起口哨，按“一，一，一二一”的节奏吹起来，果然又成功吸引了人群的目光。

真丢脸。不知道这人又要搞什么鬼。秋和实在不忍再看这现世宝，还是赶紧上飞机清静清静。

拒绝和星和握手，就意味着继续孤独了吧。

那天她是闷闷不乐回家的。秋和窝在飞机靠窗的座椅上，一闭上眼睛回忆又像电影般播放。

“星和！野孩子！星和！野孩子！”走到家附近的小商店秋和就开始听到男孩们的喊声，兴奋而欢快，仿佛在玩什么新鲜的游戏。

秋和心里咯噔一下，飞快跑上前去。

七八个男孩把星和团团围在中间，嘶声力竭地吼着“野孩子”。小孩子有时候是这样天真得残忍，只是出于好玩而结伴攻击一个新来的，却不知道自己会带来怎样的伤害。

秋和看到星和紧握着拳头，强忍着泪水。

她吹了个口哨，一只大黑狼狗从她家跑出来，冲那几个男孩狂吠。

看到大狼狗，七八个男孩一哄而散，撒腿跑了。

“丽莎！”见到他们离开，秋和摸了摸狼狗高高的背。“别叫了，这是我的朋友，星和。”

星和却生气道：“不要你帮我！”说着往隔壁邻居家走去。

原来他就是木阿姨说的外甥！

秋和跟上前挡在他前面说：“你知道他们怎么叫我吗？”

星和定了定说：“怎么叫？”

“他们也叫我野孩子。”

“为什么？”

“我不知道。我爸妈说他们是不懂事的小屁孩。”

“我爸爸没了。”星和幽幽地说，“不然，也不会有人敢这样欺负我。”

“你爸爸，你爸爸怎么没了？去哪了？”秋和关切地问。

“没了就是死了的意思，笨蛋！”星和瞪了她一眼跑回木阿姨家了。

秋和难过地站了好一会儿才回家。她想，星和又不理她了。

第二天音乐课，老师带着同学们为六一儿童节排圈圈舞。老师说小朋友们可以自己找小舞伴。秋和一听就跑到乒乓球台下躲起来。她最怕这样的活动，因为每次当同学们都找到如意小伙伴时，她总是被孤零零地留在一旁。这次，她感觉自己又要落单了。她蹲在乒乓球台下，希望音乐课快些结束，希望老师不至于眼尖发现她偷溜，又把她揪出来让全班同学看着她哭鼻子的样子嘲笑她。

就在她伤心不已时，一只小手伸进来，她听到有人说：“你愿意做我的舞伴吗？”她抬起头，是星和！那个小绅士再次伸出友谊之手，把她从暗无天日的桌底下拉了出来。

第一次的牵手，充满温暖和感动。

秋和坐在飞机上回忆着，和那个幸福的小女孩一起微笑。

“姑娘，麻烦你帮我看看我的座位是这里吗？”

秋和抬起头，一位六十来岁的老人家拿着登机牌向她求助。

她接过一看，微笑点点头。老人家正要坐下，突然从他背后冒出个人截住登机牌，嬉皮笑脸地说：“爷爷，您的位置在那边，我扶您过去啊！”

林小语！他真上飞机了！这会又忽悠这老人家想玩什么呢？

难道他还要赖在我身边？

不一会林小语果真回来了，得意地坐到秋和旁边。

哼，坐吧。你自厚颜无耻，我自冷若冰霜。秋和打定主意不理他，望向窗外。

“喂，我凭着三寸不烂之舌还有不到黄河心不死的毅力才终于可以和你坐同一趟飞机，和妹妹你就不感动一下？”

林小语不满地聒噪着。

秋和没理他，心里偷笑：应该是凭一堵城墙般的脸皮吧？真好意思给自己戴高帽！

“你都不知道，我为了你，都晚节不保了！你知道吗？我从来没有滥用过军人的权力，今天却吹着哨子满大厅喊着军人优先军人优先插的队！你不知道买好票后，有个老大爷瞪着我的背影大骂：这种人，真给解放军丢脸！”

秋和听到这滑稽片段，也忍不住觉得好笑，但强忍着，不想向他敞开话门。

“你这小姑娘真没意思。”林小语见秋和总不说话，把双手叉在胸前，无奈地摇摇头。才停了几秒，就又忍不住继续聒噪。

“喂！我是不是欠你的？我帮你把钱包从小偷身上拿回来，容易吗我？我也是经过一番打斗才制服那小鬼的。我还千辛万苦跑去你们学校，在茫茫人海中，居然一下就找到你。你都不觉得这是缘分吗？哎，你看，为了你，我还舍弃我的软卧，千里迢迢来陪你坐飞机。你知不知道，我有恐高……”

恐高症几个字没说完，林小语突然发现飞机已远离地面，顿时冒出一身冷汗，头皮酥麻，不由自主一头扑进秋和怀里，双手紧紧抓住她的双腿。

“喂，你干吗？”秋和本能地把他推开。

林小语双眼紧闭软瘫在座位上。秋和发现这个情绪亢奋滔滔不绝的家伙瞬间脸色苍白。

“大叔，你没事吧？”突如其来的变化让秋和感到有些害怕。

林小语迷迷糊糊呢喃道：“我没事。没事。一会就好。”说着努力睁开眼睛，可一瞥见地面蚂蚁一样的楼房他就又崩溃了，又扑通趴在秋和腿上，心中暗叫不好，自己的英雄形象算是全毁了！

“我以为军人都很骁勇，没想到还需要我这小女子保护啊?”秋和忍不住笑了。

听到这挑衅男子气概的话，林小语猛地坐起身，眼睛怎么也不敢往外看，闭着眼睛说：“我第一次坐飞机，晕机!”

“你看窗外的云啊，可美了，看看就不会晕了!”

秋和这么一邀请，林小语怕再不起来自己的形象就没救了，只好紧握拳头硬生生抬起头来。

飞机平稳地穿梭在厚厚的云层间，这里的云和地上看到的轻飘飘的云完全不一样，就好像出去翻个筋斗也不会掉下去。白色云团，千姿百态，有的像云山，有的像云湖，有的像亭台楼阁，云层深处仿佛别有洞天，当真美轮美奂，神秘莫测。

林小语却哪里有看云的兴致，才往外看就欲呕吐，瞬时脸色苍白，一下又扑到秋和背上。

“大叔，你还真的恐高啊？怎么考上军校的啊?”秋和半是可怜半是嫌弃。

林小语头昏脑胀，整个人都不舒服，也顾不上形象了，像个孩子靠在妈妈怀里一样赖着秋和。

秋和原本很烦这个人，可见他这可怜的模样，又同情起来，安慰说：“好啦，没事啦，两个小时就到南城了。”

林小语依旧沉默。他实在是想不出能说出任何挽回形象的话语了，只装着晕睡。

虽然难受，他倒是很享受在秋和怀里的感觉。

靠着靠着，居然还真进入梦乡了。

少女的体香。嗯，真令人沉醉。好粉嫩的双颊，娇艳欲滴的双唇。和妹妹，好妹妹，亲一下！林小语嘟着个嘴正要亲下去，突然感觉自己被人推了一下，他猛地惊醒过来，发现自己嘴里含着一个小面包，秋和正瞪着他。

“你干吗张着个嘴巴一直流口水？是不是饿了?”

林小语窘窘地抹了抹嘴巴，还真是湿了一片。

这下糗大了。

“饿了，就吃饭吧。我把窗拉下来了，现在和坐汽车没什么两样，不会晕了。”

林小语拿起勺子，还在回味刚才的梦境。怎么是梦呢？感觉好像真的一样。明明就闻到了少女身上的香味啊。啊，秋和的味道。他深吸一口气，啊，真想再闻一闻。

林小语盯着秋和看，哎，还真是粉嫩啊。怎么是梦境呢。

“大叔，你不是又晕吧？”秋和看他呆傻的样子关切道。

他过了半晌才突然来了句：“其实，其实我是第一次坐飞机。这也怪你，如果不是追你，我恐怕永远都不会坐飞机的。哎，你倒好像很有经验一样。”

“上学一直坐飞机啊。”

“现在的大学生都那么奢侈吗？”

奢侈？秋和听到这个词心里猛然一震。她从未想过这个词会用在自己身上。出身农村，家境平平，她平时生活也挺简朴。每学期的机票其实都是秦伯父买的。林小语这一“奢侈”，让她第一次反思接受秦伯父的帮忙是否合适。爸妈连辆摩托车都没有，自行车都破旧不堪，自己却心安理得享受秦伯父提供的舒适。

秋和眉头微蹙，林小语便感到一阵心疼。仿佛她皱眉的一瞬，内心就被牵动起来。天啊，这个女孩怎么连多愁善感的模样都那么惹人爱呀？

“你怎么了？怎么突然不开心？是不是我说错什么了”

秋和摇了摇头，说：“没有。我只是想，什么时候我才能自己给自己买机票。唉，这飞机票只是有钱人的施舍。”秋和说着叹了口气。

“有钱人的施舍？”

“是啊。真是悲剧。我居然接受了权贵带来的舒适和优待。”

林小语听了，脑海里立刻联想到关于大学生给有钱人做情人的一些八卦新闻，忧虑地问道：“这位有钱人，不会是你的情人吧？”。

“你思想怎么这么龌龊。当然不是！他是我父亲的朋友。从小就喜欢给我买这买那。”秋和气着解释。

“哦，那就好。”林小语如释重负道。

“不过这是我最后一次接受他的施舍。大四毕业了，我要靠自己了。”秋和严肃地发誓。

“是啊。工作了就好了吗。我回去也要找工作的，真是巧啊，呵呵……哎，我陪你找工作好不好？你去哪里工作我也去！”窗一拉下，林小语果然又恢复了精力，像只青蛙开始聒噪个不停，言语中闪现着难掩的热情。

女孩却突然沉下脸来：“不，下飞机后我们最好不要再见面了。”

“为什么？你已经第二次说这句话了。”林小语追问。

秋和皱了皱眉，说：“因为你叫林小语。”

她压低的声音被广播淹没了，林小语并没听清。

“旅客朋友们，前方马上到达南城国际机场……”

“怎么那么快啊！”林小语埋怨道。飞机不快那还叫飞吗？不过和喜欢的人在一起总是会嫌时间飞逝。

飞机在南方的黄昏徐徐降落。华灯初上，南城的气温比北方暖和，但是湿冷的风还是让这个城市飘着寒意。

飞机场出站走道上林小语紧紧跟着秋和，嘴巴还在说个不停。秋和只是听着。

“对了，你刚才怎么忽悠那位老先生给你换座啊？”秋和突然好奇问道。

“我告诉他我们是新婚夫妇，出来度蜜月的。”林小语得意地说道。

秋和听了，半晌没回话，缓缓地抬起头白了他一眼，很干脆地说了声再见，飞奔着往出口跑去。

林小语还自以为自己的“机智”能博女孩几分好印象，谁想她却迅速逃跑了。

林小语也跟着跑过去。

“你怎么还跟着我啊？我同学来接我呢。没你的位置哦。”秋和说着走向一辆红色轿车，和里面一个戴墨镜的女孩招了招手。

林小语把秋和挡在车门外，焦急问道：“你的手机号呢？你住哪里啊？我上哪里找你啊？”待她要绕行另一边，林小语又抢先挡在另一个车门外。

“我没有手机，哎呀，我说过不再见的啦，不要找我，快让开，我同学等我呢。”她的好朋友徐小婷探出车窗，一脸笑盈盈，一副看好戏的样子看着她，让秋和不禁又急又尴尬。

“你不说，我就不让你走。”林小语靠着车门，一点没有要让开的意思。排在后面的车已经开始滴滴滴地催了。

林小语只顾盯着秋和的脸，等着答案，秋和却耐不住这大庭广众之下被这么多人看着催着，可又不习惯撒谎，只好说：“好啦，告诉你你也找不到。我家在东镇路家山柳杨巷。”

林小语这才让秋和靠近车门。

“很偏，你不用找了。我同学催啦！再见啦！哦，不，不再见啦！”秋和说着坐上车，一脸热辣辣的红。

林小语抽出一张餐纸在上面迅速写下一串数字，伸进车窗交给秋和：“这是我的手机号，24 小时为你开机！记得联系啊！或者到清风别院找我！”

他依依不舍地望着秋和坐的车，当它消失在街灯的尽头他内心立刻就不安起来，隐隐害怕再见不到这个让他一见钟情的女孩了。

车里。

开车的徐小亭终于忍不住爆笑。

秋和边系安全带边嘟囔着：“笑笑笑，也不下车帮我解围。”

小亭一脸无辜道：“哎，我怎么敢下去破坏你的姻缘啊？清风别院哦，那可是南城有名的豪宅区，现成高富帅，多难得的机会啊？好好把握啦！”说着又冲秋和眨眨眼。

秋和鄙夷地回了她一眼，对小亭所谓要嫁就嫁高富帅的价值观秋和是毫不感冒的。

“什么高富帅啊！我还从没有见过像他脸皮那么厚的人，摆脱还来不及呢。”

小亭一副老气横秋道：“在爱情中，我们管这叫情不自禁。”

秋和淡淡道：“是啊，我也情不自禁，情不自禁讨厌这人。”

小亭摇摇头叹气道：“唉，还是放不下你的童年初恋啊？好啦，你还以为《薰衣草》是真的啊？现实点啦。为了一个看不到摸不着的人，一句小孩的童颜无忌，还真就当老姑娘了啊？”

半晌没回答。

小亭一看，秋和眯着眼睛靠在车上“睡着”了。

她知道要不装睡，小亭会教育个不停。可是她无法和她达成共识。她就是那么执着地等。星和，星和……他像星星般遥远，可却是她十年来无法割舍的梦。

第三章　相亲

林小语回到清风别院时已是夜晚 11 点，家里已是漆黑一片，只留了盏大厅的壁灯。

他蹑手蹑脚回到自己房间，没去打搅已熟睡的父母。

洗了澡就一直拿着手机等秋和的电话。就是不知不觉沉沉睡去，手里还紧握着 iPhone 孜孜不倦等着。

迷人的淡淡的体香，水嫩的小脸蛋，和妹妹终于来了。温香艳玉抱满怀的感觉真是幸福死了。哥哥我就不客气了！好性感的烈焰红唇！

就差一点，就一根手指的距离，就要亲到了！

该死的电话！谁那么不知趣啊？一大早扰人春梦！

“儿子啊，下车了吗?”

林小语一听到母亲的声音，叹着气打了个哈欠，睡意蒙眬地说：“妈，干吗一大早吵醒我的美梦啊！”

“都快晚上了还早！你在哪里啊?”

林小语看看时间，都五点啦！他居然睡了一夜一天！

“我在家里呢！昨天的飞机。很晚到家的，您和爸都休息了。”

“坐飞机？儿子你的恐高症好啦？好了，妈不急着听你解释，你先和你儿媳妇道歉吧！人家陪我在火车站等你半天了！”

林小语还没消化“媳妇”一词的含义，耳旁就传来一个女人的声音：“小语哥，没事，我们没等多久。只是伯母想您了。我也特期待快点见到小语哥。”

这声音似曾相识啊！好像和妹妹的声音！

“呀，真不好意思啊！您是？”

林小语正好奇这“媳妇”何许人，就听到他老妈接过手机乐呵呵地笑道：

“哎，还是我媳妇懂事。那就回家吧。儿啊，快起来收拾一下，第一次见面别让人家姑娘笑话！”

林小语猛然记起妈妈和他提过要给他介绍秦世伯的女儿，说是什么名门闺秀，可合她意了！他原本很反感父母剥夺他的恋爱自由。可是因为那似曾相识的声音，他突然对这次相亲充满期待，立刻就起来精心收拾了一番。

林小语下楼的时候，父亲林楠也才从公司回来。这位林氏企业的董事长今天提前结束一天的忙碌，坐在客厅的沙发上闭目养神，静等他的宝贝儿子从部队转业归来。确切地说，是等他回来继承林氏集团。

“爸！”

林楠看到林小语从楼上下来惊讶地问：“你妈不是去接你了吗？你什么时候回来的？”

“昨晚飞回来的！”

“部队几年没白去，把你恐高克服啦？”林楠一脸慈爱，颇为满意地看着这位军官儿子。

“和部队有啥关系，是一个女孩克服的！”林小语笑得两个酒窝深陷，林楠察觉到有什么异样，开始教育起来：“男人娶妻，要选贤妻，能帮助自己的事业。”

“说到贤惠呢，印象中小时候的保姆青姨最是典范了……”

林小语随口一接话茬，却发现父亲的脸顿时黑沉沉的。他知道自己触了家里的禁忌，立刻收了声。

林楠沉默了一会，下命令一般说：“什么女孩都忘了吧。秦世伯的女儿要过来吃晚餐，你好好表现！秦丽背景好，工作好。和我们门当户对，你就别有其他想法了！”

林小语心下一沉。似乎这场婚姻父母都已经安排好了，根本没打算征求他的意见。

“爸，我已经有女朋友了，你看，这是我们的照片，我们在一起很快乐!”林小语说着翻出手机里和秋和的照片，想说服父亲取消相亲，没想到父亲却说：

“这不就是秦丽吗？你们什么时候合照的啊?”

林小语很惊讶，难道一会要来相亲的女子是秋和？秋和只是和雪婷一样是她编的假名？可那是她学生证上的名字啊。

恰在此时门开了。

“小语！快来帮提东西!”

林小语留存着幻想回过头，一看却真的惊讶地合不拢嘴。和妹妹，她真的来了？

母亲的身后站着一位高挑的女子，红皮袄上的毛领显得雍容贵气，瘦削的脸上妆容精致，头发一丝不乱盘起来，十几厘米的高跟鞋油光可鉴，除了打扮时尚些，成熟些，气质老道些，样貌是像极了秋和!

“林伯父好！小语哥好!”那女子笑着叫道。

这真不就是秋和吗？声音也那么相似啊。

他上前接过女子手里的东西，目不转睛盯着那女子看着。真的好像啊!

到底是真的那么巧，还是自己想和妹妹想出幻觉了？

“和妹妹，你来啦?”林小语惊喜极了。

他们都奇怪地望着他。

“傻孩子，乱叫什么呢？这是秦丽，秦世伯的女儿!”林母笑着打圆场。

林小语再细看了看，真是像，但真不是!

她身上有都市女孩典型的时尚干练，会说话，会打扮，眼神显得很聪明。说得好听点，七窍玲珑，说得难听些，有点圆滑世故。相比之下，秋和气质沉静，清纯，有些淡淡的忧郁，让他又爱又怜。

那女子看到林小语这般盯着自己，竟也大大方方笑着看着他，只喜得林母相视而笑，觉得他们对上眼了。

“小语，还不给客人倒茶。”林楠提醒，林小语才知道自己失态了，这才招呼客人坐下，转身去沏茶倒水。可端着茶水回到沙发边上时，来客已经随母亲进厨房帮忙了。

“爸，这是什么情况？怎么第一次来就做家务了？”

“有戏。”林楠笑着说。

林小语困惑地望着父亲。

“有戏。人家对你看来是比较满意。多勤快啊！你看，人家买的燕窝，就价值不菲。这么优秀的女孩，去哪找啊？”

“爸，您别开玩笑了。我想我还是先找份工作再考虑婚姻大事吧。再说了，人家怎么就对我满意了？可能也就是家里给逼的。”把这女子和秋和一对比，他更确定自己真的喜欢秋和。可是他也不想那么直接地忤逆父母的安排，只盼着女方不要看上自己，这样他就不必承担责任了。

林楠莞尔一笑：“相信爸爸的眼光，不会错的。”

林小语一时语塞。从小到大他的一切都是父母帮安排好的，他还真有些不知道怎样反对父母。

吃饭时，四人都坐下了，林楠给林小语和秦丽二人正式做了介绍。林小语伸手去和秦丽握手，秦丽居然显得有些羞涩，红了两腮。林小语心为之一动，脑中浮现出秋和羞红脸的样子，忍不住盯着秦丽多看了两眼，看到秦丽娇羞地低下头，才有些尴尬地松开了手。

林母见状以为二人相见甚欢，情投意合，便笑容满面，林楠也是忍不住点头。只有林小语笑得尴尬，自己其实是“望梅止渴”，可是父母显然是认为自己十分中意这女生。林小语一开始就谋划着把相亲失败的责任推给女方，可是对方脸上的红晕和娇羞的表情让他大感不安。

晚饭过后，母亲让林小语送秦丽回家，还用眼神叮嘱万分，让他抓住机会。

林小语把秦丽送出门拦了辆的士，客气地说声“慢走”，不多说一个字，不多看人家一眼就转身进门了。

一看林小语不到一分钟就回来了。林母急切地问：“怎么这么快回来啦？没送我媳妇回去啊？”。

“送啦，我把她送上的士了。您看上的姑娘聪明得很，您还担心她不认识回家的路啊？”林小语笑嘻嘻道，冲父母摆摆手溜上楼了。

林母脸现怒气，双手叉腰，就开始教训儿子。林楠摆摆手制止，气定神闲地说："年轻人的事情让他们自己去处理。"

"你们父子啊，都不理解我的一片苦心"。

"他们一定会在一起的，别担心！权力和金钱的结合什么时候有困难了？何况他们男才女貌！"林楠宽慰道。

"可是我们儿子好像不够主动啊？"

"你没听过女追男隔层纱吗？"林楠虽然看出自己儿子对这门婚事不上心，但秦丽的热情主动，却给他打了定心丸。

至于那张照片，那个林小语口中的"和妹妹"，林楠一点也不担心会对这桩婚事构成威胁，只任他老婆坐立不安，碎碎念碎碎念，直叨叨父子俩没心没肺。

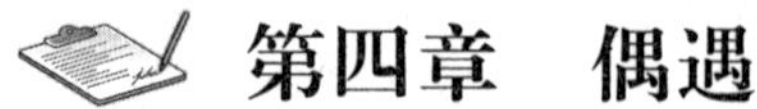

第四章　偶遇

回到房里，林小语拿出手机翻了半天，还是没收到秋和的消息，开始胡思乱想。一会儿担心她不小心把那张写着手机号的餐纸丢了，一会又担心女孩洗衣服时不小心把号码洗了，一会又担心女孩把号码放钱包让小偷偷了……只是始终没想过女孩从来没想起过他。

手机突然响了！

他充满期待拿起手机，可一看，居然是秦丽的短信！我都这么冷淡她居然还发信息过来？

“小语哥，今天谢谢你的热情款待。下次轮到我招待你！哥哥喜欢吃什么啊？”

林小语有些犹豫要不要回短信，心中盘算：秦世伯的千金，就是不谈恋爱，交个朋友总没什么坏处。秦世伯是国土资源局局长，她好歹也是个局长女儿呢！得罪权力，或者与其结怨，总不是什么好事。思前想后，林小语还是决定不要怠慢他的千金。

他回道：“很高兴认识你这个朋友。有机会再聚。”

潜台词就是交朋友可以，约会的机会怕是遥遥无期的。

“好啊！要不是明天我要去乡下，明天我就想和小语哥聚聚呢！”

秒回啊！哎，真够热情的。幸亏你要去乡下，不然不知道要找什么借口回绝你呢。

哎，局长千金，我还是回个信以表友好吧。

“嗯，好好玩！”

回完就又把手机的未接来电，短信检查了个遍。没未接，也没新短信！

不行，我不能再等了！我要找到你！林小语突然大喊起来，从床上猛然起身，坐到电脑前面满血复活般寻找秋和所在。

东镇路家山柳杨巷。秋和临别说的这串地址让林小语的神经又兴奋了起来。他在网络地图上查着女孩家的住址，找了许久，终于在东北方向的角落上找到了东镇两个字，但路家山柳杨巷在地图上完全找不到踪影。但他还是决定第二天开车去找找。

第二天清晨，林小语早早就起来，出门的借口是去人才市场找饭碗。

正吃早餐的林母放下手中的筷子说：“家里什么时候需要你找饭碗啊？你爸的公司正等你接手呢！”

林小语嘻嘻露出两个酒窝：“我爸正当壮年，哪里需要我接手啊！”

“人才市场有什么饭碗比当公司的经理还好啊？找个好媳妇才是正事。”林母把林小语拉到身边，叮咛道：“你呀，快去和秦丽道歉。昨天晚上让人家一个女孩子家自己打的回家，太失礼了！”。

“哎，好啦，我一会道歉啊。妈，我要赶时间。车钥匙给我。”林小语敷衍着，急急地向母亲伸手。

在一旁喝粥的林楠淡定地笑了笑：“让他去吧！我倒要看看他能搞出什么名堂来。”

林母边从抽屉拿出车钥匙给林小语，边再三嘱咐他要好好哄回秦丽。林小语点头应着，逃也似的出了家门。至于向秦丽道歉，那不过是忽悠忽悠自己的老娘。

这会儿，他已经顺着地图的方向开往东镇了。

因为地图上没有显示路家山柳杨巷的方位，他到了东镇一路问，开开停停，中午时分，才终于在一棵大榕树附近看到一块木头路标上赫然写着“杨柳巷”几个字。

这时一位头戴草帽肩扛锄头的大伯从地里回来路过，林小语便向他打听秋和家的位置，大伯朝一棵大榕树的方向指了指，说：“就是那棵树前面那栋楼。”

林小语对指路大伯千恩万谢后，兴冲冲直奔目的地。

车开过大榕树，果然就看到一栋小楼，外面的围墙用黄泥砌成，围墙上叠着些红瓦片，一株仙人掌竟从泥墙上长出，刺掌顽皮地探出墙外来。

林小语敲了敲木门，一会听到有人走过来了。门开的瞬间，门内门外两个人都现出惊讶的表情。

“小语哥，你怎么会在这里？”

站在面前的赫然是昨晚和他相亲的秦丽！

林小语也想问她为什么会在这里，这里不是秋和家吗？他有些茫然，忍不住又看了一下门牌号，没错啊。难道他们是亲戚？难怪长得像。他愣了愣，一时搞不清状况，只好笑道：“是啊，真巧啊！真没想到在这里遇见你。真……真是缘分啊！”

秦丽羞笑着低下头，说：“你若有心，自然就巧！”

她脸上娇羞的表情让林小语有点别扭，她那句话让他又无从解释。他可是来找秋和的！可秦丽以为他是追她追到这来了！但是他又不好意思对这个刚和自己相亲的女子说：“不，我不是来找你的，我是来找另一个女孩的。”要是她们真的是亲戚，那自己和秦丽刚相了亲，就来追秋和，那不是大大得罪了秦世伯？也讨不得秋和的好？

林小语窘窘地笑着，那样子在秦丽看来却是憨傻可爱。

“都追到这来了，还那么害羞！真是傻哥哥！”

一听这话，林小语更窘了。

“刚才伯母才给我电话说你会找我呢。你也真是的，昨晚的事我根本没在意，你也不必听伯母的大老远跑到这来专程道歉吧？”秦丽半是心疼半是甜蜜地说。

她真当我是来追她呢，林小语很想澄清，又怕澄清。心中疑惑着秦丽和秋和的关系。在没弄清楚前他不敢随意解释。

这时，屋里走出来两位五十岁上下的老者。一位穿着中山装，脸白白胖胖，像发起的馒头，嘴巴又小又薄，肚子挺起一个弧线，皮鞋擦得锃亮，笑起来很和善。

“小语也来啦？小丽你怎么不早说呢？”这正是秦丽的父亲，秦士。

秦丽笑而不答，脸上满是甜蜜。

林小语心里却更忐忑了，看来秦世伯也以为自己追秦丽追到这儿来了。但出于礼貌他还是立刻过去向他问好。

秦士早就见过林小语，对他印象颇好，对这桩婚事很满意。

“这就是你的未来女婿吧？”

说话的是另一位老者，身材高大，看起来还很硬朗，国字脸，肤色黝亮黝亮的。

秦丽忙介绍：“这位是华伯父，是爸爸的老朋友。”

林小语笑着和他握手。心里嘀咕：这老头也姓华，这里就是秋和家？他难道就是秋和的父亲？

这么想着，林小语恭敬地奉上一盒七彩云南普洱茶。“华伯父，第一次来，这是我捎的一点小礼物，小小意思，不成敬意。”

华老听了哈哈大笑：“老秦你看，我是沾小丽的光了！我们这未来女婿还真是客气！”

林小语心里暗想：这和秦丽可没半毛钱关系，成不成您未来女婿，可要看您是不是秋和的老爹。

可是四下望去，哪里有秋和的影子？林小语心里纳闷，又不知道如何问起，不然自己的真实来意就被告破了。华伯父和秦世伯既然是好朋友，而现在他们都认为他和秦丽在交往，要是处理不好，可会被认为是到处拈花惹草的花花公子。

秦丽看到林小语四处张望，问道：“在看什么呢？”

“哦，我在看这里的风景，山清水秀，人杰地灵，真是比我们城里强多了！”

“那我就带你四处走走。我从小就常来这里，很熟的！“秦丽说着就牵起林小语手。林小语还没反应过来秦丽已经牵着他到前院的果园来了。

二老看到秦丽和林小语“浓情蜜意”，相视而笑，随二人自己玩去。

这女人怎么主动牵手啊！林小语纳闷，又不知道怎么甩开她，只好一路跟着，先探到秋和的消息再说。

“你和华伯父很熟吗？他怎么就一个人啊？他的子女呢？”林小语旁敲侧击，

千方百计想问出秋和的消息。

“有啊，我妹妹啊。”

“华伯父的女儿吗?”

“嗯，我们从小一起玩的。”

“那今天怎么没有见她呢?”

“秋和她在市里找工作呢。她太要强了，不愿叫我爸帮忙，偏偏要自己找单位，还说什么要当作家！唉，真是痴人说梦。我真为她担心!”

林小语听到秋和二字，心里兴奋地咯噔一下，没找错，没找错!

“还真是个性啊!”林小语随意答道。心里却开始担心起来：秋和和秦丽是好姐妹，那这关系怎么处理好呢?

“你要是见过她，一定觉得她是个特别的女孩!”秦丽笑着说。

“是啊。真的很特别。”林小语答道。

秦丽听了惊讶地看着他，林小语发觉失言立即改口：“我的意思是，倒想见识一下你这特别的妹妹。可今天怎么没见她?”

“我也不知道。她说要找到好工作了才会联系我们呢。”

“还挺倔的啊!”林小语笑道，想象着秋和的表情，又乐又忍不住担心。

“那你们就没有她的联系方式吗?”

“她还没有买手机呢。我爸说要给她买呢，她非说要自己工作有钱了自己买。呵呵，有时觉得我爸挺宠秋和的，好像宠自己女儿一样。”

“你这妹妹还挺要强的。”林小语应道。

秦丽叹了口气，说：“女人，何必这么要强呢？我觉得相夫教子才是女人的事业。”

林小语不置可否地笑笑。

“华伯父刚才还嘱托我帮秋和留意下哪里招人。可是如果不通过我爸，我哪里有什么门路啊？真是愁得很。”

“说不定我可以帮上忙!”林小语热切地说道。

“真的吗?”

“我爸的公司要招文员，你可以让她来试试。”

“那太好了。我还担心怎么向华伯父交代呢。”

“不过还要经过面试的，毕竟，不是我爸一个人的公司。所以，先别和伯父们说。”

“好，知道！对了，你怎么会来这里找我啊？你去我们家问阿姨的吗？”秦丽又是娇羞又是甜蜜地问道。

“嗯，是啊。”林小语顺着就圆谎了。可是说完心里就后悔，这样不就是告诉秦丽他在追求她了吗？可是他要是说自己来找秋和，那就等于当场砸碎自己的计划了。想靠秦丽打听秋和的下落也变得不可能了。

秦丽牵着林小语的手带他在秋和家四处转，俨然正牌女友。林小语却找不到理由甩开人家，谁让他承认“追”她秦丽来着。顺着这角色下去，他又把秦丽从山村送回南城，送至家里，就差点没让秦丽牵着上床了！林小语心里自嘲着。幸亏打听到了秋和的消息，不然白让这丫摸半天手！

林小语才进了家门，林母就笑容满面地问道：“小语，今天和秦丽玩得开心吧？”

“玩什么呀，不过路上碰巧遇上的！”林小语急忙解释。

“都追到人家妹妹家里了，还在妈这里装什么呀？”

林母一番话让他心里烦闷不已。似乎所有人都认为他和秦丽是一对了。

“妈，我现在还不想恋爱！我想先忙事业。”

“忙什么事业啊？让你去你爸的公司，你又不去。”林母不满地说道。

“去啊。妈，明天我就想去公司人事部呢。”林小语笑脸嘻嘻地看着母亲，心想秋和要是听秦丽的来面试，自己就坐等美人归了！

“怎么突然就想通啦？”

“去实习啊。妈，我要接手爸的公司，总得先熟悉一下业务吧？”林小语边给林母按摩肩膀边试探道：“妈，您帮我和爸说一声嘛。我想去人事部学习学习。”

“那你答应妈，去了公司，也不能耽误恋爱啊！”

“好，听您的！”

“你昨天不是还说去人才市场找工作吗？怎么今天就要去公司啦？”林母问道。

“爱情的力量!”林小语嬉皮笑脸地说道。

林母听了哈哈笑起来:“哎，你看，秦丽这姑娘还挺有办法，居然让我这儿子安心去公司了!”

“什么呀！妈，这和秦小姐有什么关系啊?”林小语满脑子想的是秋和，可是林母又把这归功于秦丽了，偏偏这时他又不敢反驳，担心要是说出实情，自己的计划又无法实施了。

“妈，我要上班了是不是给配辆豪车啊？不然上下班多不方便。而且，我这开坦克的手都技痒了。”

“嗯，可以，你的转业安置费可以买辆新车了。”林母开玩笑地对林小语说。

“那点钱买辆海马都不够的，您不是要让儿子身无分文吧？想出去约会，油钱都掏不起，多没面子。”

看着自己的儿子又是撒娇又是恳求，林母很快就妥协了:“好！就帮你在小丽面前挣点面子!”

林小语听到秦丽的名字又觉得气恼，偏偏又感到无奈，毕竟是托了她的福才得到家里的好车。

第二天他便开着家里的宝马来到公司人事部扎营了，就等着秋和来投简历。

第五章 秋和

棕榈树在傍晚的江滨投下淡弱的影。

徐小亭还在舞弄着太极拳，打算过几天出国后教老外赚点外快。

秋和盘腿坐在草坪上，有些心不在焉。

想到村口榕树下围坐着闲聊的三姑六婆她就比任何时候都渴望找到一份工作。那些模糊的面孔在她脑海一闪而过，耳边响起嗡嗡的杂音，像蚂蚁钻进裤腿里一样难受。她知道一进村，榕树下的大娘们就会问东问西，工作啊，收入啊，男朋友啊。还要把你和村里的同龄人比一遍。要是你好呢，总就有些酸言酸语。要是差了，又免不了些鄙视的眼神，或读书无用之类的风凉话。总会让人烦不胜烦。

“想什么呢？愁眉苦脸的？”徐小亭看她没精打采，跑过来问。

“唉，烦工作的事呢。你知道的，我又不想工作，想安心写作呢。可是又压力重重。哎，真怕回家。”

秋和抓起一把枯草，用力扔出去，草却被风吹回，粘得衣服到处是。

徐小亭笑道：“这还不好办，找个高富帅嫁了，工作不用愁了，你就安心当你的大作家好了。”

“读了那么多年书，一毕业就嫁了？那人生还有什么追求啊？”

“傻瓜，嫁个金龟婿可是女人一生的大事业，大追求。”小亭说指着对岸的清风别院继续说：“看那边，清风别院，你的高富帅就在那里等你去找呢。要不要现在就去找他啊?”

秋和用力拍了下她拜金的手，笑嘻嘻道：“我不要，让给你好不好?”

小亭一副花痴状：“好啊好啊，反正帅哥对我来说多多益善。不像你，天天就挂念童年初恋。可惜啊，我过两天就要出国和父母相聚了。”

听到小亭要出国，秋和又一脸发愁。

“我在这南城，就你一个好朋友，你走了，我又没地方住了。可我得留在南城等星和，找工作啊!”

“你可以去找你秦伯父啊?就算你不去，说不定叔叔阿姨已经找他帮你联系工作啦。现在就业竞争那么残酷，干吗放着个局长的官不用啊?你就是不用，难道人家就会相信你是靠自己本事么?”小亭分析着人情世故，倒显得比秋和老道许多。

“我才不会让爸妈去求秦伯父!”小亭的提议让她感到很受伤。

“为什么呀?”徐小亭不解。

“这种穷人的骄傲，不是你这白富美能理解的。”所谓说者无心，听者有意。林小语的那句“奢侈”让她一直自省，不肯再轻易接受施舍。

“少来!别用这些阶级名词伤我们的姐妹情哦!”徐小亭舞了个白鹤亮翅，紧盯着秋和抗议她的“不和谐”。

“你听我说嘛!”

“爸妈和秦伯父同龄，看起来却苍老得多。秦伯父总是西装革履，红光满面，一张国际化的笑脸，从宽厚的下巴到发亮的额头似乎都洋溢着优越感。从小到大，每次秦伯父到家里做客，都带满车的东西进村，好像慈善家拜访特困户。他一来，父母就是在地里干活也马上赶回家，端茶倒水，杀鸡宰鸭，五星级伺候。吃完饭，秦伯父总要“视察”自己获得的奖状。每次获奖他就要亲我，我最怕他那硬胡茬。那时候，他还老说让秦丽向我学习。我对丽姐从小有双重的感情，很羡慕她，又和她暗暗较劲。她衣服永远那么漂亮，穿着小皮鞋走路的样子神气极了。小时候，她头上的蝴蝶结总是那么好看，脸上总有甜甜的笑容，很讨人喜欢。但是丽姐不爱学习，就喜欢玩，成绩很差。似乎只有这点我能胜过她。从小秦伯母就很喜欢拿我们两个比较。可是，就算我大学毕业，在秦伯母眼里，也只是个乡巴佬。我真的很想有一番成就，我也想体会一下那种优越感。知道吗？小时候，秦丽经常和我玩一个游戏。”

“什么游戏啊？”小亭好奇地问。

“秋和，快来陪我玩。我把头上这两朵蝴蝶结送给你。”秦丽指着头上那红色波点的蝴蝶结“诱惑”道。

秋和艳羡地看着那新潮的发饰，放下手里的书本应道：“好吧。姐姐，这次我可以演公主吗？”

“不行，你的衣服太土气了。你演灰姑娘，我演公主，星和演王子。”秦丽像个小大人一般指手画脚。

“王子会喜欢灰姑娘吗？”

“王子当然喜欢公主。”

秋和听了又羡慕地看着秦丽，自卑地低下头。

玩过家家时，王子要亲吻公主，可是星和总是把秋和当作公主亲。

丽总是很生气地抗议：“我才是公主！秋和的衣服那么土，哪点像公主了？”

星和便说：“等我给她穿上玻璃鞋了，她就是我的公主了。”

秋和听了开心地在星和清秀的脸上啵了一下。

这时丽就会哭着回去找秦伯父，问他谁才是公主。然后大人们都会说，她是公主。

“难怪你不喜欢去你秦伯父家，你是个又骄傲又敏感的女孩。”徐小亭总结道。

“其实，我和秦丽感情还可以，只是秦伯母似乎对我特别戒备，而且总拿我们比较，所以我才不愿意去他们家的。”

“戒备？有点奇怪。比较倒是家长都喜欢做的。哎呀呀，你和星和的恋爱也太早了点吧？你这叫早早恋！”小亭笑嘻嘻地戏谑。

“懒得理你。小时候的情感才最纯最珍贵好不好！”

秋和左手支着脑袋，望着渐渐暗下来的天，思念也渐渐染上了忧愁。

星和，星和，你在哪里？不是说好我大学毕业你就来和我相聚吗？你还记得玻璃鞋的承诺吗?

山林间一片青草坡，蒲公英点点，蜜蜂在紫红的山稔花丛嗡嗡旋舞。

一棵松树下坐着两个八九岁上下的孩子。坟山上寂静无声，风里透着初春的微寒。

“星和，你在想什么?”秋和关切地问，星和送的山稔花环衬着娇巧的小脸蛋。

“想害死爸爸的那些人。迟早有一天，我会让他们也尝到家庭破碎的滋味。”

星和眉头紧蹙，紧握拳头，小小的脸上现出和年龄不相称的怨怒。

秋和最不喜欢他这个表情，倏地站起身跑到附近的灌木丛里。过了一会便捧着一束栀子花和白蔷薇回来了，把花放在星和面前晃了晃，星和闻着清新的香味嘴角弯起甜甜的弧线。

“我们给叔叔编花环，好不好?”

“嗯，爸爸最喜欢白色了，纯洁的白色。”

“叔叔，您好！我是秋和，是星和的朋友。这是给您的花环，您要保佑星和快乐啊!”

秋和随星和一道跪在一座略新的坟前，虔诚地祈求着。

松树飒飒作响时，坟山愈显幽静神秘。

“听，是爸爸的声音。”

秋和便和星和挨得更紧些，凝视着他清澈的双眼，和那幼嫩的忧伤。

“你怕吗?”星和问。

秋和用力摇着头，把星和编的山稔花环都摇散了。

“不怕。灰姑娘有王子保护，不怕。”小女孩紧紧挨着小男孩坐着，稚嫩的双眼满满的信赖。

“等我长大了，给你穿上玻璃鞋，你就是我的公主!”

青草坡上到处都是他们走过的痕迹。

初中那年，星和离开前说，等他报了仇，就来给她穿上玻璃鞋。现在她大学都快毕业了，星和也不知道在哪里。那个林小语，和星和提到过的仇人的儿子同名同姓，会这么巧吗？

“喂喂，别发呆了，看，呀呀呀！今儿吹桃花风了吧，啧啧，帅，真帅！”

秋和听到小亭兴奋的声音，慢慢睁开眼睛，看到暮色中有个白衣男子倚着栏杆站着，修长的身影仿佛漫画里的主角。那纤瘦朦胧的背影，居然让她心中蓦然涌起万千思绪。仿佛熟悉，仿佛怜惜。

原来世界上真的有会讲故事的背影。秋和怔怔地看着，无法移开视线。画面在脑海里和玻璃鞋约定的场景重叠在一起。

“要是他就是你的星和，我倒是能够理解你为什么苦守十年了。明星般闪耀，王子般的忧郁，爱上他，别的男人就不会再多瞄一眼了，是吧！”徐小亭还在不停感慨着。

星和！

一个陌生女孩的声音从背后传来。

“星和?！哎，秋和，这个帅哥和你的初恋同名呢！”小亭又兴奋地扯着秋和的衣袖。

秋和惊喜交织，还没回过神，朱槿花丛后跳出来一个女孩，挽住男子的胳膊，头靠在他肩上。朝另一个方向走开了。

秋和看到那个长发及腰的女孩搂住星和，心突然往下沉了。

星和怎么可以？

星和当然可以。他从小失去了父爱，他应该得到幸福。

可是，玻璃鞋的约定呢？他忘了？

“喂喂，怎么又发呆了？你怎么不追上去问啊？你不是在找星和吗？”小亭急切催道。

“或许，这只是个同名的人而已。而且，你没看见他身边有个女孩吗？”秋和看着那个离去的背影愣愣地说。

“让你不要相信什么童言无忌的诺言了，说不定人家孩子现在都会打酱油了呢。不过这个星和真的好帅！不行了，不想出国了！好帅，一见钟情，再见误终身了！快回忆下，你的星和也这么帅吗？”

“我等星和，不是因为他帅，而是因为当我还是只丑小鸭时，他把我当公主一样对待。”

小亭听了沉默了片刻，又激动起来，像个追星丫头刚见了偶像般亢奋。

“可惜只看到了背影。可惜他身边还有个女孩。”秋和淡淡说出这句话，心却难受得快要窒息。

“让你上去问你不去，跑上前看个清楚也安心啊！”

秋和才知道十年的等待原来那么沉重，沉重到让人懦弱，即使故事的结局已经摆在那里等你翻阅，却没了面对的勇气。

“唉，痴情女子，别魂不守舍的啦！看对面清风别院，那里边还有个林小语在等你呢！”小亭像姐姐般安慰道。

“算了，我还是去问问秦丽有没有星和的消息。”秋和终于开了口。始终还是要拐弯抹角寻找那个结局。

南城市紫晶商业中心。璀璨街灯下秋和焦急地等待。一个穿着时髦、妆容精细的女子挎着一款LV包笑容可掬朝她走来。

秋和看到走来的女子，兴奋地跑过去：“丽姐！”。

“你真是一点都没变，还是那么孩子气！什么时候淑女些啊？”丽轻轻掐了掐秋和的鼻子，半是责备半是宠爱地说道。

“姐，做淑女要有资本的。我一酸书生，您总不能奢望我穿着路边摊走出LV的气质吧？”秋和笑嘻嘻揶揄道。

“少贫嘴。我爸说要给你买手机，买衣服，你都不要，还在姐面前装穷！”

“无功不受禄。伯父的钱我怎么敢乱花呢！”

“切，酸不酸啊你。有时我都妒忌你。爸怎么就没说要给我买手机买衣服呢？就宠你！”

“没办法，人见人爱啊！”秋和装出一副自恋状，秦丽又气又好笑，又去掐她的鼻子。

“姐，你有没有发现我的鼻子越来越挺啦？”

“好像还真是。女大十八变啊，我们的灰姑娘已经蜕变成漂亮小公主了！”

“还要谢姐呢，都是您给掐的！哈哈哈……”

秦丽听了又要掐秋和鼻子，秋和见状慌忙逃跑。姐妹俩在人来人往的步行街上打闹着，笑声里回荡着成人的童真。

突然，秦丽表情严肃起来，郑重地说："秋和，你在我之后结婚好不好？"

秋和很诧异，说："姐，我大学还没正式毕业呢！"

秦丽接着说："我知道，秋和，我就是怕……"

"怕什么？"

"我总觉得没有安全感，我总觉得我喜欢的，你也会喜欢。可你总会赢我。你赢了星和，赢了爸爸，赢了学业。我只希望在婚姻上，能出彩一次，好吗？"

秋和一听有点想笑，但接着又难过起来。原来那么优秀的姐姐也和自己一样被大人的比较催生出自卑感。可是最让她惊讶的，是姐姐说她"赢了"星和。姐姐第一次这样说起往事。难道姐姐的初恋也是他？

"我知道我这样很自私，可是，你就答应姐一次好不好？"秦丽又恳求道。

秋和点点头。星和现在都还没找到，她觉得自己离婚姻还遥远得很。

"好了好了，不说这些了。饿了吧，回我家吃饭吧，让我妈煮好吃的招待你！"秦丽发出邀请。

"嗯……"秋和犹豫片刻有些为难地说，"我还是等找到工作再去看伯母吧。"

"哎呀，还是那么怕我妈啊？我妈为什么对你那么苛刻，看来她也是妒忌爸爸对你太好了！"

"妒忌？"秋和不解地望着秦丽。

"是啊。我妈这两天老吵着要回外婆家，说我爸不顾家，净往你家跑，真怀疑你是不是他女儿。"

"开什么玩笑！"秋和很夸张地大声抗议。

"我就问我妈啊，她居然阴着一张脸说：'问你爸去！看他年轻时候欠过什么风流债！'唉，烦死了，他俩一吵架，我的生活就彻底被毁了。"

秋和听了心里不大舒服，秦伯父风流债和她有什么关系啊？

"好了，不说这些了，姐请你去吃柠檬鸭，好吧？"

"呀！太好了！在西北那么久都馋坏我了！"

二人一同来到中山路一家餐馆，秋和择了一处靠窗的位置坐下。

“秋和，我刚交了个朋友……”

“男朋友?”

“姐和你说正经的，别顽皮!”秦丽正色道。

秋和做乖巧状：“嗯，妹妹闭嘴便是!”

“他家里的公司在招文员，需要精通中英双语的，你要不要试一试啊?”

“嗯，我好像很符合要求啊!”

“是这位朋友托我帮忙，物色一下看有没有合适的人选。我看你可以，就推荐了你。我已经把你的信息给人家了啊。你要不要试试?”

秋和犹疑道：“可以直接参考加面试? 不是我爸让伯父托关系找的吧?”

“当然不是啊。哎，真的是一个朋友，家里开公司的，闲聊时我随意提到你了，人家也只是告诉我这信息，招不招你，也还得看你能力呢，你得投一份正式简历过去。”秦丽说得非常自然，没让秋和起一点疑心。当然，除了要完成华伯父的托付，她也希望这件事能把自己和林小语联系在一起，至少两个人可以多一些共同话题。

“好吧。我还没有面试过呢。就去练练手，积累点经验啦!”

“下周一你过去吧。我帮你联系好，直接去人事。给，这是地址。”

秋和接过秦丽给的卡片，笑嘻嘻地说：“谢谢姐姐关心啊。姐，听说伯父给你找了个好姐夫?”

秦丽大大方方承认道：“是啊，可是……唉，我也不知道人家心里怎么想的。”她想到林小语暧昧的态度，有些伤感地看看窗外。

“姐，怎么啦?”

“他似乎对我挺好，可是有时又好像拒人于千里之外。可是不知道他心里怎么想的。拿不准他的心思。我也不好太主动吧?”

“喜欢的话为什么不可以呢? 我要是喜欢，我就会主动追的!”秋和说着，狠狠地吸了一口奶茶，鼓着腮帮为秦丽打气。

“我好像已经挺主动了。总不能色诱吧?”

“姐，支持你!”秋和做握拳状，故作认真说道。

“好你个秋和! 又笑话我!”秦丽说着抢过秋和的杯子，“再说不给你喝了!”

“好啦好啦，我的玉女姐姐，矜持一点啊，让他主动啊！”

“没正经！对了，你有什么情况啊？有没有恋爱？从实招来！”

“没有！工作都没有呢，谈什么恋爱！”

“都说大学生最喜欢风花雪月了，你不会连喜欢的人都没有吧？”

秋和脑海里浮现出一个背影，纤瘦修长，朦胧如诗，只是一个背影，为何诉说了这许多伤感？他是我的星和么？

“怎么啦？想什么那么入神？”

“没什么。姐，再多说说未来姐夫呗，多透露点信息。要不，叫他出来见个面？”秋和侧着耳朵，摆出一副八卦到底的模样。

“哎，算了。现在八字还没一撇呢。等我和他真的成了再说吧。”

“姐，你不是怕我把他抢了吧？哦，他不会就是你前面说的开公司的朋友吧？条件还真好呢。”

说者无心，听者有意。秦丽突然怔了怔，真的就担忧起来。从小她们就经常喜欢同样的东西。看着秋和可爱的模样，她甚至有些后悔帮秋和进入林氏。

“姐，盯着我发什么呆啊？到底叫不叫人家帅哥出来啊？”秋和看着秦丽怪异的样子，拿杯子在她面前晃了晃。

秦丽这才回过神，转移话题道：“对了，华叔让我告诉你，周三你可一定要回家。”

“周三？哦，又到姑姑的忌日了。”

秋和沉吟了一会。她还没有见过自己的姑姑。但从懂事起，姑姑的忌日在她们家就是个神圣的日子。就像星和父亲的忌日，对于星和就是个神圣而沉重的纪念日。

“对了，姐，星和和你联系过吗？”秋和犹豫许久，在确定秦丽心中已有所属，才终于开口问起最关心的星和。

“没有啊，星和要联系，也是联系你啊！”

秋和失望地哦了一声。

“怎么啦？你不会把小时候过家家的游戏当真吧？”

秋和脸刷一下红了，立刻低下头喝奶茶，否认道：“哪有？我随便问问。”

“那都是小孩子的游戏，妹妹，你可要现实点。”

“我一直很现实啊。我明天就去面试！”

秋和嘻嘻笑着，内心却满是沉沉的忧伤。一晚上憋了那么久，其实就想问问星和的消息。现在她真后悔刚才没有上前去问问，或者看个正面也好啊！如今却只能毫无头绪地胡乱猜测。

第六章　面试

“亭儿，我会不会再也见不到他了?”

秋和像窗外闪烁的霓虹一样，迟迟不愿入眠。

小亭迷迷糊糊地说：“不会的，你那么努力地祈祷，我要是老天爷都感动了!”

“是不是见面也等于失恋了呢？他身边那个女孩好美。”秋和自卑地说。

小亭已困倦地睁不开眼，还是撑着嘴巴安慰：“或许是他妹妹，是好朋友之类的呢，别想太多了，明天你还要面试呢!”

“我明天面试穿什么呢？万一明天又和他偶遇怎么办？我一定不能再逃了。”

小亭心想，恋爱中的女人真是智商为零，满脑子除了星和似乎什么都装不下了。但她困得连嘴巴也张不开了，翻了个身便睡着了。

秋和看她睡得香，也不再问了。只是夜色中思绪愈加纷乱，脑海里不断出现那个背影，和搂住那个背影的女孩。这十年的梦里，还没有过别的女孩出现。她忍不住怀疑自己，是不是认知有问题？难道真的像小亭说的，或许人家小孩都会打酱油了？真的是十年一梦，只是十年一梦吗?

天终于亮了。秋和早早就起来准备面试。有点事做，真的没有干等那么令人焦心。她穿上为面试准备的高跟鞋，着军绿色的呢子短外套，衣服唯一的饰物是胸前那朵精美的蝴蝶结扣，头发也整齐挽起，显得端庄优雅，只是嘴角还是显出年轻女孩的小俏皮。徐小亭还特意帮她化了个淡妆，遮住失眠造成的黑眼圈。

来到绿都 CBD 现代城时，高跟鞋已经把她的脚磨得脱皮刺痛。鞋跟发出的声响让她感到不自在，她总觉得高跟鞋发出的响声似乎是对周围的人宣告自己的存在，而她已经习惯了一个人安安静静，有时甚至巴不得把自己藏起来。

在大厦门口，秋和看到穿着干练，化着浓妆淡妆，高高挺着胸脯的女人。她们看起来很自信，仿佛自己就是社会精英。秋和却突然胆怯了。这一切对她都很陌生。莫名的紧张突然困住了她，让她无法往前一步。她在门外徘徊了许久，爸妈的期许，小亭的鼓励，秦伯母的讽刺，秦丽的交代，甚至村里三姑六婆的闲言碎语都在脑海里走过一遍，经过紧张、低落、恼怒、振奋等一系列情绪的纠缠，她才慢慢让自己平静下来。

念着小亭对她说的“有响声才够气场”，秋和也学着那些“精英”的样子，挺起胸膛，踩着高跟鞋噔噔噔走进电梯，来到 8 楼林氏企业人事部。

她一出现在门口就有一位穿制服的女秘书出来迎接：“您好！请问是华小姐吗?”

“您好！我是华秋和，是来应聘的。这是我的简历。”秋和努力让自己微笑，把简历双手递过去。

“请随我来。”

女秘书把秋和带到一间办公室外，让她在外面等着。过了一会，女秘书出来对她说：“你一会就在这里面试。请进去吧。”

秋和进了面试间，女秘书就把门从外面带上了。女秘书关门的瞬间秋和看到她脸上神秘一笑，感到有些疑惑。她小心翼翼地坐在沙发上，像一只小鸟一样安静，双腿并拢坐着，腿上紧握着的双手有些冒汗。沙发前的桌子上有泡好的热茶，还放着一个崭新的盒子，但一个人影都没看到。等了一段时间，还是没人进来。她不禁感到纳闷，心想会不会像书上说的，有些公司会让面试者进入一个空荡的房间，然后面试官就在暗处监视自己的行为呢？她看看四周，也没有废纸让自己捡，地板呢，也很干净，不知道表现的空间在哪里。这时她注意到办公室中间有一个藤编屏风，等待让她的紧张渐渐变成了些许好奇和不耐烦，便大着胆走过去一探究竟。

突然屏风后传来一个男人的声音："请坐!"

秋和吓了一跳，赶紧坐回沙发上，神秘的气氛让她又紧张起来，目不转睛盯着屏风。

"请问是华秋和小姐吗?"

"是的，先生!"秋和摸不清对方的底细，小心翼翼地回答。

"你终于来了!"面试官说。

终于? 秋和纳闷地盯着屏风。秦丽昨天才告诉她面试的事情啊! 面试官怎么说得好像等了好久一样。

"噢，我的意思是你准备好了吗?"

"准备好了!"面试官的声音听起来像是个年轻男子，语气还挺亲切的，秋和紧绷的神经放松了些。

"为了避免以貌取人，我们公司的面试总是隔屏面试，华小姐可以接受吗?"那声音又说道。

"可以。实际上我觉得十分明智。"秋和一向不喜欢以貌取人，听到这话对这家公司顿生好感。

"好，那我们正式开始。"

秋和把短发往耳朵后面捋了捋，正襟危坐。

"华小姐，你有手机吗?"

"还没有。但是工作了我会马上买的，不会耽误工作的。"秋和有些紧张地回答道，生怕因为没有手机而遭到否定。

"好! 为了不影响工作，公司现在要求你从今天开始随身携带手机，你能做到吗?"

"可是，我……"秋和感到有些为难。她很久没有问家里要钱了，现在临近毕业，更不想向父母伸手。可是自己剩下的钱也不多了。

"公司已经为你准备好了手机。请打开桌上的盒子，里面的手机是为你准备的。"

秋和这时才注意到了桌子上的盒子原来是一个手机盒。她好奇而小心地打开一看，是一款粉蓝色的女用手机，连卡都已经装好了。

"我们每个员工进入公司就要用同一款手机，用公司配给的号码，而且要保证 24 小时开机。”

秋和拿起盒子里崭新的手机，惊喜之余，很好奇这家公司怎么对员工那么好呢？居然每个员工都配手机，而且还硬性要求！更奇怪的是，面试官仿佛已经认定要录用她了。

“公司偶尔晚上也需要加班，所以这个手机你要保持开机，不能影响工作。这是公司对员工的基本要求，你能做得到吗？”

“好吧！”秋和应道，虽然她希望业余能多些时间写作，并不喜欢加班，不过这个要求让她感到接受这个手机心安理得一些。

“那麻烦华小姐把手机先放包里，我还有很多问题要问你。”

隔着屏风的面试官声音亲切，但说话时还是带着命令般的威严，秋和敬畏地依言把手机放进包包里。

“那我们继续。请问，华小姐。你心目中理想的男朋友是怎样的呢？”

听到这个问题秋和心中又纳闷了，面试不问我的能力，怎么问些隐私啊？转念一想，面试官大概是想了解她的价值取向吧。

“理想中的男朋友，应该是个积极上进的年轻人，勤快，成熟，稳重，有责任感，宽容和善。”她谨慎地回答道。

“那你现在有男朋友吗？”

“这个……在找……这不会影响我工作吧？”秋和摸了下耳根，渐渐感到这面试有点奇葩。

“不会不会，哈哈哈……没有才好！”她说的在找指的是在找星和，可面试官明显理解错了，而且居然哈哈大笑起来。

秋和皱了皱眉，这笑声似曾相识，但是一下子想不起来在哪里听过。另外，他说“没有才好”太奇怪了吧，我找不到星和他这面试官怎么还叫好呢？

“那你对婚前同居有什么看法？”面试官又笑着问道。

“嗯？嗯……我可以理解，但是自己应该不会尝试。”秋和有些愕然，问男朋友就算了，怎么连同居都问啊？

“那婚前性行为呢？”

“我觉得第一次发生在新婚之夜比较美吧。”秋和感到有点难以应付了，有点不好意思地低下头，喝了口茶。

“那你是处女咯?”

秋和满口的茶差点喷出。

“哦，这个问题只是为了了解和妹妹对生活的态度是否严肃。”面试官似乎也知道这个问题有些出位，自己解释起来。

和妹妹?秋和听到这称呼心下更是起疑了。从小到大只有林小语一个人这样称呼过自己。难道?

她不动声色地答道：“我当然是啊，我还没结婚怎么会不是呢?”

说着静悄悄走到屏风后面，只见一个男人捂着嘴巴笑得前俯后仰。

“林小语?真的是你!”秋和看到面试官的真面目，不禁又羞又怒。

“你真无耻!居然利用职权欺骗别人的隐私!”秋和伸手夺回林小语手里的简历转身就走。

“和妹妹!”眼看秋和被气得面红耳赤，林小语这才敛起笑，起身去追。

刚追到门口，女秘书正好过来对他说：“林经理，一位姓秦的小姐找您。”

他话音刚落，林小语就听到有人叫“林哥哥”!

循声望去，秦丽赫然出现在走廊里。林小语突然紧张地朝右边电梯的方向看去，秋和刚好进了电梯。

“看什么呢?”秦丽朝他看的方向望去。

恰好电梯门关上了，秋和的身影及时隐没，林小语暗暗松了一口气。

“没什么。”林小语故意轻描淡写地说道。

“怎么看到我不高兴啊?”

“哪里话。”

“不打算请我进去喝杯茶?”

“当然，请进请进。”林小语边请秦丽往里坐，边朝电梯的方向又看了看，没再见到秋和的身影，这才安心进去招呼秦丽。

林小语在给秦丽倒茶时，发现桌子上手机盒打开着，手机已经拿走了。他已经在那手机里装了一张卡，秋和带着这个手机，就不怕联系不上她了。想到这，林小语面露喜色。

“对了，秋和来面试了吗?上次她说会来试一试呢。”

林小语神经一紧，喝了口茶定定神才说：“哦，没有啊。可能她不感兴趣吧。你知道，现在的大学生，对工作期望很高的。”

“噢，那太好了。”秦丽听说秋和没来松了一口气，她想，这下不必担心秋和对她和林小语的关系造成威胁了。

“什么?”林小语看她喜形于色表示奇怪。

“哦，我的意思是……对，你说的对。秋和就是这个样子的，心气太高了。其实我今天来就是想告诉你，秋和不会来面试了。”

林小语一听不禁多看秦丽两眼，秋和不是才走吗？原本为自己撒谎感到不安，可秦丽的表现把这种不安完全消除了，反而是秦丽对秋和反复无常的态度，让他很是纳闷。

秦丽看到他审视的表情，立刻转移话题，热情邀请道：“一会下班，请你吃饭好不好？这附近有家店的柠檬鸭味道很不错呢!”

“不好意思啊，晚上约了位战友。”

“那周三晚上我去找你好不好?”

“嗯。到时再联系。”林小语这么说是因为不好一再拒绝，但秦丽却当是他应了自己，甜甜地笑着说：“那你先忙，到时见!”说着站起来就要走。

“我送你回家吧。”

“不用了，你忙吧。”

“别客气，我顺路。”

林小语虽然不喜欢秦丽，但也不想因为怠慢得罪她，更不想因为这“烂桃花”得罪她位高权重的父亲。加上秦丽和秋和的姐妹关系，要是秦丽讨厌他，那秋和估计也不会对他有多少好感。所以他是小心翼翼伺候，千方百计保持距离，又不敢怠慢了她。可这么一来，秦丽对他的好感却更多一分，越发觉得他是个君子，不像那些轻浮的富家公子。

一送走秦丽，林小语就打电话给秋和。他想向她道歉，请她一定要来上班。

“您拨打的号码已关机，请稍后再拨”。

另一端传来的系统录音像冰水一样泼到林小语灼热的心上。他千方百计把个“追踪器”装到她身上，可还是无法联系到她。

一遍遍地拨打，一遍遍的失望。

她真生气了？不理我了？

秋和此时正帮徐小亭收拾出国的行李，一边吐槽面试的遭遇。

“看样子，这林小语还有处女情结啊？”小亭摇摇头，郑重地看了秋和一眼说：“你完了。”

“什么完了？”秋和有些惊恐道。

“你告诉他你是处女，这不是让他误会你在暗示什么吗？”小亭瞄了瞄秋和下身，一脸邪恶道。

“去你的！我是在等星和，和这林小语有什么关系！这个人，我讨厌还来不及！我真没见过这么厚颜无耻的人！”秋和气鼓鼓道，拿起小亭手机要给秦丽拨过去。

小亭却抢先收回自己手机，一脸邪恶地坏笑：“先告诉我，怎么个厚颜无耻法？他怎么欺负你了？”

“别闹啦，我要向秦丽道个歉，因为林小语这个混蛋，我不能去林氏企业上班了。”秋和一脸认真，脸色怒气未消。

“好啦，收拾行李，不逗你啦。”小亭笑嘻嘻把手机给秋和。

电话接通了，可秋和才刚叫了声丽姐，那边就挂断电话了。

又拨了几次号，秦丽一直没接，秋和好生纳闷。

原来秦丽真以为秋和没有去面试，她不想秋和与林小语有接触，但又不知道怎么和秋和解释这事情，只希望秋和等不到她的答复，自己就放弃去林氏企业了，所以一听到秋和的声音便挂断电话。

“真奇怪，秦丽怎么就不接电话呢？”

“快帮我收拾啦，收完卧谈哦。别想那两个奇怪的人了，明天我就要去美国了，今晚可是我们最后一个晚上啊。”小亭故意暧昧地笑道。

夜深，两个女孩还舍不得睡觉，天南地北地聊。

“秋和，我出去后，你就住这吧，我爸妈不会介意的。”小亭贴心地说。

“你知道我这个人脸皮薄的，你在的时候我来蹭吃蹭住还行，你走了，我肯定不能厚着脸皮霸占的嘛。你们在国外生活也不容易，租出去可以补贴生活啊！但你这大房子租金太贵，我得租个小屋。”

“真拿你没办法，又骄傲又倔强。”小亭无奈叹口气，接着说：“不过，有件事你还是得听我的，你的那个星和啊，无影无踪，你不能为了一句小孩子的承诺就一直单身啊。要现实些。”

“我知道，我知道这些道理。可是我梦里只会出现他一个人的身影，我的脑海里就回荡着他一个人的名字，我去到哪，看到美景，吃到美食，就会想着和他共同经历共同分享。好像这就是习惯。这十年，我已经习惯他住在我心上，习惯走到那里，就思念到哪里。我不知道要怎样习惯另一个人。”

听了秋和一番话，小亭沉默许久，最后才说：“你连异性朋友都不交，这也太没必要了吧。我看那个林小语，对你其实挺用心，你就当作交个朋友，也没事啊。学会与异性交往，是人生存的必备技能，知道吗？就答应我这一点，好不好？”

“可我真的不想和他又瓜葛，虽然我朋友少，但我是宁缺毋滥的！”

突然传来一阵低低的手机震动声。

“你买手机了？”小亭惊讶地问。

秋和这才想起包里的新手机。

糟糕！手机忘记取出来还给林小语了！看来想毫无瓜葛都不行了！

第七章　重逢

看着小亭的背影离开，前所未有的孤独感向秋和袭来。

现在只剩我一个了，一个人等星和。就好像深夜里独自等末班车一般。更糟糕的是她甚至无法确定这趟末班车来不来。

还好，还可以回家。至少父母什么时候都在家等着自己。

上了公交车她才想起，今天正是姑姑忌日。姑姑的忌日是家里重要的日子，不管多忙爸爸都要求她回去。就连秦伯父，每到姑姑忌日也都会来。

冬天的阳光柔和地照耀着两层高的小楼。后院光秃秃的苦楝树上还挂着一些鸟儿吃剩的黄皮苦楝。

秋和一进院子就欢喜不已地喊："爸妈，我回来了！"

她兴冲冲跑进屋，脸上的笑容却突然僵住了。

大厅里那个自己称作秦伯父的人双手抓着妈妈的双臂，妈妈低着头靠在他怀中。

她呆站在那，双脚像粘在地上无法挪动，脑袋嗡嗡回想丽姐说的"风流债"。难道秦伯父的风流对象是妈妈？

"我们的关系太复杂了，还是先别让秋和知道好！"她妈妈压低声音说。

关系太复杂？秋和只觉脑袋像被人一拳猛击。

"可是，你一定要帮秋和找到份好工作啊！"妈妈抬起头祈求地看着那个男人。

“放心吧，我会安排好的!”那个男人说着，拍拍妈妈的肩膀!

这时他似乎意识到门外有人，往外扫了一眼看到秋和，立刻放开她妈妈，表情尴尬地往后退了一步，有些不自然地叫了声：“秋和！你回来啦?”

秋和妈妈闻声惊讶看过来，秋和却头也不回捂着耳朵夺门而去。

秦士一直给她复杂的感觉，让她又敬又畏。他似乎是最亲的人，又是最陌生的人。他看她时，有时充满慈爱，有时又充满歉意。他送的那些礼物，那些钱，还有那些对她来说“奢侈”无比的飞机票，都是因为和妈妈这层“复杂”的关系吗?

妈妈，和秦伯父?怎么会?怎么可能?

可是她明明看到，明明听到!

她不敢问，希望只是错觉，只希望远离这一切，越远越好。

她往外逃，在门外看到烂醉如泥的父亲，把她挡在门口。

父亲像以往姑姑的忌日一样，喝了很多酒。

“爸。”

“孩子，是爸不好，爸没保护好你妈妈，不然你妈妈也不会行为偏失!”父亲一席话，把她推向更纠结的思绪里。这么说，爸已经知道了?看到爸爸悲伤的神情，她更是确定了心中的疑惑，凄苦地笑笑。

“乖孩子！你可要争气。你是我们华家唯一的希望了!”华武语重心长道。

秋和不住点头，心里明明难过极了，却流不出一滴泪来。

“秋和!”身后传来妈妈的叫声。

秋和一见到妈妈和秦士的身影，像见鬼一样背过身去，头也不回跑离家里。

华武酒醉未醒，口里直叨叨着乖女儿，要争气啊，乖孩子!

深冬的夜，路上行人稀少。晚风吹得有些急，秋和站在南湖边。

从家里跑出来她就来到这里。这个曾经偶遇“星和”的地方。

他会不会再出现?真的好想好想见见你，哪怕只是再看看你的背影，哪怕只是擦肩而过，也能让我少些孤单。

可等到日落，那个背影也再没出现。

她脑海一遍遍浮现着白天发生的事情，只是无人倾诉，无处排解。

风把短发吹得散乱，她感到脸上阵阵冰凉，原来泪水已挂满双颊。

“秋和？真的是你?”

黑暗中响起一个男子的声音。

秋和看了一眼来人，却是林小语。她撇过脸去，抹了抹泪水。

“想见的人不来，不想见的人阴魂不散。”也只有在这样情绪低落的时候，她才说得出这样的狠话，只是声音太过低柔，林小语根本听不清。

“什么，想见我？“

“我不认识你，走开!”觉得受了打扰的秋和终于大声喊道。

“还在因为面试的事情生气呢?”

“别生气了！我向你正式道歉！秋和小姐，对不起!”林小语朝秋和鞠了个90°的躬。

秋和闪过一边：“我可受不起!”

“我知道错了。真的。以后再也不敢这样了。”

林小语拍拍秋和的肩膀，她撇开他的手，仍是不理他。

“唉，我也因为做错事受罚了啊。我现在失业了。”

“那关我什么事啊?”

“我因为上班时间去找你，被我爸大骂了一顿。今早我就被公司开除了。”

“你爸骂你？然后你就被开除了?”秋和惊讶道。

她还不知道我爸就是公司老总呢，林小语心想着，转口说：“哦，我父亲在我上司面前告状嘛。然后我就……”

“天下居然还有这样的严父？那我岂不是要为你的失业负责?”秋和原不想再理这个人，但听说他因为自己失业，内心感到愧疚，同情起林小语来。

林小语听了心里窃笑，这女孩子还真是好骗！继续扮可怜：“是啊！我现在没有工作，和家里也闹翻了。现在只有你一个朋友了!”

秋和同情地看着他，叹了口气。

“你怎么知道我在这里?”

原来林小语今天又去村里找秋和，却听华伯父说秋和离家出走了。还拜托他和秦丽要帮忙找到她，让她一定要回家听爸妈解释一些事情。至于什么事情，华武并没有告诉林小语。

林小语听说秋和出走，心里暗想一定要在秦丽他们之前找到秋和。他不希望让秦丽先找到秋和，再告诉她和他相亲的事情。他从中午一直找到晚上，一口水都没喝过。

“我只是在附近逛逛。真巧，遇到你。真是缘分啊。对了，为什么你的手机总不开机？想找你都找不到。”

“不是我的手机。对了，我之前还担心要怎么还给你呢。不过我现在没带身上。”

“我给你写了信你也不回。”

“我没有收到。”秋和其实看到他发到邮箱的表白情书了，但并不想回应，所以装作什么也不知道。

“那一定是你没有开邮箱看。”

“那你现在可以当面告诉我啊！信里都写了什么呢?”话一出口秋和就后悔了，她并不想卷进这个情网。

“好，你听着哦!”

“别开玩笑了！我没心情。”秋和突然不停地咳嗽。

“外面风太大了，我们找个地方聊聊吧。喝咖啡怎么样?”

“你都失业了还有钱喝咖啡吗?”

“那么多年的军官，总有点私房钱吧?”

“你真是军官?”

“是啊，货真价实的上尉。”

“哦。”她从来没有接触过军人，不禁感到很好奇。如果是以前，她一定会问许许多多的问题，可是现在她那点新奇兴奋很快就被阴沉的情绪淹没了。

咖啡屋里暖暖的。比萨端上来的时候，秋和听到自己肚子咕噜咕噜地响，她一整天没吃东西了。

“快趁热吃!”林小语笑笑看着秋和，脸颊现出两个小酒窝。

秋和迟疑了一下，叉起一小块比萨。

吃了几口，长长的睫毛又挂上了泪珠。

“怎么哭了?”

林小语抓住她的手，感到冰凉冰凉的。她好像没察觉他的触碰，对着吃了几口的比萨饼低头呆视。

妈妈每天面朝黄土背朝天，含辛茹苦把自己养大，一直是个善良淳朴的农民妈妈，她甚至没化过妆，没穿过什么花哨的衣服，可她怎么会……难道品质再优秀的人，最终也会为钱权妥协吗?

“到底怎么了?”。看着秋和默默流泪的样子林小语担心不忍。

“如果有一天我成了乞丐，你还会请我喝咖啡吗?”

林小语听到她奇怪的问题，哑然失笑：“我不单会请你喝咖啡，还会把你接回家，把你洗得干干净净的，娶你做我的新娘!”

“我现在是真的无家可归了!”秋和喃喃地说，眼里闪着泪光，完全没有把林小语的半开玩笑的表白当真。

“你真暂时不打算回家?”林小语伸手想帮她拭去泪水，但她接住了他手里的纸巾。

“嗯!我想写作，我想有一点成绩了再回家。到时候，爸爸就又以我为荣了。我是他唯一的安慰了，我不能让他失望。”秋和扬起头，擦干了泪水，硬挤出一个笑容来。

“你一定会成功的!”林小语知道成功这两个字意味着多少艰辛和磨砺，但是面对除了梦想已经一无所有的女孩，他不忍心打击。

“真的吗?”

“嗯!但是你要听前辈我的话，知道吗?”

秋和终于破涕为笑：“请前辈不吝赐教!”

表情又多了平日的俏皮，眼睛恢复了天真灵动。

林小语欣慰地笑了。他感觉到她接受自己的帮助了。终于迈出第一步了!可是触碰到秋和纯净的眼睛时，蓦地想到紧聪明又敏感的她会不会早看出他的“非分之想”，逃之夭夭?

“我想租一间房住下来。”

一听说她要租房，林小语脑瓜立时闪过“金屋藏娇”一词。父母给他买有一套房子，给他将来结婚用，装修好了，家具也备齐了，随时可以入住。要是秋和住进自己的套房，那就不愁和她亲近不了了。想到这，林小语甜滋滋地自己傻笑起来。

“喂，你有在听我说话吗?”秋和拿刀叉轻轻敲了下他的杯子，林小语才回过神。

“噢，租房？你在南城没有亲戚可以投靠了吗?”他明知故问，其实就是想知道秋和会不会选择投靠秦丽。

秋和摇摇头说：“我是不会去的。以前不会，现在更不会了。”

“那太好了!”林小语最怕万一秋和和秦丽走到一起，自己就完全没机会接近她了。

秋和看到他那么“幸灾乐祸”，很是奇怪。

“哦，我的意思是，写作嘛，有自己私人的空间，才好嘛!”他意识到自己忘形，急忙解释。

“是啊。VirginiaWoolf 说要成为一名作家首先要有自己的一间屋子。”

“嗯，那是不是得先解决今晚的住宿啊？我带你去宾馆开房吧?”说完开房二字林小语自己都吓了一跳。难道潜意识里那种想法那么强烈？他越想越感到耳根发烫，低下头，胡乱搅着咖啡。

“哦，不用了，我这段时间都住我同学家，不过她出国了。我还可以暂住几天，但是，我还是自己找地方比较好。”

林小语听她说的完全没有责备的意思，大胆抬起头看她，这才发现她脸上一片纯净，完全没有异样的表情，又感到有些惭愧，又为她的单纯感到欣喜。

都说单纯的女孩即使听黄色笑话也不知道笑点，秋和成年后并未有过恋爱经验，听到开房二字，想到的也只是住宿，不会有其他联想。

“你就把租房的事情交给我吧，我对这里很熟的。你想要怎样的房子?”

“不需要太大，干净安静就好了。不能太贵，不然我做家教的钱都不够交房租。”

“你还做家教啊?”

“是啊，再找到正式工作之前，我可以做兼职养活自己啊!”

“我知道有一个地方，房租便宜，房子也好，环境也不错，而且附近刚好有个朋友在找家教，你要不要去看看啊？”

“那太好了！”秋和终于开心一笑，昙花一现般美丽，林小语内心又是一阵悸动。

如果她能住进我的房子里，那我和她的爱情……林小语沉浸在幻想里，想到一些情节脸居然涨红了，偷偷地看了看对面的女孩，生怕她能看到他心底那点淫念。

“可是，那个手机不是公司的吗？怎么还回去呢？”

秋和对他的心思“毫不关心”，林小语这才放松下来，轻轻拍了下她的脑袋说：“傻瓜，哪有给新员工配手机那么好的公司啊？是我专门给你准备的。”

“你，怎么对我这么照顾？”

“只是想联系方便啊。是朋友就不用这么客气了。你不把我当朋友吗？”

“嗯。”秋和有些犹豫，“你得先回答我一个问题。”

“一百个都行。”

“你爸爸是不是钢铁公司的老总？”秋和盯着他，期待着回答。

“不是啊。我爸的公司做旅游的啊。怎么了？”

星和说过，他的仇人是钢铁公司的老总林楠，儿子叫林小语。她虽然不支持星和复仇，但也不愿和他的仇人有纠葛。

沉思片刻，她又问：“那你认不认识一个叫林楠的人？”

“你说林氏企业老总林楠吗？”

“怎么林氏企业的老总也叫林楠吗？”秋和惊讶地问，转念一想，那么多年了，他改行了也不奇怪。

“是啊，怎么了？你要找他？”林小语好奇地看着秋和，很奇怪她居然会问关于爸爸的事情。

“哦，没事。我只是想问，你是不是林楠的儿子？”秋和审视地看着他。她愿意尝试和他交朋友，只要他不是星和的敌人。毕竟一个人的南城，也太过孤单了。

“哦，不是。我要是大老板的儿子，怎么会失业呢？”林小语矢口否认，说完自己都有些惊讶，说不清为什么要故意隐瞒，似乎这样的追求方式让他感到更安全。从她的表情看，似乎不是很喜欢爸爸。而且，如果身无分文也能讨得女孩的喜欢，证明一定是真爱了！

“嗯，也是。你刚才说你爸公司做旅游的。你爸开公司？”

“哪里，我爸只是……导游，做导游的。”林小语说完，暗喜自己越来越“机灵”了。

“那我就放心了。其实，认识你这朋友我挺开心的。”秋和冲他轻快一笑。

“你问林楠做什么？”他还是好奇秋和怎么会问起他爸。

“啊，没什么。我只是不大喜欢和有钱人交往。很晚了，我该回同学家了。”秦士和妈妈的一幕，让她对富人更多了许多反感。

“我开车送你吧。”

林小语把车开过来接她时，秋和才注意到车上 BMW 的标志，不禁感到惊讶。

“哇，你还开着宝马啊？你不是富二代？”秋和一双清澈的大眼睛疑惑地盯着林小语。

“我哪有钱买车啊，我连个电动车都没钱买呢。这是和朋友借的。哎，反正他也不用，放着浪费。偶尔开开，方便嘛。”林小语装出一副轻松自如的样子，表现得越来越自然了，仿佛自己都忍不住相信自己就是个穷浪子。

上车前，秋和又问了一次：“你真的和林楠没有关系？”

林小语傻笑着说，“有啊，人们都说同姓一家亲嘛。”

见到秋和仍在迟疑，他故意急道：“不是说是朋友吗，你不相信我？”

秋和这才笑了笑，说：“没有啦。好好，信你，我们都是贫困的无产阶级！”。

林小语心中暗喜，开着车吹起口哨来。这个隐藏身份的游戏越来越令他着迷了。他那听命于父母的古板人生，变得如此生动有趣。

“明天我来这里接你。记得一定要开机！”秋和下车时，林小语急切叮嘱，好像害怕女孩又莫名失踪。

秋和微笑着点点头。

看到她终于答应，林小语内心感到一种临近成功的喜悦。只要秋和住进自己准备的屋子，就不担心她飞走了。

林小语回到家就瞥见坐在沙发上的秦丽，瞬间表情变得有些不自然。她怎么来了？

“儿子，怎么才回来？看丽都等了半天了。我们做了一桌子菜呢，看还剩那么多！”坐在客厅等候的林母帮着她那“准儿媳”责备道。

“我下班去你们公司找你了，没见人就过来了。”秦丽站起来自己解释道。

林小语隐约想起来秦丽好像说过要来找他的，可他完全忘记了。

已经晚上九点多了，看样子她等了他很久。林小语心里感到些许歉疚。

“去哪里了？怎么让女孩子等那么久呢？”

“哦，去找一位老战友了。乡下的，他请我在他家吃饭……所以回来晚了。”

秦丽微微笑说：“伯母，没事的。反正和您聊聊天时间过得也很快。”说着久久看了林小语一眼。林小语抬起头，眼睛刚好撞上秦丽询问的眼神，只好尴尬笑笑又低下头。

“嗯，天晚了，我还是先回家吧。”秦丽也明显感觉自己不受待见，悻悻说道。

“小语，送小丽回家啊。”林母似乎也感觉到空气中的紧张，特意做此安排。

“哦，不用了，我自己打车就好！”秦丽客气道。

“没事，我刚好要出去找位朋友，顺路。”林小语多少想借此弥补对秦丽的愧疚。

在车上他有种想“摊牌”的冲动：我林小语喜欢的是秋和，不打算和你交往。可每每要开口，嘴巴似乎被胶水黏住一般。

秦丽看他心事重重，问道：“你怎么了？”

林小语这才意识到自己上车半天没有和人家说一句话，歉意地说道：“哦，没有。我开车技术不好，开车时总是很小心，不敢分心说话，不好意思啊。”

林小语这么一说，秦丽就感觉他是在撒谎。她听说林小语连坦克都会开，开一部小车怎么会为难他呢？但既然林小语这么说了，自己再说话，倒显得很不识趣，便缄口不语。

林小语把秦丽送到时，憋了很久的秦丽问道：“散散步好吗？”

“哦。”林小语低着头说。

“你有喜欢的人？”丽突然问道。

林小语惊讶地抬起头看着秦丽，一时间居然有些紧张，摇了摇头。

“你喜欢过一个人吗？像我喜欢你一样。”

林小语对秦丽的直白感到愕然，可她双眼里流露的深情又让他感到一阵迷醉。

秦丽走上前，踮起脚，在他脸上轻轻吻了一下。林小语怔住了，自己怎么没拒绝？甚至看着她楚楚可怜的表情，有些想把她搂入怀里的冲动，只是突然想到秋和便停住了。

返回的路上，林小语心乱如麻。秋和的可爱，秦丽的热情在他脑海里反复出现。

秦丽已经表白了，自己下一步该怎么走呢？

他有些分不清自己是舍不得秦丽的深情，还是害怕说出实情会影响他追求秋和。

但第二天陪秋和去租房的念头瞬间就让他兴奋起来，陷入各种幻想里，把纠结的烦恼都抛到一边了。

第八章　房客

第二天早餐，林小语说：“爸，我这几天有点事，就不去上班了啊。”

林楠脸一沉，筷子往桌上啪地一放说：“你是把公司当成游乐场呢？在部队练了几年，怎么还这么任性妄为？”

“哪有，我有点私事忙。”林小语抹抹嘴就想走，还没注意到林楠脸色沉沉。

“坐下，说清楚，什么事比自家公司还重要？”

林小语不情愿地坐下，不敢说要带秋和去“租房”，又想不出一些借口来，手不自主挠挠脖子，半天答不上一个字。

这时林母像想起什么似的，饶有兴趣地把他打量了一番。

“儿子，今天穿得这么帅，要和小丽约会？”

恰好这时家里电话响了。林母接起电话，立刻露出脸盆大的笑容，招手让林小语快来接电话。林小语看到这笑容就预感电话是秦丽打的，忐忑不安地走过去。

“喂，您好！”

“小语哥，我是秦丽啊！”电话那端传来焦急的声音。

“噢，秦丽，这么早啊！”林小语客气道。

林母听了冲林楠一笑，林楠无奈摇摇头，凝重的神色却缓和许多。

“小语哥，有件事得拜托你。要是秋和去你那里应聘，你一定要通知我！她离家出走了，又没手机，联系不上，家里都急死了！你一有她的消息一定联系我!”

林小语听了暗暗庆幸他们还没找到秋和，心中泛起独占爱人的喜悦，可嘴上却故作严肃地应着:“噢，好，好的，没问题！到时候电话联系!”

林母以为他们是约见，笑着催促:“小语，要约会就赶紧去啊！昨天你放人鸽子，今天可不能再迟到了!”

林小语顺着母亲的意应好，赶紧匆匆出门，就怕秦丽他们捷足先登找到秋和。

秋和在路边朝公车来的方向翘首张望，林小语迟迟不来。半小时过去了。第3辆111路车停靠路边时，她一个人上了车，前往城中广场。妈妈和秦伯父的不明不白，星和的杳无音讯，慢慢地，都在心里化成浓浓愁绪。

下车时，她感到鼻子一阵酸刺，挤过人群发觉眼泪狂飙下来。倒不是林小语不来令她难过，只是孤独的时候人更易胡思乱想。广场上路人不经意的扫视令她感到很尴尬，她讨厌自己在别人眼中悲戚的形象，低下头往广场东面的房产一条街快步走去。模糊视线中，撞上从中介铺面出来的一个男子。她狼狈地闪到一旁，低着头说对不起。

男子向她递了张纸巾。余光告诉她这是一个穿黑色夹克的长腿男人。

她擦掉泪水，抬头想说声谢谢，那长腿男子已往另一个方向走去。

好熟悉的背影，这不是她在江边偶遇的“星和”吗?

是他！真的是他！那个一直清晰印在她脑海里的背影。

秋和忍不住追着那个身影跑了过去，待要喊“星和”，一个女孩不知从哪冒出来，挽着他的手上了一辆车。

又是上次那个女孩!

秋和看着那扬长而去的小车，手紧攥着纸巾失落地呆站。

纸巾，纸巾的记忆。

原来小时候就容易哭的。

孤独，敏感。是啊，原来人长大了也还是小时候的性格，只是多了许多伪装。

星和离开前的一天，突然送了她一盒纸巾。有精美图案的纸巾，印着一个女孩坐在一个男孩的自行车上，背景是一大片洁白的茉莉。纸巾有淡淡的茉莉茶香。

“为什么突然送纸巾？这么多够我们买3个冰淇淋了！”

星和掐了下她婴儿肥的脸颊，笑笑说：“等我不在的时候，它们替我帮你擦鼻子。”

原来那时他就在说离别了。

这个递给我纸巾的“星和”是我的星和么？

手机铃声打断了思绪。

“和妹妹，你在哪里呢？我来接你去看房子。”

听到林小语的声音，秋和咳了咳滤掉哭腔说：“我在城中广场对面的房产一条街。”

“我都帮你找好了，你怎么自己去中介啊？”林小语语气里满是责备。

秋和突然注意到她手里的纸巾印着柴米房产几个字。难道“星和”也来这里租房？要是租到和他相近的地方，或许就可以问清楚他的身份了。

“喂，秋和，你在听吗？说话呀！很多中介都是骗钱的。你别上当啊。别和人家去看房子，知道吗？在那里等着我！”

林小语在电话那头着急地问着，秋和却已经忘了手机还在通话，没理会他，走进“星和”刚走出来的柴米房产。

窗玻璃上贴着很多广告，一眼看去，数字都在500以上，让还没工作的秋和有点生怯。

这时柜台后一个戴眼镜、肚子滚圆的中年男人站了起来。眯缝眼，小鼻子加上肉嘟嘟的双颊看起来像柜台上的招财猫。招财猫笑眯眯地问道：“美女，早啊！买房还是租房啊？”

“您好！我想租房。”秋和听到有人招呼，有些怯怯地答道，不知道怎样开口问关于“星和”的消息。

“多大的？单间还是套间啊？”招财猫继续热情地招呼。

“嗯，我还是个学生，没什么钱。有没有贰佰元左右的房子租啊？”

“那你来得巧了。刚好有一套一室一厅。200 块一个月。”

“哦，有这样的好事？为什么其他的这么贵，单是这套这么便宜呢？”

“他好像是急着出租吧。你来早点就好了，那位先生才刚走。”

莫非他说的就是“星和”？“那位先生长什么样啊？我刚才就在这外面呢。”

“穿黑色外套，个子很高的一位先生。你来之前才走，说不定你们才擦肩而过了。”

“就是刚才那位高高帅帅的先生吗？”

“是啊，他才刚走，你就来了。我看你和这房子还挺有缘的！”

秋和内心被一种难以名状的惊喜填满了。这是一条线，或许顺着这根线，就能找到星和。

“整个南城怕是找不到更便宜的了。去看房吗？”

“好！”秋和迫不及待想去确认心中的疑惑。

脚才踏出门就被一个人挡在前面。

那人掐了掐秋和的鼻子，责备道：“小姑娘，让我好找！”

来人正是林小语。

“你怎么和秦丽一样喜欢掐我鼻子！”秋和抬起头有些生气地说。

林小语一听到秦丽的名字，就好像受到了监视一般，浑身不舒服，立刻转移话题。

“小姑娘，你怎么不听话？不是说好等我带你去看房吗？”

“我不是小姑娘！而且，你迟到在先。”她抗议。

“不听话的小姑娘！”

“为什么要听你的话啊！不高兴就别跟来啊！”

说着脖子一扭，有些生气，又有些任性的样子。林小语看着她那小女生的样子，便没法生气，摇头笑笑。

“快带我去看房吧。”秋和急切地说，双眼满是期待。

招财猫应着好便到路边拦的士。

“不用了，我有车！”林小语摆摆手，往自己的宝马车走去，嗓门像是因为骄傲扯高了八度。

“先生，您真是有钱人啊，好神气的宝马。”招财猫不失时机讨好恭维，希望这位反对者能促成这桩交易的达成。

“还行吧。”林小语得意笑笑，春风得意地请秋和上车。

秋和突然说：“你的车不是借来的吗？”

林小语顿了顿，内心既渴望她的崇拜，又想继续这“隐富”的游戏，尴尬地笑着点点头，坐在后座的招财猫的笑容似乎也染上了他的尴尬。

穿过七拐八弯的小巷以后，终于来到一栋小楼。

“这种小巷走夜路多不安全。”林小语一路还是千方百计想阻止她租房。

“放心，我长得很安全啦！“秋和好奇地看着窗外的小巷，好奇地看着她的“星和”生活过的地方。

中介带二人上了二楼。敲了几次门，都没人出来开门。林小语拉住秋和说：“没人，走吧。我都为你准备好房了。你去看看嘛，绝对让你满意！”

这时对面的门开了，出来一位穿着灰色波点珊瑚绒睡衣的阿姨，问他们是不是要租房，林小语抢先说：“不好意思吵到您了，没事，我们先走了。”

“不是，我是想租房。请问您知道房东去哪了吗？”秋和急问。

睡衣阿姨惺忪睡眼扫了他们一眼，打着哈欠问：“你们合租啊？”

听到合租二字林小语脸有些涨热，低头抓了抓脖子。

“就我一个人租而已。”秋和急忙挤上前解释。

阿姨并没特别注意秋和是多么认真解释，自顾开了门。

“阿姨，房主呢？他不在吗？”秋和着急打听“星和”的消息。

“他去别的地方了，租房的事情他交由我料理。以后叫我许姨就行。”睡衣阿姨对房东的信息多一个字都没透露，秋和感到很失望。

但房门打开的瞬间她激动得差点要尖叫。客厅沙发上挂着一幅山水画，那里面的山秋和第一眼就认出来了，这明明是村里的那座山，小时候星和常和她去那里玩耍。

“这哪是人住的地方啊？简直是垃圾场！”林小语一进屋就开始挑刺，眼见秋和没有按“计划”入住他的房子，内心失望极了。有那么几次，他差点就说：住我那里吧，做我女朋友。可看到秋和那略带婴儿肥脸上的纯纯眼神，又把话都噎了回去。

这是个一室一厅的小屋，有一个大大的阳台。秋和目不转睛地盯着那幅画，直觉告诉她，这屋子一定和星和有联系。接着她又在屋子的点点面面寻着“星和”的线索。卫生间和厨房很干净，但卧室和客厅地上都是纸张，一团团一张张的纸盒挤在地上，几乎落脚的地方都没有。房主似乎走得匆忙，都没收拾房间。这样乱的房子，确实影响出租呢。

外面的阳台倒是空旷，对于这个小屋实在是有些大得奢侈。秋和随手捡起一张纸，走到阳台去看，上面是未完成的画稿。秋和更怀疑这是星和的房间了。阳台外面摆着一个鱼缸，一盆吊兰，一盆仙人球和一盆剑兰，头顶的晾衣竿上还晾着两只袜子。

“好脏啊。这哪是人住的地方！”卧室又传来林小语的嚷叫。

这时阳台和客厅的缝隙里一本烧得剩下三分之一的日记本吸引住了秋和的目光。

她好奇地捡起来。林楠……血债血……

这文字让秋和激动的双手颤抖。是星和。是星和的字。这屋主，是星和的！那个背影，就是他的星和！

“秋和，你在看什么啊？”林小语到阳台寻她。

她急忙把日记藏在身后，说：“哦，没什么。”

“这仙人球看着好刺人啊。”林小语趴着栏杆说。

“你可以去楼下帮我买瓶水吗？口渴极了。”秋和想支开他。

“你不一起走吗？还要在这里待啊？这哪里是住人的地方啊？”

“嗯。我走得累了，想先休息一下。真渴啊。”她故意干咳了几声。

“哎，那你休息一下，我给你买点喝的就回来。”

林小语一出门，秋和迫不及待继续翻看那本子。但本子烧得几乎不剩几处看得见的地方了，只是零零星星看到些文字，并看不出原本的内容。她小心翼翼细细翻看。咦？她的名字：秋和……不起……仇……忘……星和并没有忘记自己。可是他要表达什么啊？对不起？忘了我？

“秋和，我回来啦！快来喝果汁。”秋和听到林小语的声音立刻把本子藏到剑兰花盆后面，“林小语”这个名字让她始终无法完全放下戒备。

“走吧。”秋和不希望林小语发现房子里的秘密，急着离开。

林小语以为她不租了，开心极了："走咯！这破地方真没什么好的！"

出来时，正等候的招财猫中介问道："怎么样？房子不错吧？"

"可以，我想明天就搬进来。"秋和说道。

"你疯啦？这么乱的房子！"林小语难以置信，他以为秋和已经和她达成共识了呢。

"如果你不喜欢这里，以后不来就好啦。毕竟这里是我住，不是大叔住！"秋和笑着说道，上了车。

"我怎么又成大叔了？你该叫我林哥哥。"

秋和忍不住笑了："那你是不是还有个林妹妹啊？"

"是啊，你就是天上掉下来的林妹妹，多愁善感的。"

秋和也不去否认，她是从小多愁善感，这倒没错。

"是啊，我不止多愁善感，还小心眼，你干吗跟着我？"

"哎，别生气啊，我就喜欢这样的女孩子嘛。"林小语说着把秋和拉回来。

"别开玩笑！"秋和柔柔地责备。刚找到星和的线索，她心上都是柔和的暖阳。

那柔柔的声音似乎给了林小语不少勇气，他忽然抓起她的双手激动地说："其实，如果我有一间房子，比这干净，比这大，比这豪华，给你免费住，你住吗？"

秋和想都没想甩开他的手说："当然不住！那不是小三待遇吗？我就要住这里！"

林小语脸红一阵白一阵，看到招财猫始终如一的眯笑，没好气地瞪了他个白眼。

秋和办完租房手续，脸上心里都是喜悦，总觉得离星和近了。可林小语却一张苦瓜脸。

"我帮你找的地方你都不看一下。"

秋和想了想，觉得似乎需要为没有接受他的好意而道歉，便说："对不起啦，我知道你一番好意，但总不能什么都让你操心嘛。再说你已经在帮我找兼职了。"

“不听话的妹妹！那找兼职你可要听我的！可别给人骗了！”林小语叮嘱着。

“谢谢你了。”

“找到了怎么感谢我？以身相许？”林小语笑问道。

“那停车吧。”秋和突然严肃地说。刚刚从“星和”住处出来，秋和内心有一种维护爱情的庄严。

“开玩笑的嘛。”

“那我告诉你，我有男朋友了，这可不是玩笑！”秋和又严肃道。

“哦？”林小语假装惊讶道，“是吗？他在哪里啊？带来我看看啊！”

“嗯……反正我有喜欢的人了！”

林小语哈哈笑起来说：“喜欢的人就是男朋友啊？那你岂不是我女朋友？”

秋和扭过头不理他。

“好啦。怎么又生气了。你什么时候搬过来？我帮你搬行李。”

想到自己那些笨重的行李，一个人挤公交确实很累。但这秘密园地她又不想别的男人闯入，而且她还要去找寻星和的线索。

“不用啦。我自己收拾一下。我可不想让别人误会我和一个男人合租！”

林小语把车开到南湖区附近，才靠边准备把秋和放下，突然一个青衣妇人往路中间走来，林小语一个急刹，差点没撞上。

一个四十来岁的中年妇女恍恍惚惚走向对面公交站台。只见她青色针织衫配黑色长裙，看起来还有几分优雅，但是精神状态看起来很糟糕。

秋和赶紧下车看看那妇人有没有事，可一转眼的工夫她已走到对面公交站。

林小语眼睛也一直盯着青衣妇人，惊叫：“狐狸青？”

“喂，谢谢你送我回来啊！开车小心点！”秋和敲了敲车窗向他道谢。

林小语居然没有回答，踩下油门一溜烟就跑了。

再看对面站台，那妇人已经消失不见。

秋和隐隐觉得她有些面熟，却怎么也想不起来。

只是疑惑瞬间就消失，脑海的思绪顷刻被星和所占据。

第九章　青姨

“妈，我看到狐狸青啦!”

林小语一踏进家门，就聒噪地宣布新闻。

沙发上看电视的林母一听脸绷得像上了石膏，怨怒地瞪着林楠。

林楠手抖了一下，杯里的茶洒了一地。

“你说看到谁?”他缓缓地抬起头，镜片后双眼写满焦急。

“狐狸青啊！就是星和的妈妈青姨啊!”

“你真见到她了?”林楠仿佛听到初恋情人的消息一般满面春光。

“真的啊，今天在路上见的。”

林小语大声回答，坐到林母身旁，才注意到她瞪着林楠的双眼满是泪花，这才感到屋里硝烟弥漫。

他们虽然貌合神离，但一向相敬如宾。今天这剑拔弩张的架势他已多年未见。

“妈。”林小语小心叫着，仿佛声音大一点就会点燃空气中的炸药。

林母眼泪滚珠般落了下来，抓着林小语的双手，颤声说：“小语，扶我回屋。”

很多年前，父母就是因为这个女人吵架，差点要离婚。那么多年过去，没想到一提她的名字还是会在家里掀起风浪。林小语后悔自己嘴快，却也来不及了。

青姨是隔壁邻居，原来家境一直很好。她的儿子星和和林小语常在一起玩。星和爸爸意外去世后，青姨为了补贴家用来他们家做过保姆。后来父母开始因为青姨吵架。后来青姨和星和就搬走了，这么多年一直没他们的消息。

“小语。”林母打断了他的回忆，“以后你可要争气啊。”林母抹了抹泪水说。

“妈，儿子一直很争气啊。”

“嗯。妈知道，妈一直为你感到骄傲。你这么年轻，已经是上尉了。可是你回来以后也不去公司好好上班，才上了两天，就又不知道跑去哪里了。”林母叹了口气。

“妈，我只是想先休息一下。从小到大我一直都是个乖乖仔，后来按爸爸的意思，考军校，进部队，转业都快三十了，一出来又要继承父亲的事业。可是我自己的生活呢？我感觉自己好像就没经历过青春期。”

“哎，妈也理解你。但妈还是希望你能去公司上班，守住家里的产业，做出一番成就来。唉，你爸爸的心里始终有一个人。不提也罢，反正你一定要为妈妈争口气。”林母边抹泪边说。

“好，以后我都听您的话，妈，别哭了啊。哭了就不漂亮了。”林小语说着给母亲擦去泪水，像是在逗一个小女生。

林母破涕为笑：“就你会哄妈开心。”

“妈，您现在身体不好，还做那么多家务，多累啊，我去请个保姆怎么样？”

“找什么保姆！你这孩子，怎么和你爸一样，要请什么保姆！我们家再不能让不三不四的女人破坏了！”

林母眼泪又稀里哗啦掉下，仿佛满肚子的委屈一下子决堤而下，止也止不住。

林小语吓得不知所措，手忙脚乱抽了一堆餐纸给林母，忙说：“好，不请，不请，我们不请保姆。”

林家条件非常好，别说请一个保姆，请十个也完全不成问题，但林母一直坚持自己操持家务，家里的伙食卫生她都一个人包了，就是不请人来帮忙。林小语以前不是很明白，现在他可以确定就是青姨的缘故。

“开门！”门外传来林楠的声音，平静中压着不满。

林小语立刻起身开门。

“爸。”

林楠看了一眼父亲，就快快出门了，留他们单独在屋里。

林小语心情很复杂。父亲和青姨到底是什么关系？他很难像一个旁观者去审视、评判自己的父亲，又无法不为母亲考虑。

自从回家以来，他还没有如此烦恼过。他不禁感慨，爱情的折磨，比起家庭的磨难，只能算甜蜜的烦恼。

林小语在客厅里来回走着。楼上没有争吵的声音。

青姨的样子一直浮现在脑海里。印象中她是位容貌端庄、身材纤瘦的女性，气质温和宛如春风。他从未见过青姨生气的样子，甚至无法想象她生气的表情。

还有她的孩子，那个叫星和的男孩。

他们曾经是亲密的玩伴，天天叫他哥哥跟在他屁股后面。可是后来星和却突然不再理他了。

一个下雨的傍晚，青姨买菜还没有回家。星和忘记带钥匙了，放学回来进不了房门。他就一个人坐在屋前的台阶上，盯着不断落下的雨。他叫星和来家里躲雨，星和完全不理睬他，只是一个人坐着。他明亮的双眼充满过早的忧伤。星和从来不告诉他关于他父亲的事情，也不在他面前流泪。他只是沉默了。似乎习惯性地沉默着。有一种与世隔绝的冰冷。

林小语难以理解，一个十岁的弟弟，怎么会如此忧郁冰冷，为什么曾经家里买了什么玩具都和他分享，却突然一个字都不愿意对自己说。

那一次，他说了一句“你妈是狐狸青”，被星和打伤了眼角。之后，就形同陌路。

他们这些年都去哪了？现在又回南城做什么呢？

一定要查出这个女人的下落，问个明白。

他拨通了在公安局工作的战友，请他帮忙查查萧青的情况。

正在和战友通话时，楼上门开了。林楠走下来，听到林小语在打电话打听青姨。

“小语，你今天在哪里遇到的青姨？”林楠显得很焦急。他从未见过父亲为了一个人如此失态。

“在南湖附近。”林楠显得忧心忡忡，咕哝了句：“她回来了。”便匆匆朝门外走。

“爸，您去哪？”

林楠头也不回跑出门去，像要处理什么急事一样。

不用问，林小语也知道他去找谁了。老婆还在楼上难过，居然就又找别的女人去了？林小语心里更觉不爽。

林楠到市五医院周围转了转，四处打听这个叫青姨的女人，但都没有问到什么有用的消息。

总不可能在医院里边吧？这可是精神病院啊。

林楠心中疑惑，但附近除了一个大公园，几家汽车修理店，就剩这医院了。

哪怕只是来看病，好歹也是个线索。

林楠心想着便进去打听。

几经周折，还是没有任何消息。

这样大海捞针似的寻找，实在难找得很。

他把车停靠在疗养部下面的花园旁。

这时一位青衣妇人过来敲他的车窗。

“你有没有见我儿子啊？”

林楠迅速下了车，惊讶地看着眼前的妇人。一袭青色针织长衫，身材高挑匀称，即使盘起的头发有些纷乱，也挡不住精致的五官散发出的魅力。

“小青，你，你真的在这里。那么多年了，你还是风采依旧。”林楠激动地抓起她的手。

那妇人却不认识他，两眼空洞地看着他，重复着：“你见我儿子来上班了吗？”

“你是说星和吗？”

“星和，星和去哪里了？”那妇人仿佛自言自语，看到旁边有人走来甩开林楠的手，又跑去问人家：“你有没有见到我儿子？”

林楠把她拉回来，疑惑地问：“小青，你不认识我了？我是林楠啊。”

“林楠？”那妇人抬头望望天，脸上现出片刻的迷茫，又问：“你见到我儿子了吗？”

“小青，星和难道没有和你在一起吗?”林楠急切地问。

“星和好几天不来上班了。我想回家找他。”

“那你住哪里啊?”

“星光大道菊花巷。”

“那你怎么在这里呢?”

“星和让我住这里。我要听话，不然儿子就不回来了。”妇人像小女孩答应大人要听话般露出乖巧的表情。

“他怎么会把你留在精神病院，又不照顾你呢?”林楠有些气愤地说。

这时一位护士过来拉住青姨，歉意地对林楠说：“不好意思，她是我们的病人，一不小心就自己跑出来了。”

“她是这里的病人?”林楠难以置信，他牵挂多年的萧青，居然成了精神病人？怎么可能，她在他心目中可是女神级的人物。

“我要带她回去吃药了。”护士说着扶着青姨回去。

林楠看着护士搀扶着那瘦削的身影离去，心中满腹疑惑，感慨万千。

这些年，她都是怎么过来的？怎么过得那么辛苦，那么狼狈?

第十章　菊花巷

秋和回到小婷家一刻也坐不下，马不停蹄收拾东西就搬到“星和”家。

结婚前，每个幻想成为爱人妻子的女子，都乐于为所爱打扫房间。

所以哪怕他家满地纸张，秋和倒是乐在其中。但是收拾妥当后，她还是筋疲力尽，躺在床上一会就睡着了。

沉睡中迷迷糊糊听到有人敲门。

睡眼惺忪去开门，门口站着的是一个身材修长、皮肤白皙的男子。他微低着头，肩显得有些瘦弱，但秋和还是一眼就认出那熟悉的眼神。

“星和，是你吗?”日思夜想的人就站在面前，秋和幸福得有些晕眩。

“秋和，是我，我来了。”他看着她，款款情深，把她揽入怀里。

“星和，真的是你？我以为你把我忘了。”秋和腻在他胸口呢喃。

“怎么会呢？我也一直在等你，我爱你！”星和脉脉含情，低下头，滚烫的双唇让秋和无力抗拒，忍不住闭上眼醉享他的温存。

一阵巨大的敲门声。

是两个警察。

“木星和，我们怀疑你涉嫌谋杀，请跟我们回去协助调查。”

梦幻的背景瞬间黑天暗地，只剩秋和撕心裂肺的呼喊。

“不，不，不可能，你们搞错了。别带走星和，别带走他，求你们。星和，星和!”

尖叫着醒来，秋和感到胸口闷闷地疼。

原来是梦。还好只是梦。

看窗外，天蒙蒙亮，竟已是第二天凌晨。原来搬家收拾房间这么累。可是她却睡不着了，起床去翻星和那本烧剩的日记。

林楠，血债血还！

几个字像激光再次刺痛双眼。

她心神不宁地看着墙上那幅画。画中青山依旧，星和和她小小的身影肩并肩坐在松树下，听风，听远处火车的汽笛，不知道有一天他们会这样分离。

星和，你在哪里？

你知不知道我好担心好担心你？你知不知道你要别人付出血的代价，你同样要付出一生的代价？我不能眼睁睁看你毁了自己。我要找到你，找到你……

在胡思乱想焦虑不安中熬到天微微亮，她忍不住到对面去敲门。

"阿姨，你知道星和去哪里了吗？"

"一大早来打听屋主信息，没礼貌！"门啪地关上了，小旺仔门帖摇摇欲坠。

秋和却微微笑了，阿姨这么回答等于承认了屋主就是星和！

当她马不停蹄赶到柴米房产时，招财猫收起那眯眯笑，仿佛她要退租来索要中介费一般警惕地说："怎么了？"

"我是来问关于房主的一些信息的。"

"哦。"知道秋和不是来闹事的，胖老板又恢复了那标志性的笑脸。

"你知道房主去哪里了吗？"

"这个，不知道啊。"

"难道他没留什么电话，联系方式什么的吗？"

"嗯，等等，我给你查查啊。"

秋和趴在柜台上伸长脖子盯着胖老板手中的本子。

"有手机和 QQ 号。"

秋和仔细抄下两串号码，再三核对才离开。

拿出包包里那个装好卡存好话费的手机，她突然对林小语的馈赠有些感恩。

但也只是感恩而已。

此时她内心所有的兴奋和激动都只因为星和。

手机铃声响起的时候，她紧张地挂断了电话。对着屏幕发了好久的呆，一遍一遍告诉自己，不怕不怕，哪怕他不记得我，哪怕他已经有女朋友，我也要阻止他复仇。

给了自己这个“名正言顺”的理由，她才又勇敢地拨通那个号码。

听到他的声音，温柔，充满磁性，她惊喜欲狂，却忘了要说什么。

他又重复说了句：“您好！请问您是？”

秋和这才从这陌生的寒暄中醒来，小心翼翼地说：“我是华秋和。”

他的呼吸，变得很重。

接下来是久久的停顿，她认真地听手机里的声音，生怕错过每个信息点。他惊喜吗？他记得我吗？

期待着他说点什么。

可他只是挂断了电话。

泪水顺着脸颊滑落，却不想去擦。

哭吧，哭吧，就哭个够去！

正在她伤心得难以自控时，电话响了。

“秋和，对不起，我刚才太激动了。”

“激动什么？”她带着哭腔问。

“我没想到你会突然出现。我打算去找你的。”他的声音还是那样，轻柔而冰冷，这样一句话，说得似乎没有任何感情。

“我现在就住在你的房子，你回来吗？”秋和调皮地问。

“噢，现在不行。我得先忙点事。再见。”声音依旧轻柔得冰冷，既不好奇她为什么住在他的屋子，也不解释忙什么，就这样又挂断电话了。

她感到泪水再次滑落。

有人敲门。敲了很久。

她有气无力地爬起来，不耐烦地边开门边吼：谁啊？敲什么敲？这个点来就别怪我找你撒气了。

门开的瞬间她被人紧紧抱住。是林小语。她连挣扎的力气也没有了。可能也不想挣扎。就借他的肩膀大哭一场吧！

可她还是把他推开了，纯情地回了句：“大叔，你没事吧？”

林小语放开手，狼狈地一屁股坐在沙发上。

“对不起，和妹妹，我失态了。我心里好难受，你陪陪我好不好？”

秋和看到林小语抱着头乞求的可怜样，甚至觉得有点同情他。

“怎么了？”

“父母吵架了，很难受。”

秋和是感同身受的。妈妈靠在秦伯父怀中的那一幕一想起就让她心寒。她不愿想家里的事情。

“难受就说出来吧，憋着难受。”秋和安慰道。

“唉，不提也罢。”林小语叹了口气，看到秋和把房间收拾得干净整洁，也不禁笑着赞叹。

“咦，这幅画很漂亮啊，是你买的吗？”他注意到墙上那幅画。

“嗯……”秋和有些犹豫要不要告诉他星和的秘密，但林小语这三个字始终让她心存芥蒂。

还好这时林小语的手机响了。

“小林，你要查的萧青查到了。她住在星光大道春鱼路菊花巷 112 号。”是他在公安局的战友。

“什么？你再说一遍！”

对方把地址又重复了一遍。

“你确定吗？”

“这是她户口本上的地址。”

这个地址不正是秋和现在住的地方吗？怎么那么巧？

“对了，我们还查到她现在住进精神病院了。前几天精神病院打电话说丢了个人，叫萧青，年龄、外貌和你描述的都一样，应该是同一个人。”

林小语挂了电话低头沉吟许久。青姨住进了精神病院？那之前在精神病院附近遇见她，应该就是她逃出来那天吧。

“秋和，你不住这里了，好不好？”

“为什么啊？”

“你听我的，我给你找了个好房子，比这里大比这里宽比这里豪华漂亮得多。”

“我说过我就住这里。我喜欢这里。”秋和倔强道。

“这里不安全！”

“怎么不安全了？”秋和对林小语的横加干涉有些生气。

“因为房主是精神病人！”

“你才是神经病呢！”居然说星和是精神病人，这人真是讨厌极了！

“我的房子免费给你住，别住这里了，好不好？听我话，好不好？”林小语孜孜不倦劝说。

“你为什么找个房子给我免费住，想金屋藏娇？当我是情人？”秋和动怒了，不客气地逼问。

“是，我就是要你做我的情人！”

林小语说着双手抱住秋和，她越挣扎他抱得越紧。

“放开，你疯了！”秋和怒道。

林小语并不理会她如何反抗，紧紧拥着她，低头要吻她。

秋和哪里抗得过他，只能抬起头恨恨地看着他。

林小语双唇就要吻下去，突然看到她两眼噙泪，那么绝望那么无助那么忧伤，她看着他，眼神却又好像没看见他。她的神伤她的眼泪似乎与他无关。

他放开了。

他宁愿她给他两个耳光，可是她好像根本看不见他。她的眼神跌进深深的洞穴，难以靠近。

她心里没有他。

他默默开门，自己走了。去征服一个看不见自己因而不反抗的女人，又有什么意义呢？

是啊，她心里想的，只是星和。她的守身如玉她的惊恐都只是害怕给不了星和完整的自己。

第十一章　梅庄

林小语回到家就看到秦丽正坐在客厅里和妈妈聊天。

这个时候来，我真是连敷衍你的心情都没有。

他心里这么想着，可脸上还是礼节性地微笑道："来啦!"

秦丽站了起来，笑得灿烂，炽热的目光毫不掩饰对他的感情。林小语被秋和挫伤的自信仿佛从秦丽的凝视中渐渐恢复。

"小语，快去洗手，尝尝我们小丽的手艺。"林母乐呵呵地张罗。

"我们"两个字让林小语有点不习惯，却看到秦丽一脸甜蜜，他避开视线，转向妈妈："爸呢?"

林母没说话，脸阴下来，林小语知趣地走开了。父母现在转向冷战阶段，自从那天吵架后，妈妈总是郁郁寡欢，难得笑。想到这，他倒有点感谢秦丽的到来了。

林小语洗完手回来，林母果然又正和秦丽有说有笑，他真感到很欣慰，有那么一瞬，他就盯着两个女人，笑眯眯地想：这两人要成了婆媳，还真是难得的其乐融融呢！紧接着被自己的想法吓了一跳。

"你们认识也有一个多月了。是不是该确定关系了?"林母突然问道。

林小语听到这有些尴尬，酒窝来不及褪去，秦丽就抢先答道："阿姨，我们现在挺好的。您不用操心。小语对我很好。能有这样的未婚夫，我很满足了。"

林母满意地笑了，热情地给秦丽夹菜。

林小语的酒窝是彻底褪不去了，就那么尴尬地凝在笑容里。他夹起一块牛肉，狠命地嚼着，心里恨恨地想：未婚夫？那我不尽点为人夫的责任，岂不是对不起你！

“这个周末，小语哥带我去西郊的梅庄度假村，好不好啊？”秦丽突然提议，目光炽热而真诚却丝毫没有害怕被拒绝的忧虑。

她的自信甚至让林小语有些惊讶，但想起秋和的拒绝，他有些赌气地说：“好啊！”既然有美女投怀送抱，我就多多益善咯。他有些破罐子破摔地想。

之后，他又赌气一般殷勤地送秦丽回家。

晚上，他赌气地关了手机，不打电话给秋和，并自欺欺人地告诉自己：让你想我也找不到我。

第二天，林小语和林母来到梅庄时，秦丽一家已在湖边舞弄钓鱼的工具了。

“阿姨，林哥哥，快来钓鱼！”秦丽手里拿着鱼竿向他们招手。

秦士迎上来问林母：“楠兄怎么没来啊？”

“哼，他不知道在哪里快活呢。”林母没好气地回道。

林小语见状赶紧接话：“世伯，我爸出门忙点事情还没有回来呢。”

“噢，那等他回来我们两家人再聚聚。楠嫂，我给你介绍下我兄弟。”

林小语随秦世伯走到湖边，一位戴着草帽的结实老汉站了起来。

原来是华伯父。林小语见了他有点惊讶，接着有点紧张。华武脸上的微笑夹杂着无奈和忧虑。林小语面对这位寻女心切的老人，有那么片刻心软，想告诉他秋和在哪里。可一想到这样会妨碍他追秋和，就又狠心起来，闭口不言，只是回敬了一个微笑，笑起来脸上的肌肉像抽搐一般难受。

“林哥哥，我们去那边吧！”丽拉着他的衣服邀请道。

他很乐意跟她走，好摆脱华伯父的视线。秋和父亲的眼神总让他感到不安，他仿佛知道林小语在骗他。

他们在一棵台湾红豆树下坐下。树的遮掩给了林小语一种安全感，好像这样华武就看不到他内心的秘密。

“你昨天没有说华伯父也来啊。”

“他是突然来找爸爸的。他急着找秋和，要爸爸帮忙想办法。”秦丽说到

“帮忙”时，声音升高了，语气中有种优越感。“对了，我秋和妹后来去你们公司了吗?”

“我最近很久没去公司了，具体也不清楚。我也不知道你妹妹在哪里。不好意思，帮不上忙。最近都没去公司，真的，不大，不大清楚，呵呵，帮不上，帮不上……”林小语神情闪烁，拼命解释着，自己都发现自己语无伦次。

“这怪不了你，她没有去你公司嘛。而且你又没见过她，见到了也不知道啊。”

林小语听她的话心里又不安又别扭，低着头说：“你真是善解人意。”

这歉意的一夸却让秦丽眉开眼笑，把这当成对她的一种欣赏。

她突然勾住他的脖子，迎上他的嘴唇热情吻上去。林小语竟未拒绝，甚至有些陶醉，似乎有些喜欢上了这个炽热的吻。甚至在秦丽停下后，他又抱紧她，主动贴上那柔软红唇。她的身上有玫瑰花的香味。要是和秋和亲吻，那是什么味道呢？他好奇地想。缠绵戛然而止。林小语恨起自己来，恨自己的矛盾，恨自己这种时候都忘不了秋和。

“怎么了？怎么突然不开心了?”秦丽敏锐地感觉到他的变化。明明刚才那个吻两个人都那么投入的。

“没什么。我，我只是有点不习惯。”

“小语，吃饭啦!”林母的叫声就好像救兵一样缓解了林小语的尴尬。秦丽却不介意，牵着他的手依偎着他往回走。

小木屋包厢里，酸菜鱼飘香四溢。大家围着火锅坐着，热火朝天聊起来。

“小丽，什么时候才能喝你的喜酒啊?”华武问道。

“您别急啊，在您六十大寿前一定能喝上。”秦丽笑着回答。

“怎么能不急呢？姐姐先嫁了，妹妹才好嫁啊。总不能因为姐姐不努力，就误了妹妹的青春吧?”华伯父故意认真道。

“那也不是我一个人努力就成的。”丽笑着说，朝林小语瞟了一眼。

大家都哈哈笑了，只是林小语尴尬地低下头，喝了口闷酒。

林母接过话说：“嗯，我看也快了。我是特别喜欢丽啊。这么漂亮又贤惠的姑娘，打着灯笼都难找呢。华老，你说，世界上是不是再难找到第二个这么好的姑娘了?”

“妈！您这个排法，让华伯父把自己女儿排哪儿去啊!”林小语心里想着秋和，觉得她才是第一好。林母的话让他不开心，偏又借华武来说。

“哦？华伯父的女儿多大了?”

“比我小两岁。”秦丽接道。

“丽的这个妹妹才大学毕业，也是个冰雪聪明的标致姑娘。”秦世伯答道。

“哈哈，真是命好啊。你看，好姑娘都在你们家了。不过我们林小语有了丽，就该知足了，总不能让好姑娘都嫁到咱家来吧?”

说完众人都笑了，除了林小语独自喝着闷酒。看来和秦丽的关系越来越难说清了。可是秋和现在还没有接受自己，如果现在宣布自己喜欢秋和，阻力只能更大，秦世伯这边更是彻底得罪了。他心想着，又自己干了一杯酒。

秦丽看在眼里，心里有疑惑，但没有问什么，只是陪长辈们聊天谈笑。

“我肚子有点不舒服，要去一下。”

林小语说着独自一人走到竹林里，避开秦丽的视线，他才深深吐了口气。这时他听到林里有人吵架。

林小语定睛一看，咦，这不是华伯父和秦伯父吗？怎么吵起来了?

“让你找秋和，到现在还没消息！你自己女儿你都不担心?”华武责难道。

“华兄，你别着急，听我说。”

秦世伯怎么成了是秋和的父亲？秋和只说家里发生了不开心的事情，没想到这么复杂。林小语躲在竹丛后屏住了呼吸认真地听着，唯恐错过了哪个细节。

“我能不着急吗？都那么多天了。这孩子，到底去哪里了呢?”

“我想秋和一定是误会了我和嫂子了。那天就是弟妹哭着求我先别认秋和，我就安慰了下弟妹，谁知道秋和撞见了，不听解释就走了。唉，你们该早让我和她相认才是。”

“你凭什么就想认她？这二十几年，是谁教她养她?”华武不满地说。

“我能给她找份好工作，找个好人家！你们能吗?”秦士语气里不禁流露出优越感。

听到这华武更气愤了：“你把秦丽按排得好好的，还找了林小语这个金龟婿。你口口声声要认秋和，对她的工作她的去向怎么一点不关心呢?”

林小语听到这不淡定了，谁说我就一定是秦丽的金龟婿了！我喜欢的可是秋和！

忽然湖边传来林母的叫声：“你们都去哪了？再不回来钓鱼，要喝西北风了！”

“回去吧，得商量一下怎么才能找到秋和呢。”秦士说道，“对了，可别在阿香面前提起这事，不然又没好日子过了。”

华武有些不耐烦地说：“知道了。刚才还嚷着要认女儿，连向老婆承认的勇气都没有。”

两个就要打起来的老头子，现在心平气和肩并肩往湖边走去。

原来这个秘密秋和、秦丽，包括秦丽妈都还不知道。原来秋和受了这么大的委屈，他却完全没给她任何安慰，让她独自承受这一切。他恨极了自己。怎么能丢下秋和去和别的女人亲吻。和妹妹，和妹妹，对不起。我就来。等我等我。

他就这样从梅庄不告而别，迫不及待去找秋和，完全想不起大伙都在等他。

第十二章　曼珠沙华

自从那天和星和短暂通话后，秋和就没再打通过星和的电话，他好像刻意躲开她一般。秋和十分担心他为复仇冲动犯错，迫不及待想找到他。她想起招财猫还给了她一串 QQ 号，便急着去网吧。

出门时，看到一位妇人举着手正欲敲她的房门。来人高挑身材，一身蓝色妮子外套衬出优雅气质。这不是前几天和林小语在路上遇到的那位美女阿姨吗？

“您好！您找哪位？”她好奇地问这位不速之客。

“你一定是星和的女朋友吧？”妇人和颜悦色问道。

被当成喜欢的人的女朋友，即使是误会，也还是令人开心的。秋和也没有否认，只问：“您是？”

“我是星和的妈妈。”妇人答道。

秋和很是惊讶，忙招呼她进屋坐。

倒茶的当儿，秋和从一旁悄悄端详了她一番。小时候星和曾给她看过他妈妈照片，但每问起他母亲在哪里时，星和总是闭口不语。如今见了，见她慈眉善目，心中顿生好感。

“星和什么时候回来啊？”中年美妇突然急切地问道。

秋和原本还想向她打听星和的去处，没想到她却先问起来。难道星和搬到哪儿去都没告诉她吗？

“伯母，我也不知道他去哪里了。我是他走了之后才进来住的。”

中年美妇听了黯然伤神，缓缓起身喃喃地说："儿子长大就嫌弃我这疯婆子了。"边说边往门口走去，也没有和秋和说一声，自己开了门出去了。

秋和看得糊里糊涂，跟上前去。

"伯母！您这就走吗?"

那妇人却好像没听到秋和说话一般，低着头自言自语，走下楼去。

秋和想大概伯母是担心星和，所以表现有些怪异，扶着她走下楼，安慰道："伯母，别担心。星和是大人了，他不会有事的。"

妇人突然转过身，盯着秋和看，那目光变得阴森空洞。秋和不寒而栗，往后退了一步。

妇人却突然伸手过来抓住秋和的肩膀，发疯一般摇着她的身体，嘴里还喊着："是你，你这个狐狸精，是你拆散了我的家庭!"

突如其来的变化让秋和感到恐惧，她可以把妇人一把推开，又怕用力过猛把她推倒。在这楼梯里摔着可不是闹着玩儿的！便只能任她把自己摇得头晕眼花。晕乎乎间，头上一阵剧痛，星和的妈妈居然揪她的头发用力撕扯!

突然一个中年男人跑了过来，把妇人抱住，松开她抓住秋和的双手。一边对秋和说："对不起，对不起，她是病人。"说着搂着妇人下楼，往楼下的一辆黑色小车走去，边走边哄着："听话，回去啊。不然星和就不回来了。"妇人听了才慢慢安静下来。

看着这不速之客消失在小巷里，秋和仍感到心魂未定。

星和的妈妈，似乎精神状态有点问题？如果是这样，星和怎么可以抛下她不管不顾？难道他是要避开所有人，一个人去复仇？想到这，秋和一刻也放心不下，急匆匆来到附近的网吧。

QQ 号 86567869 的用户资料弹出电脑界面时，跑步而来的秋和气喘还未平稳。

昵称：曼珠沙华，年龄：25 岁，城市：南城，性别：男。头像却是一朵百合花。

他说过，喜欢百合，白色的，纯洁的百合。他还说，她单纯得像百合。那时她戴着一顶草帽，牵着牛在河边吃草，他吹着口哨，穿着帅气的牛仔服，她看了看自己溅满泥水的白布衣赏，好奇百合长什么模样。那时，他还没说过什么是曼珠沙华。

曼珠沙华，地狱之花，花语是仇恨。星和真的放不下仇恨，连名字都是报仇的意志。

她在验证一栏写下：玻璃鞋的约定。

不一会，QQ 滴滴滴地显示：86567869 用户通过了您的好友申请。

秋和：你好！请问你是星和吗？

曼珠沙华：你好！你找他有什么事吗？

秋和：我是秋和。

对方沉默。

过了几分钟，百合花暗了。

秋和追问：我有急事找他。

焦急的几分钟过去，百合花又亮了起来：什么事？

秋和：别让仇恨冲昏了理智，做出无法弥补的错事来。

对方又一直沉默，直至百合花暗下去。

秋和：不要让自己沉浸在仇恨的灰暗里。你得有自己的人生，有自己的阳光。

没有回复。

百合花却没再亮起来。

今天有位阿姨，说是你妈妈。找不到你她显得很伤心，她的精神状况似乎不大好。

秋和又发过去。或许你不在乎我，但你妈你总该在乎吧？

可近半小时，秋和都是自言自语，曼珠沙华一直没有再理她。

他的头像固执地静止着，只有那头像上 QQ 空间的星星在一闪一闪，鼠标触及就提示有更新，秋和试着点击，居然就进去了。里面有一篇日志：

童话只是孩时的回忆，成人的幻想。我的童年很早就结束了。一些承诺，或许只是童言无忌，怎可当成海誓山盟？你是那些年纯美的回忆。但既然是回忆，就不要在残酷的现实里相认，以免抹杀了纯美。

发表的时间是刚刚。

曼珠沙华，为什么写这么一封信？是星和在说离别信？他是在解释不和自已相认的原因吗？现实是什么？因为要复仇？

秋和不确定，但还是写下回复：现实是可以共同创造的。如果两个人心诚，就可以为对方创造温馨和美好。等待也是一种美丽，只要你允许。

接下来又是漫长的等待。

半小时过去，依旧没有回复，秋和无法确定他是没看到留言，还是看到了不想回复。

机子提示时间到了。秋和想再等等，掏口袋找钱续费。又等了两个小时，曼珠沙华像永远消失了一般没再出现。等她再要续费时，已经袋里空空，一块钱也没有了。

她失望地走出网吧，外面不知何时已经下起了雨，让南城原本温和的冬天瞬间冰冷刺骨。寒意充满每个角落，无处可逃。秋和裹紧了外套，躲在窄窄的屋檐下。很多人都进了网吧。秋和忍不住感叹，这屋檐在雨天起不到给人躲雨的作用，倒是给老板带来许多生意。

雨水从窄屋檐滴答滴答掉下，秋和感到鞋子很快就湿了，双脚冷得僵硬。几辆的士经过时朝秋和挥挥手，她只能无奈摆摆手。

再找不到兼职，怕是下个月的生活费都难以维系了。她忽然意识到。

溅起的雨水渗到鞋里面，把袜子浸透了，脚像浸泡在冰里一样难受。看着自己的狼狈样，顿觉自己好傻。或许丽姐说得对，该现实些，不能把小时候的承诺当真。自己工作都没定，就沉溺在儿女私情里，真傻！

手机突然响了，铃声在雨里跳跃。

“傻瓜，下雨天不在家跑哪里去了？”秋和听到林小语的责骂时，心里感到阵阵暖意。

“我在附近的星月网吧。”

“等着，马上过来接你！”

林小语开车到星月网吧门口，伸手向她抱去，她便靠进他怀里，竟不似以前那般拒绝，林小语脸上酒窝深深，接着却听到她突然的哭泣。“对不起，对不起，不该把你丢下！”林小语自言自语般安慰，秋和却陷在星和留给的伤感难以自拔。

空调把车烘得暖暖的，秋和擦去泪痕，不好意思地对林小语说：“对不起，我刚才失态了。”

林小语笑道：“失态好，失态好。”

“受伤的时候，有大叔陪着，真温暖。”秋和看着窗外的雨幽幽地说。

“受了什么伤?”林小语问。

“你怎么对我这么好?”秋和不愿和他提星和。

“你说呢?”

“因为你没有妹妹。”秋和认真地思索片刻回答道。

“哈哈哈……”林小语大笑：“莫非全国没有妹妹的人都会喜欢你?”

“嗯，其实有些不习惯，为什么我的世界突然闯入一个人，这个人又对我这么好。”

林小语深情地看了一眼秋和，真想去吻她长长的睫毛，掐下她略带婴儿肥的脸，无奈正开车，只笑笑说：“小傻瓜！淋了雨就更傻了，快下车回去好好洗洗。”

回到屋里，林小语让秋和坐在沙发上休息，自己倒像个主人一样忙前忙后，又是递干毛巾，又是煮姜汤。秋和才喝着姜汤，林小语又端来一盆水放在秋和脚边，伸手去抓她小腿。秋和双脚往沙发底下一缩，惊吓道：“你要干吗?”

“泡脚啊！淋了雨，要喝姜汤，还要泡脚，这样才够暖呢!”林小语认真道。

“那我自己来吧!”看着林小语一直盯着自己双腿，秋和紧张地把脚又往沙发底下缩了缩。

没想到林小语霸道地坚持，把她双脚抓住放进水里泡，还一边揉捏她的脚底。秋和又尴尬又怒，双脚踩着水抗议，把林小语的脸溅满水花。林小语却不生气，只低着头捧着她的双足像捧着宝玉般。秋和渐渐感觉身上暖暖的，通体舒畅，便不再挣扎了。看着林小语一脸水花，一脸真诚，突然感到自己像个公主一般受宠，忍不住叫了声：

“哥哥。”

“你叫我什么?”

“哥哥。”秋和又重复了一次。

林小语露出两个甜甜的酒窝。“傻妹妹，那么大雨你怎么还去网吧啊？”

“有点私事！”秋和神秘笑笑。

“那我送你一台电脑，以后你就可以在家上网了。”

“为什么送呢？你对妹妹太好，嫂子可会不高兴了！”秋和俏皮道。

“哪来的什么嫂子？天地良心，从和尚庙出来后我可就只和你一个女生交往！”可话一出口，秦丽的脸突然窜进脑海里，让他隐隐地不安，便问道：“对了，你和家人联系了吗？”

“没有。我不想回家。怎么了？”

“哦，你不怕他们担心你吗？”他又问着，好像真的不知情一般。

“我都那么大人了，有什么好担心的。对了，哥哥，今天有位阿姨来找房主呢。”

“是吗？和我说说。”秋和便把早上遇到中年美妇的经过讲给他听。

林小语听了心里推测那一定是青姨，而后来出现的男人应该就是自己父亲林楠。可是星和为什么躲开青姨呢？他们不该在一起吗？

秋和看林小语对星和一家那么感兴趣，心里又浮起曾经的疑问：“哥哥认识房主？怎么对他的事情这么感兴趣？其实，你是不是林楠的儿子？”

林小语立刻否认，大笑道：“哈哈，林楠，林氏企业大老板的儿子？怎么可能！你看，我就是个穷小子。我只是担心你的安全。我是护花使者嘛！”

“林楠是林氏的大老板？他不是做钢铁行业的吗？”

“那是很多年前的事了，早转行做旅游了！哎，你怎么这么关注林楠啊？”林小语反问。

“我只是问问嘛！你对他倒是了解不少！我怀疑你是他儿子也是正常！”

“我在林氏干过，对自己老板有所了解有什么奇怪的。再说，同名同姓的人多了，难道姓林的都和林楠有关系吗？”

“好了，我就问问而已。哎，我得找份兼职了，不然要喝西北风了！”

“不如你辅导我英语吧？”

“你学英语做什么呢？”秋和只觉得林小语在拿她开玩笑，有些气。

“我们要考试啊，职称英语，知道吧？”

“职称英语？你不是连工作都没有吗？”

“迟早要用上的嘛。请别人辅导不如请你啊。”林小语哪里是想学英语，不过是想多和秋和在一起，也想名正言顺资助她。

秋和想了想说：“那倒是，我的英语在班里可是数一数二的。可是我收费很贵啊。”

“多贵啊，华老师？”

秋和犹豫了一下，小声地说：“30块一个小时。”

秋和出的价位让林小语很想笑，这个女孩子真是单纯，30块一小时就那么不好意思说出口，看秋和怯怯的样子心里觉得可爱极了，忍住笑说：“真的有点贵啊。不过，三陪都是这么贵的啊。”

秋和气得朝林小语肩膀打了一拳：“你才三陪呢！”

“陪说陪练陪学嘛！”

“好，那50块一小时！少了不陪！”秋和气呼呼说道。

“啊？可以打折吗？”林小语佯装委屈。

“No bargain！”

“什么？”

“教你尊师重教啊！”

“那敬爱的老师，我们明天一起上课好不好？”林小语顽皮道。

“好。那我今晚得准备一下。哟，头有点痛，我得睡会。你先回吧！”

“学生留下来照顾老师！”

“不不，有人在我没法备课。”

林小语就是想多和她待在一起，没想到她居然认真地要“备课”，还把他赶走，真让他觉得“失策”。可看她那认真劲，自己也只好配合，安慰自己：来日方长，来日方长。

林小语一走，秋和困倦地躺在沙发上，眼睛触及墙上那幅画，星和的思绪又席卷而来。

他说，既然是纯美的回忆，就不要在残酷的现实相认，以免抹杀了纯美。

你知不知道，你不与我相认，不许我见你，爱你，才是最残酷的现实。

难道我要抱着回忆，守着纯美，却再不能和你相守，谈天，说笑，一起爬山，一起看星星了？

笃笃的敲门声扰了忧思。

秋和是抱着些许幻想去开门的。会不会是星和回来了？

出现在眼前的却是星和的妈妈。

“阿姨？”

“你就是秋和吧？”

“是啊，阿姨您上次来过了啊。”

“叫我青姨吧，星和和我提过你。”

“是吗？”喜欢的人和家人提过自己，这对秋和无疑是一种安慰。

“阿姨，快请进。”

“星和没有和你提过我吗？”

“有啊。我看过您的照片。您和照片上的一样好看呢。”

青姨笑了笑说：“唉，老了。星和和你提过我的精神状况吗？”

“这倒没有。”

“上次阿姨是不是很失态？”

“没事的。”

“可能星和很在乎你，所以没有告诉你实情。但我感觉你是个善良的孩子，你不会介意的。”

秋和疑惑地看着她。

“其实我精神有点问题。”青姨脸上掠过一丝伤感。

秋和一时不知道该说些什么，顿了顿说：“其实每个人都不会是十全十美的，阿姨，你只是身体里缺少某种物质而已。”

“你真是个善解人意的女孩。难怪星和喜欢你。”

秋和听了有些不好意思地笑了。得到“未来婆婆”的夸奖，每个女孩都会心花怒放的。

“星和去哪里了？”

“伯母，这个我真的不知道。我也很想找到他。可是，您怎么会不知道他去哪里了呢？”

“他呀，他是故意躲开我的。唉，我们家的事，一言难尽。”

青姨说着对秋和无奈笑了笑。

“我今天又是偷偷出来的，得先回去了。不然回去护士又要骂我。”

“我送您回去。”见不到星和，她也想和星和妈妈多待一会。爱屋及乌吧，隐隐地感到这样与他似是无形地亲近些。

“我和星和之间有些误会。我得找到他，和他解释。秋和，你得帮帮我。我不想星和被仇恨冲昏了理智。”

这让秋和想起星和日记里“血债血还”几个字，内心不寒而栗。

“阿姨，到底发生了什么事情？”

“这个你就别问了。”

秋和看她不情愿说，便不再追问，心里却更担心起来。

秋和目送青姨进了疗养院，看着那纤弱的背影，虚弱的步伐，不禁悲从中来。这么好的一个人，就要在这疗养院度过下半生么？星和，星和，这到底是怎么回事？

第二天早起，秋和梳洗完毕把房间重新收拾了一下。平时林小语是作为朋友来访，她都随意自然。可她今天自觉“为人师表”，心里便严肃许多。收拾好屋子，把书和草稿备齐，她还特意沏了一壶茶，等林小语过来。

可待到茶凉了，林小语也未如约而至。她在沙发上无聊地翻着书本，把上课的内容准备了又准备，过了午饭还没等到林小语，秋和便靠在沙发上闭目养神。直到傍晚，断断续续的敲门声把她吵醒。

打开门，窄窄的门缝露出林小语嬉笑的脸。

“你找谁啊？”秋和再温顺，此时也没个好气了，故意不认他。

“我找华老师。”

“什么事？”

“学生专门赔礼道歉来了。学生不该第一次课就迟到，不该违反老师说过的尊师重道。但是，老师也有错！”

“我有什么错啊？”秋和听这意外指责涨红了脸道。

“你的手机停机，今天给你交费了，你又一直关机，所以我才联系不上你的。”

“关机?”秋和差点忘记自己有手机这回事了，这才松了门让林小语进门。

“那你今天去哪里了啊?”

“我去上班了，老爸让我返工了。”

“你爸真厉害啊，让你返工就返工。老板听他的吗?”

“呃，哪里，我爸一把眼泪一把鼻涕地求情。”林小语瞎道，死在那掩饰富二代的身份。

真实的情况其实是这样。

那天，和秋和约好上课，林小语一路沉浸在和秋和风花雪月的疯想里。

雨过天晴，天边云彩淡淡。

第一节课就让秋和教写情书吧。到时候把五脏六腑的爱在上课时说出来，还要听秋和也用同样的话语回复。我说中文，她说英文。接着，一起游山玩水，反正顶着练英语的借口，谈一场轰轰烈烈的恋爱。哈哈哈!

沉浸在臆想里的他，临到家门口，想到父母不和，心情还是沉了下去。出乎意料的是，妈妈满面笑容，仿佛暖阳迎面而来。

“小语，快来！看妈妈的鞋好看吗?”

林母伸出脚，秀出一双崭新的深蓝色镶钻皮鞋，像少女和同伴展示礼物一样，脸上的表情既骄傲又幸福。

“好看极了!”林小语笑答，抬头正看到父亲系着围裙从厨房端着一盘菜出来，又惊又喜。父亲亲自下厨！看来两人不但和好如初，感情还大大升温了呢。青姨危机解决了?

“爸，您回来啦? 我来帮您!”

“不用啦，陪你妈聊聊天。”林楠的语气听来仍是严肃，可是系着围裙的林楠在林小语看来却是难得的和蔼。

爱情之路似乎出现了光明，没想到家里也是一团和气，林小语喜不自胜。

待林楠走进厨房，林小语神秘地问母亲:“妈，今天什么日子啊?”

“今天是我和你爸三十五周年结婚纪念日。”林母脸上的笑容洋溢着幸福。

“我说呢，您这珍珠项链也是爸送的吧? 这么大一颗!”

“你爸也算有心了，从北海帮我挑回来的，每一颗都是亲自挑选。”

“那您和爸金婚的时候不得准备 60 颗南非钻石啊?”

林母听了哈哈笑了。

饭后一家三口坐在电视机前嗑杏仁聊天。

林小语说："爸，以前我还不知道您那么浪漫呢。"

林楠说："我们这是夫妻情义，浪漫应该是你们年轻人玩的事情。你和秦丽怎么样了？我怎么听说上次你在梅庄半路放人家秦丽鸽子啊？"

"您二老的问题解决了，矛盾就集中在我身上啦？我临时有急事走开一下，你们还要开批斗会啊？"

"小语，好好和你爸说。"林母轻拍一下林小语的腿，半是责备半是鼓励地说。

"我想事业有点起色再考虑儿女情长的事。"

"事业？什么事业啊？自家的产业你都不管，整天游手好闲，我看人家姑娘未必看得上你。"

"爸，瞧您说的，我 18 岁上军校到现在，也就这一个月没干活，就成游手好闲啦？"

"你妈说你天天往外跑，我在公司也没见你，不是游手好闲是什么？"

"小语，你成天往外跑，是和丽约会吗？"

"哦，是啊。"林小语不想被戳穿，便把秦丽当作挡箭牌。他知道妈妈是极喜欢秦丽，只要说和她约会，肯定不会有事的。

"那进展挺顺利吧？她原谅你那天不告而别了吧？"

林小语边嗑杏仁边点头。

"什么时候求婚啊？妈等不及抱孙子了。"

林小语一嘴的杏壳差点没咽进去，急忙摆手说："不行，不行，我得在公司站稳脚跟，等做出点成绩再谈结婚的事情。"他原本只是搪塞家人，没想到妈居然逼婚，让他惊吓不小。

"那看来你还是关心公司的，明天回来上班吧，不许再三天打鱼，两天晒网，不然这家公司迟早让你毁了，到时看你吃什么。"

"爸，我自己还有安家费呢，至于嘛！"

"就你那点钱买个房都买不起，还安家呢！就知道天天往外跑，没点正经事。要么你回公司好好上班，要么赶紧把婚姻大事解决了。"林楠下最后通牒。

“那我还是先上班吧。”林小语垂头丧气说道。

“明天就去上班，不准开公司的车了，浪费油!”

他感到父亲要他回公司上班的命令很是坚决，为了避免再被逼婚，思前想后，还是乖乖回去上班。

如果他这番苦心和秋和说了，说不准秋和会为他的痴情感动一番，但是林小语怕自己和《围城》里的方鸿渐一般，拒绝了苏文纨，也彻底失去了唐晓芙，还落得个花花公子的破名，他是不敢冒险向任何一方说出实情。

他打电话给秋和，和她另外约“上课”时间，那端只传来：您拨打的电话已停机，急得林小语上蹿下跳，直怨秋和是个马大哈，手机停机也不交费。顿了顿又想，她提过目前经济有些拮据，是他自己疏忽了。无奈只能等天明给她去续费。

听到林小语父亲为了他在领导面前一把鼻涕一把泪求情，秋和不仅没怀疑这幅画面的真实性，还感动地说：“真是可怜天下父母心啊。那你是该好好上班了。坐吧，给你倒茶去。”

她端茶过来时眼前一亮，桌上摆着一台手提电脑，机子上DELL几个字母银光闪闪。

“看，我给你准备的。”林小语自豪地介绍自己的礼物。

“你给准备这干什么啊?”

“我上次和你说过要送你电脑的。大丈夫一言九鼎。”

“不行啊，大叔，礼物太重了，我没法还情了。”

“没事没事，实在不行以身相许嘛。”

秋和一听沉着脸说：“又胡说!”

“呵呵，别生气嘛。以后你在家就可以上网了，那么冷的天老出去多不好!而且备课也方便啊。就当我送给你的新年礼物了。”

“新年?”秋和有些愣。

“是啊，快春节了!”

秋和又沉默不语。一晃就到春节了，想到自己工作没着落，写作也还没有真正开始，什么也没有做好，不禁感到生活一派萧条，黯然伤神，看着窗外发呆。

“想什么呢？无线网卡我都给你备齐了，试试联网看看。”

秋和不想一任沉浸在伤感思绪中，便听林小语的试用起电脑。她联网的第一件事就是打开QQ，看有没有“曼珠沙华”的留言。曼珠沙华的头像又是暗的，“都市丽人”却发来了信息。

“秋和，我是丽姐。我们在满城找你。见信尽快联系我。别耍小姐脾气了。不然我爸要找公安局报失踪了！给我电话!!!”上面显示的日期是昨晚。

秋和的手指停在键盘上犹疑着，林小语故意问道：“你家人找你啦?”

秋和说：“是啊，不知道怎么答复丽姐好。”

林小语一听“丽姐”二字，那种受人监视一般的不安又开始了，看着秋和在键盘上犹疑的手指，林小语突然哎哟一声，捂住肚子。

“你怎么了?”秋和关切道。

“胃痛的毛病又犯了。可能是肚子饿了。”林小语脸上装出一副痛苦十足的表情。

“那我去给你煮碗面吧?”

“哦，不用，我请你吃比萨好不好?”

“那还来得及上课吗?”

“吃饱才有力气学嘛！走吧!”林小语说着拉起秋和往外去了。

秋和怕林小语真的胃疼，只好随他走，竟看不出他是装的，更看不出他怕她和秦丽联系上。

第十三章　远走高飞

车驶入街道，秋和才发现闪烁的霓虹下，许多红灯笼、高高挂在街道两边的扁桃树上，巨伞一样的榕树也星星点点闪烁着小彩灯，四处喜气洋洋。

“看，外面的夜景漂亮吧?”林小语兴致很高。

秋和只是随意嗯了一声。春节快到了，但她没法兴奋起来。

她有些羡慕地盯着林小语看，为什么他什么时候都可以如此开心而自信?

“是不是发现，我长得也还挺帅吧?”

秋和笑着摇摇头：“受不了，胃痛还关心自己帅不帅!”

“我们约会嘛，我当然希望自己帅一点。”

“你调戏我啊? 教过你尊师重道的!”秋和白了他一眼，嘴巴微撅起来，俏皮的嘴角都染了伤感，连责骂也显得苍白无力。

这种情绪延续到了饭桌上。林小语点了许多菜，秋和却没什么胃口。关于自己，关于星和，尽是令人烦忧的思绪。

“想什么呢? 来，干一杯，庆祝我复职了!”林小语说着给秋和倒了一杯果汁，自己斟了一杯啤酒。

秋和勉强笑笑，举起杯子说：“Congratulations!”

林小语和她碰了杯，回道：“Forever lovers!”一饮而尽。

“怎么样，我的英语还不错吧?”林小语盯着她笑问。

秋和忙抗议："错，太错了。是 Forever friends，不是 lovers。"

"反正我们男未婚，女未嫁，有什么不可能啊？"

"Lover 是情人的意思，可不是男女朋友。"

林小语哈哈大笑，看着秋和气鼓鼓的脸，又逗弄说："那就做永远的男女朋友！"

秋和气道："我可有喜欢的人了！我是不可能喜欢你的！这辈子都别想！"语气是她少有的决绝。

兴致满满的林小语再次被泼冷水，一脸不悦，站起身说："吃饱了，走吧。"

他才开门又立刻关上了。

走廊外站着一个穿黄色旗袍、白绒披肩的女子。

林小语心里暗喊："糟了，秦丽怎么也在这里？"

"怎么了？"秋和看他去而复返，不解地问。

"我想再坐会。再点点甜食好吗？"

"我不爱吃甜食，腻腻的。"

秋和说着把门打开，还没等林小语拉住她，她就立刻把门关上了。

"是丽姐。差点被她逮到了。"秋和转过身看了看林小语，问："你好像知道我要躲她似的，你认识丽姐吧？对了，上次面试还是她介绍的呢。"

林小语一听有些慌，心中慨叹，谎言的漏洞即使没人捅，某个无意的瞬间，它或许自己就暴露了。

但他还是强装镇定，扮演一脸无辜。"我不知道啊，我只是觉得还没吃饱！你说面试？领导说面试谁就是谁啊。我那时也没想到会遇见你。"

秋和来不及探寻他两个酒窝中的狡黠，却被门外的声音吸引了去。

"爸！胡警官！您好！请里面坐！"

是秦丽的声音。

从包厢门的缝隙可以看到秦士和他身旁那个四十岁上下，身材健硕、皮肤黝黑、目光炯炯的男人。

"哎，他们是相亲吗？哎呀，太好了！"林小语看到秦丽和另一个男人坐在一起，有种解脱的喜悦，乐呵呵道："可以啊，挺般配的。"

秋和突然踩了他一脚，林小语冷不防疼得哎哟叫响。

“相什么亲！他们这是找警察通缉我！”

秋和气嘟嘟探出头去，看没人，赶紧跑下楼，逃也似的离开那个餐厅。

“有钱有权就了不起吗?”秋和用拳头砸着车窗气愤地说。

“有钱有权确实可以做很多事情。”林小语边开车边悠悠说道。他不打算安慰她，因为他并不想为秦丽她们说话，相反，他想让秋和和他们的关系更僵一些。

“有钱有权就可以收买感情，就可以让一个人背叛自己亲人吗?”

“哦，那说不定。”

“你和他们是一伙的！停车！”

“什么和他们是一伙的？我当然是向着你啊。”林小语本来只是想雪上加霜，没想惹火上身。

“我不想和你说话！”

“怎么好端端地冲我发脾气啊，大小姐！”

“别叫我小姐！别和我说话！”

秋和气得转过头去，不理林小语。

林小语最关心的还是秋和会不会联系秦丽家，他能感觉到秋和对秦士的反感，但还是想亲自求证：“你会联系你有钱有权的伯父吗？说不定他可以给你帮很大的忙。”

“Shut up！”秋和忍无可忍吼道。

林小语识趣地不再吭声，心中为她不会和秦家联系窃喜。

车开到楼下，两个人再没说什么，秋和下车往楼上走。

当时她并不知道，就在巷口，有个男子正在等她回来。她的星和当时在暗处等着她。可惜她不知道。

她下车走了两步，林小语突然从背后抱住了她。

“秋和，别走！”

听到秋和的名字，巷口的男子定睛凝视。

幽暗的路灯下林小语情不自禁在秋和耳边厮磨。

星和远远地看见了。他看不清，只剩看到一个男人的背影，抱住了一个叫秋和的女孩。他不探究竟，一声不吭转身离开。

可惜她不知道。如果她知道，绝对不会允许林小语靠近自己半步的。

秋和用力挣脱他，转过身右手甩一巴掌啪地掴在他脸上。

林小语感到脸上热辣辣的。

“我这辈子都不可能喜欢你！你对我再好也收买不了我的感情！”

可惜星和却没来得及了解她的这份坚守。

夜色中，秋和的话像闪电惊雷劈下来。

林小语没想到这个柔弱单纯的女孩说出的话可以像利剑一样刺痛人。

他皱了皱眉，转身上车。

两个人转身的一瞬，泪水都流了下来。

林小语是为爱情，秋和是为友情。他们对突然的变化都难以适应，只好在泪水里停留片刻。

秋和回到屋里，平静过后，有些后悔对林小语太粗暴。是秦伯父惹她生气，林小语撞枪口上了。他不过是喜欢我，又有什么错呢？她看看桌上的新电脑，呆呆地想着。

滴滴滴滴，QQ 的声音。秋和走过去看，居然是曼珠沙华的头像在闪动，低落的情绪微涨，像打开礼盒一样充满期待打开留言。

亲爱的秋和：

这也许是我最后一次这样称呼你。

对不起。我就是你一直在找的星和。对不起，我一直在逃避。

想了很久，还是决定和你说实话。

你现在住的地方就是我的房子。你见到的疯妇就是我可怜的母亲。

我从不愿意让你知道我的生活如此不堪，只为在你心中留下最美的形象。

可惜美好已经成为过去，回不去了。

我要为我的父亲，为这个破碎的家庭讨回一些东西。

复仇是件磨损人性的事情。我们不会再见面了。我不会让你看到一个残忍的我，也不想让儿女情长阻挡我成功。

让美好的过去好好地留在过去。

忘记我吧。别再找我。

珍惜你身边的那个男人。

从此关于你的一切我都不再过问。

就此告别。

（另：房子你可以一直住，像住在自己家一样。）

你身边那个男人，这是什么意思？秋和长久地注视着屏幕，那些文字一遍遍地扎进眼里，扎得眼睛胀痛，但她还是不甘心，不知疲倦地在字里行间挖掘着什么，幻想这只是文字游戏，或者隐含着什么谜语。

这玩的是什么？可以给点提示吗？秋和笑问。

没有回答。

她又给星和回了许多文字，打了许多问号，说了许多往事，诉了许多相思。只是没有回声，好像对一堵墙诉说了许多爱，得不到一个拥抱。

“曼珠沙华”的头像终于暗下去时，她眼里的泪也终于倾泻而下。这次，是为了爱情。

傻瓜。他在提分手。他说别幻想了，别牵绊他了，别影响他复仇。顺便他又施舍一下同情：需要着房子就先住着吧，不赶你走。

秋和突然冷笑一声。我秋和何至如此！天下之大，总有容身之处。

小心复仇的利剑刺伤自己！

她发完这最后一句话，把自己疲惫的身躯拖到被窝里。

哭累后的睡梦里，又重现那青草坡，和相互追逐的孩子。松树间茅草和树枝搭起的凉亭，两个孩子依偎着看天光云影，夏日凉风中困倦地睡去。突然一阵电闪雷鸣，小女孩惊醒，小男孩却不知所踪，只留下一只沾着鲜血的手套。秋和猛然吓醒，从床上坐起来，额头上全是冷汗。窗外雨声滴答，真的下雨了。

秋和日记

雨 1 月 31 日 凌晨

如果有什么可以让心停止疼痛

那么我愿一饮而尽

一觉到天明，也许一切都恢复原样
如果没有什么阻止一切改变
那让我也任性一回，远走高飞
对一切的疼痛都不需要负责
如果真的有所谓爱情
那么，也交给时间去考验
如果不再有所谓爱情，那也请时间去冲淡
如今，如今的我
只要远走高飞
对一切的疼痛，不再过问

第十四章 落花有意

下午三点左右，林小语终于等来了秋和的电话。但想到昨天秋和那些话那么伤自尊他憋着气故意不接。手机挂断时，他认为秋和一定会再打来的，拿着手机等待着，但是快下班了还是没有等到。

林小语按捺不住，自己拨了电话过去，秋和那端却一直关机。他内心突然空落了，很不安，不禁后悔刚才意气用事挂她电话。要是以往他早就跑去找秋和了。但上次父母催他和秦丽结婚，他以上班为挡箭牌，只能硬着头皮在办公室熬着。

时钟指针终于对准了五点半。林小语迫不及待溜出办公室。

林小语才出电梯口，忽然听有人叫："林哥哥!"

抬眼看去是秦丽。他不情愿地停下匆忙的脚步，堆起勉强的微笑："你好！秦小姐，有什么事么?"

"林哥哥，你今天终于不用开会了。一起吃饭吧？吃柠檬鸭好不好?"秦丽笑容满面问道。

要吃也是和我的秋和妹妹一起吃，谁要和你吃了！林小语这么想着，却微笑道："哦，今天我和一位朋友约好了。"

"女性朋友?"秦丽皱着眉问。

"哦，不是，是一位战友啦。"

"那不介意带上我吧？呵呵，我也该认识认识你的朋友。"秦丽眼睛里充满兴奋和期待。

“呃，这……”林小语国际礼仪般的微笑僵挂在那，看着秦丽明媚的笑容，不禁想这丫头还真难缠，干脆摊牌算了！

“其实，我约了……”

秋和二字正要出口，秦丽的手机突然响起。

“噢，是爸爸。”秦丽把手机摆到林小语面前给他看来电。

“你快接吧！”

“你等我啊！”

“爸，什么事啊？我在和小语哥约会呢。”

林小语转过一边吐舌头，什么约会嘛！

“什么？找到了？哦，好的，我马上来。”

秦丽挂断电话，说：“不好意思啊，家里有急事叫我过去。下次再一起认识你朋友哦。这次真不好意思。”抱歉得好像自己爽约了一样。

“哦，没事没事！以后机会多得是！”林小语笑着冲她摆摆手：“快去吧！”

秦丽走到电梯口回眸一笑，林小语又报以那道貌岸然的微笑，心下却在庆幸，幸亏电话来得及时，不然早已祸从口出，怕是又丢了美人心，还惹了风流名。

秦丽一走，林小语立刻去取车，开往秋和处。

秋和住所楼下停着一辆挺神气的轿车。林小语平时对车挺着迷，但这会儿急着找秋和也没心思看，把车往边上一停便往楼上跑去。刚上二楼，却惊讶地看到华武、秦士和秦丽三人正站在秋和住所门前。

“林哥哥，你怎么会来这里？”秦丽惊讶地问。

林小语愣了下说：“哦，我来找我的战友啊。”

“这么巧？”

“是啊，他，他就在楼上。”

林小语生怕秋和突然开门出来，那自己就彻底曝光了。没多说便走上楼去。

华武和秦士心里急着找秋和，并不十分注意林小语。秦丽却心生疑问。明明这里才两层楼，楼上还住有人？

林小语转身往上面的楼梯看去便发现自己的谎撒得太没水准，根本就没有三楼，但也只能硬着头皮往上走去。楼顶天台的门虚掩着，他便躲了进去。紧靠着门缝静静听楼下的动静。

只听楼下传来敲门声，秦丽三人依次喊着秋和的名字，却半天也没见有人出来开门或应答。

安静了片刻，林小语听到楼下开门的声音，心不由得一紧，秋和会不会就回到他们身边了？那岂不是完全没有机会再和她在一起？

好吧！该来的总会来的！就摊牌吧！与其躲躲闪闪，不如就痛痛快快追求秋和吧！

这时却听有人说道："怎么那么吵啊？"

原来是秋和对门的阿姨出来了。

"你们找秋和啊？"

"秋和确实是住在这里？"华武激动地说道，再次敲门。

"别敲了。她拖着行李箱出去了，一定是回家过节了！"阿姨说完门便关上了。

林小语在楼上听着心往下一沉。秋和走了？他冲下楼来挤到三人前面，抬起手想敲门。

他似乎忘了秦丽他们还在，只想确认秋和在不在。

"林哥哥！"秦丽惊道。

林小语看到三人都齐刷刷惊讶地盯着他，忽然怯了，没有伸手去敲门，而是问道："怎么了？和……你妹妹没有找到吗？"

华武叹了口气，秦士摇了摇头。

秦丽却问："你怎么知道我们是在找秋和啊？"

林小语心里瞪地紧了。

"哦，你之前不是和我说过秋和的事情吗？"

秦丽狐疑地看了看他。

"你找到你朋友了？"

"哦，不巧，他也不在。"

秦士这时说："秋和说不定真的回家了。现在回村里看看吧。"

“爸，先回家吧，天都黑了，又冷又饿的。秋和也真是奇怪，这么大人了还玩失踪，总让大家担心。”秦丽显得有些不耐烦，撅着嘴摇着秦士的手说。

林小语在一旁焦急地说：“去村里看看，放心些。”

“小语哥，你这么担心秋和啊？”秦丽奇怪地看着他。

“哦，哪里。我是怕你们不放心。”林小语说着，刚才摊牌的冲动和壮烈冷却了，消失了。

“你们先回家吧。我现在就回村里，有消息再给你们电话。”华武道。

秦士坚持说：“我和你回去，不然不放心。”

“你还是先别去了吧，省得又有误会。”

“唉，都是我不好，是我让她误会的，秋和以前从来不会这么任性的。”秦士摇着头长叹口气。

“误会什么？”秦丽好奇地看着她父亲。

秦士脸上的表情突然变得很尴尬。

华武见状说道：“哦，怕你妈误会，怕她又说你爸不顾家，老往村里跑。”

“爸，赶紧回家吧。妈应该也气消了，说不定已经回来了。”

林小语听着这对话，暗暗松了口气，心想矛盾已经彻底转移，应该没人会想到他是来找秋和了。

这时秦士对他说：“小语，去我们家吃饭吧？”

秦士的邀请在林小语听来像不可违抗的命令。无论如何，他是不愿吃罪秦士。在他知道他是秋和亲爸爸之前，他就对秦士很敬畏。而且他想从他们那里听到更多关于秋和的消息，便微笑着说好。

只是秦丽，却把这应邀理解成林小语和自己的关系更进了一步。

“小丽，你给林小语带路。我送送华伯父。”

秦士和华武先下了楼，秦丽开心地拉起林小语的手一起走在后面。林小语有些抗拒，又不好意思当着长辈的面把她的手甩开。开车的时候他很想再打电话给秋和，秦丽坐在一旁，他又不好意思打，一路内心纠结着，一边担心秋和，一边想着怎么应对秦丽。

“你的朋友也住在那栋楼里？”秦丽忽然问道。林小语刚才以为这个坎已经过了，现在不由得又绷紧神经应付秦丽的疑问。

“是啊。”他硬着头皮说。

“那栋楼不是只有两层吗？你不会也是去找秋和的吧？”秦丽笑着问道。

“不是啊。我朋友住在天台的小阁楼。”他强装镇定看着道路前方。

“阁楼？噢，是不是像《阁楼男女》里面的那种小屋？”

“是啊是啊。你知道这种屋子租金便宜嘛。”林小语脸上的肌肉紧张得紧绷绷的。

“好浪漫啊。你下次带我去好吗？我想看看现实版的阁楼。”

“好啊，没问题。”林小语心想先把眼下瞒过去，后面的问题再说吧。

“那你平时来这里见过秋和吗？”秦丽一问，林小语的脸猛地又绷直了。

“没有啊。我也是第一次来的。真是的，这家伙第一次约吃饭就放我鸽子！”林小语故意生气起来，把戏演得逼真些。“怎么了？为什么这么问？你不会认为我认识秋和吧？”

“哦，没有。随便问问。”

林小语接着便沉默了，紧张地想转移话题，却找不到合适的话题。

“呃，我是不是太多问题了？是不是让你觉得烦了？”秦丽看到林小语不开心，放低了声音，低着头歉意地问。

林小语一下子放松了说：“没有啊。你关心妹妹嘛，人之常情。”

秦丽听了也轻松地笑了笑。

男女关系中，大概是被爱那个容易占据主导地位。林小语表情一变，刚才一脸质问的秦丽又做小鸟依人状讨他欢喜了。

“欢迎光临！”秦丽开心地邀请林小语进屋。请林小语来家里作客，秦丽期待已久。现在这个女人就像一个快乐的孩子一样，就连衣领上的兔毛也仿佛欢快地舞动着。

“丽丽！”

秦丽闻声转过头去，惊喜地喊道：“妈！您从外婆家回来啦？”说着便过去抱住那位叫她的妇人，样子十分娇宠。

秦母笑着拍拍秦丽的后背，说：“多大了，还当着客人的面撒娇！”

“你就是林董的儿子林小语吧？快坐！”秦母热情招呼道。

“伯母好！”

秦母把林小语从头到脚打量了一遍，嘴上笑容愈是明显。林小语被瞧得有些尴尬，转过脸去问秦丽：“伯父怎么还没到啊？”

秦士正好开门进来，瞧了自己妻子一眼，不冷不热说了声：“回来啦。”

秦母冷冷哼了一声：“呦，还知道回家啊？不是找秋和大小姐去了吗？”

林小语不难察觉秦母对秋和的敌意。都说女人的第六感很强，她多少能猜测到自己丈夫和秋和的特殊关系了。

“妈，秋和之前离家出走，爸是帮华伯父的忙啦！”秦丽接道。

“哼，我就知道这孩子不是个省油的灯。是不是嫌安排的工作不够好啊？她还真以为自己是穷山沟里飞出的凤凰啊？她到底想干吗啊？”

“没什么，秋和是想自己找工作。”秦士答道。

“噢，这么好强啊？难怪，大学生嘛。”秦母脸上的每个细胞似乎都充满了酸辣，说的话在场的人都闻到了很呛的味道。

秦母见没人搭话，便对林小语道：“林小语，你还不知道秋和吧？”

听到喜欢的人这般受人数落，林小语心里并不舒服，但他不会承认认识秋和，也不会为她辩解，只是含糊嗯了一声。就这一声嗯已经足以鼓励秦母继续。她又接着说：

“我还没见过这么古怪倔强的女孩子。她能考上大学我还挺奇怪的。不过，现在大学生满街跑，还不是找不到工作？像我们丽呢，性格好，出身好，没读什么书，在市政府也干得好好的！”

在一边一直没吭声的秦士这时说话了：“就一份帮人倒茶水的活儿就别拿出来显摆了。做饭了吗？不做我们出去吃了。”

秦母瞪了秦士一眼，转而对林小语笑眯眯地说：“小语，等着啊，阿姨给你准备好吃的。丽丽，快去给小语倒杯热茶啊！”

秦丽给林小语端来一杯热茶，解释道：“我妈有点啰唆，你别嫌烦哦。”

林小语只是笑了笑，突然明白为什么秋和之前宁愿去同学家住也不来这里了。但她对自己甚是热情，他也就笑脸相迎。

席间，秦母依旧是说个不停，不忘数落秋和，对林小语却是热情之至。

晚饭才结束，华武给秦士打来电话。林小语秉着呼吸听着，就怕漏过秋和的新消息。

“秋和回到家了吧？没有回家？那能去哪里呢？啊，你们也别太着急，那么大个人了，没事的。”

挂断电话秦士显得忧心忡忡。

林小语听出秋和并未回家，仍不知去向，不由感到烦愁。

“这丫头又怎么啦？唉，这野孩子就是难管啊。可千万别学她妈，做出点什么丢人的事来啊！”

“嘴巴放干净点！”秦士按捺不住大声说道。

“哎呀呀，你还想打啊？你打啊，打啊，当着小林的面打啊！”秦母像一只老母鸡，仰着脖子张牙舞爪咯咯咯朝秦士走来。

秦士举起巴掌，停在半空。秦母又高昂起头，挑衅地看着秦士。房子里的空气像凝滞了一般。

林小语想一场暴风雨马上就要开始了，但接着只见秦士摇摇头叹了口气，把手慢慢放下，秦母嘴角一歪，现出一抹得意的笑。

林小语从未见过威风八面的秦士这么狼狈的样子。他想自己这个局外人再待下去场面怕是更尴尬，便起身微笑道：“伯父伯母，时间不早了，我先回去了。”

二位长辈对林小语倒是客客气气，微笑着说好走好走。秦母再三邀请林小语春节期间常来作客，又让秦丽送他。

林小语笑着点头称谢，走出门口的当下大松口气。

“小语哥，真不好意思，家里让你见笑了。”

“没事，爸妈吵架很正常。你快回去吧。”

“我还想送送你呢。”秦丽低下头忸怩地说。

林小语却坚决地说：“天黑了，外面冷。而且你爸妈看着不大好，你快回去吧，可别让他们打起来了。”

秦丽只好依依不舍看着林小语下楼。

林小语开车回到家便给秋和打电话，却怎么也打不通，不由得又慌又愁。

这是不打算理我了，还是出什么事了？

“小语！”

林母笑眯眯走过来。

“妈，什么事这么开心？”

林母神秘地笑道：“你这孩子，这么好的事情也不告诉妈。”

“好事？”林小语疑惑道。

“你今晚去秦丽那见未来的岳父岳母了吧？”

“哦，您指的就这事啊。您怎么知道我去秦丽家里啊？”

“她刚才打电话到家里问你回来了没有。怎么样？她妈妈喜欢你吗？”林母期待地看着林小语。

林小语可不想秦母做他岳母，但看着母亲满脸笑容，一时不忍让她失望，便说：“哦，伯母很喜欢我啊，对我很热情。”

林母点了点头，满意地笑道：“看来你和秦丽的婚期不远啦。”

林小语听了急道：“妈，您怎么就认定我和秦丽能结婚呢？万一……”

“万一什么？”

“您就没想过，我可能有自己喜欢的女孩子。”

林母一听笑容全消，惊讶地说：“什么？你喜欢其他女孩子？”

“我的意思是说，在遇见秦丽之前，我可能已经喜欢别的女孩子了。您就没想过吗？”林小语声音有些激动。

“可是你那时从来没有提过你有喜欢的女孩子啊。那这个女孩子呢，现在在哪？她也像小丽那样喜欢你吗？”林母关切又忧虑地问道。

这个问题就好像一盆冷水一样浇到他为爱沸腾的身上，他低下声音，说：“她好像……不是那么喜欢我。”

林母看到儿子沮丧的样子安慰说：“小语，感情的事情，要看缘分的。那个女孩子对你不中意，你只是一厢情愿，怎么会快乐呢？”

“我和她在一起很快乐啊？”

“那她是不是也是那么开心呢？”

林小语想了想，摇摇头。

林母又接着说：“你和丽也交往了一段时间了，看得出来，她对你很用心，你应该珍惜这份情义，而不是去幻想些不实际的。你说妈的话对不对?”

林小语低头不语，他不愿放下，又不得不告诉自己秋和要是在乎他，就不会对他的付出无动于衷。

“答应妈，好好和丽交往，别胡思乱想了。”

林小语点了点头，不想再继续这话题。也许应该给秦丽，也给自己一个机会。也许本来就没有什么所谓完美爱情。也许吧。他不喜欢这样什么都不确定的感觉，拖着疲惫的身体回屋倒头就睡。

第十五章　爱情转移

第二天醒来，林小语还是像电话促销员一样，不厌其烦给秋和打电话，在每次听完千篇一律的关机提醒后，又不厌其烦给她发去信息。他下班后第一时间就会开车去秋和曾经的住处，看看灯是否亮着。即使灯不亮，他还是会下车上楼，敲敲那扇门，幻想秋和开门时的表情。手机一直关机，门一直紧锁着，无声无情。在一次次希望和失望反复的煎熬后，林小语心里慢慢生出怨怒。她怎么可以这么绝情？她难道真的一点也不在乎自己？

或者，妈说得对，该和秦丽试试。

而秦丽依然每天下班就去等林小语，可是每天等到的都是：林总走了。她给他电话，电话总是在通话中。她不禁怀念在梅庄那个吻，当时明明两个人都很投入，为什么他又若即若离？难道他是那种不主动、不拒绝、不用心、不负责的洋葱男吗？

在每一个人纷乱的情绪中，春节来临了。

那天晚上，在客厅烦躁不安看电视的秦丽接到林小语的来电。

终于！终于！他给我打来第一个电话了！

她从凳子上跳起来，双手捧着手机跑回卧室，躲过爸妈的视线，兴奋地按下接听。

“小语哥，春节快乐！”

“小丽，春节快乐！”

他改口叫自己小丽了！他居然还有些紧张！

“什么事啊，小语哥？”她笑着柔声道。

“哦，我是问候一下。你好吗？”

“好啊。”

“你家人好吗？”

“也好啊。咯咯，谢谢小语哥关心。”

“哦，那挺好。”

秦丽嗯了一声，期待他继续。她想他接下来应该就要约她了。

可林小语说的是：“哦，对了，秋和回来了吗？”

“秋和呀，回学校了。说要写论文，不回家过节了。”

“哦。”

林小语那端沉默了许晌。

他是想约我吗？秦丽纳闷。

“小语哥，伯父伯母也都好吗？”

“好。都好。”

他怎么还不约我？

“小语哥，你会去哪里玩吗？”秦丽想着抛砖引玉，都提到玩了，他就不能说句一起去玩吗？

“嗯，没什么计划。先这样吧。再见。”他说完就挂了电话。

秦丽听着电话里嘟嘟嘟的声音，又失望又纳闷。他到底什么意思啊？

“小丽，谁的电话？”客厅传来秦母的声音。

“打错了！”秦丽鼓着腮帮子走出来。

“放假了怎么也不去约会？”

“约什么会？大冷天的！”

这时手机又响了。是林小语。

手机响了很久，秦丽故意不去接，面无表情盯着电视《情深深雨蒙蒙》，自言自语感慨道：如萍那么温柔，依萍那么任性，书桓怎么就只喜欢依萍呢？

“接电话啊！”一旁做面膜的秦母催到。

秦丽接了电话，刚开始有气无力，不久情绪瞬间高涨："喂，小语哥，还有事吗？噢，去玩啊？好啊，好啊！当然有空！当然好啊！"

"怎么那么兴奋啊？刚才还跟粘黄瓜一样！"秦母好奇地问。

"小语哥约我去玩！"

"去哪里玩啊？"秦士这时从书房走出来问道。

"去秋和家拜年！小语哥说想看看路家山的乡村风光。"

"这样也好，刚好后天路家山开年，你们就替我去给华伯父拜年。"秦士的笑容有些勉强。

秦母揶揄："呦，我没听错吧？今年舍得不去华家了？"

"不去了。让小丽他们去就好了。"

"哎，穿什么衣服去呢。爸，从男性的眼光判断，我穿什么衣服最好看？"

"你穿什么都好看！小公主！"秦士微笑着说。

"不行，明天我要买新衣服去！"

"对！村里过节最注重穿衣服了。我的女儿可不能输给秋和她们！"

听到秋和二字，秦士脸上的微笑骤然消失，低着头回到书房里。

正月初四那天，秦丽一袭红呢外套，华美修身，脚下蹬一双红高跟鞋，宛如娇美的新娘站在楼下等林小语。

林小语看到秦丽，不禁想到第一次见秋和的样子，也是一身修身呢子长外套，在雪里像漫画中的少女。

秦丽被林小语看得有些不好意思，低下头低声道："走吧。"

林小语回过神，尴尬地笑了笑："哦，好好。"

秦丽暗暗为今天的装扮满意，哪里知道男人的心思也隐藏得如此缜密。

进到路家山村口就听到噼里啪啦的鞭炮声。今天路家山开年，家家户户都大开红门迎接亲朋好友。

林小语进到华家，眼神焦虑地在宾客间寻觅秋和的影子。寻她不见，暗暗失望。

华家因小女儿秋和不在，过节的气氛都淡许多。华武招呼客人的笑容也显得有些勉强。

在厨房林小语见到系着围裙正在灶台前烧火的秋和妈妈。

他对秋和妈是十分好奇。那天偷听华武和秦士说话，无意发现秦士是秋和的亲生父亲。能让秦士着迷，又让华武宽容的妇人，又生出秋和这么个美人胚，想必是个美女阿姨。

“华婶!”

“哎，小丽来啦!”

待她转过身林小语却发现她只是位姿色平平、穿着朴素的农妇，不禁感到意外。后来转念一想，大概是劳作辛苦，容颜早逝。

四处寻不到秋和的身影，林小语便不想再在她家停留，以免目光所及都是失望。

“以前你和秋和都去哪里玩啊？带我去啊。”他突然提议。秦丽只听出他邀请自己去玩的这一层信息，欢喜不已，热情地牵起他的手，走向田野。

“那是什么地方，真美。”林小语指着下面的竹林问道。

她指着田野那方说：“看，那是路家山的竹林溪。”

那是一条清澈见底的小溪，竹林环绕，故而得名。

“那去看看。”

林小语走过田野，漫步风景如画的溪边，吹着口哨，哼着歌，心情明朗起来。心想这里果然人杰地灵，难怪生出秋和这么美丽可爱的女孩。

但秦丽就痛苦不堪了。新买的高跟鞋沾满灰尘，才走过竹林溪脚后跟就磨出泡了。但看到林小语兴致高昂，又舍不得就这么结束两个人独处的时光，只好慢慢跟在他后面。

来到一座遍地蒲公英的山脚下时，林小语兴奋地说：“快来啊，小丽，好漂亮的小山。我们爬上去好吗?”

秦丽的双脚已经像针扎一般痛了，脸上再挂不住笑容。

“怎么了?”

秦丽指了指脚下。

林小语一拍脑袋，自责道：“哎呀，我真是太粗心了。让你走了这么久，肯定很累吧?”他看了看四周，提议：“我们就在这草地上先休息吧。”

秦丽把高跟鞋一甩，一屁股坐在草地上，也不管脏不脏，优不优雅了。

“等等。”林小语叫道，脱下自己的外套铺在地上，让秦丽坐在上面。

“你不冷么?”

“走得都发热了。没事，你坐吧。别把你衣服弄脏了。”

秦丽心满意足地躺在林小语的外套上。

林小语定定地看着秦丽，突然觉得她的眼睛和秋和有些许相似，特别是那上翘的睫毛。

也许是疲累的缘故，秦丽也没避开他的眼神，从身旁摘了一朵野花在林小语面前晃了晃说：“为什么突然想来乡下玩呢?”

“当你喜欢一个人的时候，会想去她生活过的地方看看，会想走她走过的地方。”

秦丽怔怔地看着林小语，羞红了脸。

林小语说这些话时，心里想的是秋和，但他看着秦丽娇羞的模样，内心涌动着一股热流，突然俯下身亲吻她。

秦丽只觉浑身酥软，完全没有拒绝的道理，只是陶醉在这亲吻里。

“对不起!”

秦丽感到醉人的吻很突然停止了，睁开眼睛疑惑地看着林小语。

林小语站了起来，一脸歉意地说：“对不起，我失态了。”

“没关系。”秦丽柔声说。

“我们回去吧!”林小语像逃跑一样大步往回走。

回城之后几天，秦丽都没有接到林小语的电话。她百思不得其解。明明他对自己告白了，而自己又是心甘情愿，他为什么还是放不开呢?他在担心什么?难道自己表示得还不够明白吗?

那天，秦丽父母都去她外婆家了，剩她一个人在家。她对林小语思念切切，又苦于找不到借口找他。看到电脑的屏幕一闪一闪，突然想到了主意。

她把电脑主机拆开，然后拨林小语电话。

“小语哥，来我家帮个忙好吗?我家电脑坏了，开不了机。我爸妈都不在，又没人可以帮我，只能找你了。”秦丽央求道。

林小语很爽快地答应了。

他一来就蹲在拆开的电脑主机前，动作熟练地捣鼓。

秦丽坐在床上看着他认真的表情，笑容满面。

“这里面似乎没什么问题啊？”他疑惑道。

“可是刚才明明就是无法开机，还滴滴滴响。”秦丽故意认真道。

“哦，那可能内存条脏了。”

林小语说着拆下内存条用橡皮擦了擦，吹了吹，再装上，重新试着开机。

很快一切都装好归位，秦丽说：“小语哥真棒。真不知道该怎么感谢你。”

林小语开玩笑地接道：“你不是要以身相许吧？”

转过身时才发现秦丽羞红了脸，低着头不敢看他。

林小语觉得有些窘，说：“哎呀，手脏的，去洗一下。你试着开机看能用了没。”说着转身出外面去了。

窗外，夜悄然滑落南城，幽暗的城市亮起暧昧的霓虹灯。

林小语洗手回来时，发现门虚掩着，里面的灯也暗了。

他有些讶异，叫了一声秦丽，没有回声。他推开门，只看到桌上留了一盏幽暗的香薰灯。林小语紧张地走进房里，顺着灯光往四周扫视一眼，却惊住了。

林小语透过蚊帐隐约看到女人身体的曲线。

秦丽躺在床上，玉体横陈，看到林小语进来，羞涩地把脸侧到一边。

林小语站在床边，一动不动。过了片刻，秦丽从床上坐起来，深情地看着林小语。林小语却依然一动不动，只是瞪着一双眼睛。

房里的空气似乎变得很燥热，他感到难以呼吸，然后感觉到女人柔软的唇润湿了自己的唇、颈，感到自己的衣服一件件褪去，上身裸露在空气里。她的手法一点也不陌生。林小语抗拒地想着，可是他终于忍不住把秦丽紧紧抱进怀里……狂吻落在身上，阵阵娇喘。

仿佛爱已经重新定义，没有了秋和，没有了爱的苦累，只有温软的肌肤相亲，忘我销魂。

一切那么惬意，那么令人满足。

秦丽小鸟依人般躺在林小语怀里，说：“我是你的，永远都是。”

林小语在她额头吻了吻，有那么一瞬间他想起了秋和，那个一次次拒绝自己的女孩。这份痴恋给自己带来的似乎只有痛苦。

他没有想过会和秦丽有这样一段。意料之外，却不可避免地发生了。此时秦丽给了他无限的慰藉，无论是她的体温还是她温柔的爱。她那样甜蜜地微笑着躺在自己怀里，似乎心满意足。

“我们结婚好不好?”林小语突然说道。

秦丽从他怀里坐了起来，难以置信地看着他。

“我们结婚！越快越好！”

秦丽微低下头，低声说：“有点突然。你一点也不介意我的过去吗?”

“介意什么?”林小语有些不解。

“我……我以前谈过恋爱。”林小语这才意识到原来她说的是自己不是第一次。

“不介意。这是你的过去，我没有权利过问，所以我不介意。”林小语说道。

“以后我只属于你一个人。”秦丽说着激动地抱住林小语。

林小语轻抚着她的长发。秋和赐予的痛苦随着婚姻慢慢淡去吧。他默许。

为把秋和在心中挖开的那片空虚慢慢填补，为在亲吻秦丽时不再暗念秋和的名字，为了不再放任对秋和的欲念，他把精力都转移到工作上，还主动向林楠请命去负责公司的重要项目。

林氏企业日前刚收购一处旅游度假村。这原是一位雄心勃勃的台商所有，但因经营不善常年亏损。这位台商年事渐长，想要回台，只以保本价转让。很多公司都认为这是个烂摊子，林楠却十分看好乐园前景，收购了乐园。

林楠看到林小语变得如此关心公司事务，自然感到十分欣慰，便把乐园的开发案交由他负责。

“这个度假村简直是五星级的标准，还有很浓厚的艺术气息，不少来自世界各地的艺术家都在这里留下作品。唯一的缺点就是有些偏，连公交车都不到那里。光这点，就比不上市里的公园了。”

“但是如果宣传做得好，总能吸引不同人群啊。”

秦丽指着地图说：“如果有私家车，开到这里也就一个小时，不算太远。”

“你是说，要先开发精英人群?”

“是啊。像爸爸、妈妈、伯父、伯母都很喜欢游山玩水。在城市里待久了，人们都会向往亲近大自然的。只要宣传到位，一定吸引很多人来度假的。”秦丽自信地说。

“嗯，有道理。许多都市上班族一到周末就迫不及待要离开工作环境。乐园远离都市烦嚣，依山傍水，是天然的森林养吧，而且配备完善，游泳池、迷宫、喷泉一应俱全，还有为现代人准备的心理氧吧，简直是休假的绝佳场所。”

秦丽从背后搂住林小语，在他耳边甜蜜地说：“我倒有个好主意。既然你要提高那里的知名度，何不在乐园举办婚礼?”

林小语沉吟片刻说：“这倒是个好主意。到时邀请一些媒体朋友去参加婚礼，好好宣传一番。我相信这里一定会成为影楼外景的新宠。”

“说不定还会成为蜜月游的热点呢!”

林小语兴奋地抱住秦丽，亲吻她的脸。

“你真是我的贤内助!”

第十六章　血红朱槿

四月初的一个傍晚。

林小语临下班时手机响了：我回来了。7 点到火车站。秋和。

她怎么竟回来了？外面的世界很精彩，只是碰到了荆棘，于是回来？

可我已经接受了另一个人的爱，精神上和肉体上的。

可他还是早早来到了火车站。

她怎么竟回来了？那么美丽地站在我面前，歪着头微笑着，仿佛在等待我的拥抱。

流水已逝，物是人非。为何我仍怦然心动？

不。已经不可以。

林小语把张开的双臂收回，只微笑着说：

“回来了？”

秋和微笑着看着林小语，两腮的婴儿肥在他眼中仍是那么俏皮可爱。

“晚上请你吃饭，欢迎回来。”

“哇！好诱人的比萨！”

“你当初为什么不告而别？”

“我失恋了。”

“失恋？”

“我一直等待的人，取消我等他的资格了。”秋和苦笑着说，“他让我找个对我好的人。”

林小语有些失落，原来那段时间她真的没把自己当成恋人。

“有没有想我啊？”秋和有些笑吟吟地看着他。他朝窗外看去，却发现那些霓虹再绚丽比不过她微微一笑。

“怎么回来了呢？”

“我回学校之后，除了做家教，写论文，天天都在构思写作。可是什么都写不出来。我是悟出来了，还是踏踏实实找一份工作，先养活自己再说。现在答辩完了，就回来找工作了。哎呀，好久没见到这么多美食了！”

林小语笑着看她贪吃的样子。

她吃着吃着突然抬起头，看了看他，再看看他前面的碗筷，问：“你怎么不吃啊？”

“想好好看看你！”

她有些窘，低下头喝了一口白开水。举起杯，说了声“谢谢”，眼里流露出真诚的感激。

“永远的朋友！”林小语也举起装开水的杯子，和她碰杯。

他没说“永远的情人”，秋和凭直觉感到他和几个月前有些不一样，但说不上哪里不同，探寻地看着林小语。

他的眼里仍是脉脉含情，只是两个人的距离似乎却远了些。

她喝了口汤，把目光转向窗外光影交错的街道。然后低着头吃饭。

忽然变得很安静。

他还喜欢我吗？

也许对他不公平。我只是为了忘记星和而接近他。我只是飞蛾扑火。

“情人在一起会怎样呢？”秋和有些笨拙地“挑逗”。

“情人在一起，都是喝红酒的。哪像我们喝白开水。”林小语逗趣地看着她，期待她抬起头时的表情。

“那我们也喝酒？”

“不了，太晚了，我送你回去吧。”

秋和眼圈突然红红的。即使不喜欢一个人，被拒绝的滋味也不好受。

她跟在他身后，第一次注意到这个男人的背影有些落寞。

“我那时拒绝你，你不会生气吧？”车开到楼下时，秋和突然怯怯地说。

“不会，当然不会。”

“嗯，其实，我当时心里装着一个秘密，因为这个秘密，我没法接受任何人。”

“是吗？”

秋和有点想继续把这个秘密说下去，但林小语淡淡的回答让她又不想说下去。

“那我们还是好朋友咯？”

“当然。好朋友。”

“嗯。那我回去了。”

“我送你上楼吧。”

秋和笑着点点头。

“我以后恐怕要疏远你了。”把她送到门口时林小语突然说道，低着头，不去看她。

起初她无法理解，咯咯笑起来，以为他在开玩笑。

“你不进来坐坐？”

“不了！”

“那好吧，我也好累了。Bye！”秋和笑着和他说再见。

林小语却苦涩地道了声“晚安”。

他回到家便收到秋和的短信：“谢谢好哥哥的晚餐。我明天煮西北特产蕨麻粥答谢你，好不好？”

林小语没有回复。如果再多见几次秋和，他怕自己又动摇了。

“其实我有好多好多话想和你说，可是今天好累好累了。明天我们好好聊聊，好吗？”秋和又发来信息。

林小语还是没有回复。

“好想爸妈，还有姐姐她们。可是我还不敢去见他们。现在在南城我只有你一个朋友啦。你会和以前一样陪我的，是吗？”

林小语看着短信，苦涩地笑了笑。唉，以前，还回得去吗？他在心里叹道。

“小语哥，回来啦？”

一听到秦丽的声音，他就好像藏罪证般把手机收进口袋。

秦丽扶着林母下楼来，俨然和睦相处的婆媳。

“小语，晚上不回来吃饭也不打个电话，让小丽等了这么久。”林母十分袒护这“准儿媳”。

“一位老朋友回来了，晚上一起吃的饭。”林小语淡定地说。他对说谎已经把握得炉火纯青。

“妈，没事，男人嘛，总有应酬的。”秦丽说道。

“还是小丽善解人意。你们聊吧，我上楼睡了。”

秦丽便跟着林小语回了房间。

“小语哥，我明天要去出差几天。”说着从包里拿出一个手机，“这是我提前给你准备的生日礼物。”

“生日礼物？”

“是啊，4 月 5 日是你的生日，马上就到了。”

“哦，差点忘了。”

“可是我要出差，不能陪你过生日，所以提前准备好礼物给你啊。”

林小语接过盒子，不禁想起自己曾经也送过秋和手机。她还在用着。自己当时是费了多少心思才让她收下手机啊。

“怎么了？不喜欢吗？”秦丽见到林小语心事重重的样子，感到很奇怪。

“哦，喜欢。”

“怎么了？一进门就见你魂不守舍的。”

“哦，没事，今天有点累。休息一下就好了。”林小语歉意地说道。

“那我先回家了。”秦丽有些不悦。

“好。我送你吧。”

“不了，你累了就先休息吧，我打个车就好了。”

“嗯，那你自己小心点。”

“嗯。”

“对了，什么时候回来啊?”

“4 月 6 日晚上。”

秦丽在林小语脸上亲了一下才依依不舍回自己家。

林小语无力地坐在床上，感到头脑一片混乱。

接下来的两天，林小语感觉自己好像陷入一场自己与自己的斗争。一个自己急不可耐飞奔到秋和怀里，一个自己压抑着疯想和欲念。

四月五日，林小语在梅庄度假村开会。

秋和又发来短信：“生日快乐！我给你准备了生日礼物，我一会拿去给你好不好?”

“我在西郊梅庄度假村，在开会。”

“那我这就去找你。”

冗长的会没完没了。不知不觉窗外下起雨来。

下雨了，她大概不会来了吧。林小语有些类似解脱的惆怅。她不来，他的战争就暂停了。她来了，他不知道自己会做出什么来。

散会时，已经是傍晚六点多了。林小语一走出宾馆就看到一个落汤鸡女孩冲自己招手。

她居然来了。秋和身上的衣服几乎湿透了，现出透明的肉色。

林小语有些不好意思地从她胸前扫了一眼，问：“傻瓜，吃饭了吗?”

秋和摇摇头。

“都湿透了。擦干了再吃饭吧。”

“不用了，我就是过来送你礼物，一会就回去了。”话音未落她就一连打了几个喷嚏。

“今天我生日，听我的！不然会感冒的！”林小语有些霸道地命令。

他说着就把她带到房间，秋和进了门又有些咳嗽。

“快把湿衣服脱了，冲个热水澡，一会我帮把衣服吹干。”

秋和低头看了一眼自己湿透的身体，又羞又窘。

“可是我没有衣服换啊!”

“嗯，将就着拿浴巾披一下。”

秋和又打了个喷嚏。

林小语把她推进浴室，关上门，说：“你还信不过我吗？快洗吧！把衣服递给我！”

秋和经不起他激，为表示对朋友的信任，换下湿透的衣服，躲在门后面开了个小缝递给林小语。

秋和冲着热水，内心感到有些不安，又有一种从未感受过的新鲜感，甚至有些兴奋。

洗完澡她用浴巾把自己裹得严严实实的，小心翼翼地问道：“我可以出来了吗？”

“出来吧！我不看你！”

秋和这才出来，虽然林小语背对着她用吹风机给她吹干衣服，她脸上还是不自然地红了。

“谢谢你。”

“你总是对我那么客气。”

“你先吹一下头发吧，都淋湿了，可别感冒哦。”

“没事，别忘了我可是军人出身，哪有那么娇弱！”

“对了，这是我给你带的小礼物。”

“你能给我什么礼物啊？”

“一张 DVD,《罗马假日》，你不是要学英语吗？看电影学英语挺有效的。”

林小语哦了一声，还是继续帮她吹衣服。

“你不喜欢吗？”

“还行吧，反正我想要的你又给不了我！”

林小语说着转过身，眼睛瞬间无法移开了。

秋和裹着浴巾，齐肩的头发湿润亮泽，裸露的肌肤让林小语心里狂跳不已。那个脸上有些婴儿肥的女孩如今已是风情万种的女人了。

她那样靠着墙，有些委屈地看着他，我见犹怜，林小语感到难以自持。

“生日快乐！”秋和笑着双手把 DVD 递给林小语。

“谢谢。可以帮我实现我的生日愿望吗？”

秋和点点头："当然可以了！"

林小语慢慢走近她，柔声问："可不可以抱抱你？"

秋和有些疑惑地看着他。

"只是抱一抱，就像久别重逢的朋友那样。"

秋和顿了顿，点点头。

林小语闭上眼睛一把把她搂入怀里，嘴里喃喃道："为什么你要现在才来呢？"

秋和还没来得及明白，他的唇已紧贴上来。

她用力去推他，可却感到自己被抱得更紧了。

"我爱你，宝贝！"

这三个字让秋和感到晕眩，好像起了催情作用一样，难以抗拒他的亲吻。

突然她睁大眼睛，惊奇地感到事情的变化，他的手在她腰间抚摩着。

不要！她娇喘着挣扎着。

林小语却毫不理会，反而褪去了她身上的浴巾。

他的手压在她双乳时，她感到从未有过的感受，很奇妙，又很害怕。

"宝贝，我爱你！爱你！"他一遍遍说着，温柔多情。

"别走，宝贝，让我抱着你，好吗？只是抱着你。"

林小语停下手来，紧紧抱住要脱身离开的秋和，一遍一遍在她耳边说："我爱你，宝贝。"

秋和没有言语。

林小语开始热烈吻着抚摩着她柔滑的背。秋和闭上眼睛，感到自己仿佛滑落深渊。星和，星和，你希望我这样飞蛾扑火吗？你希望我这样把你忘记吗？

"宝贝，我要你，可以吗？"

秋和其实并不知道他指的"要"具体指什么。

嗯？

林小语看着她懵懂的样子更觉可爱，炽热地吻在唇上，颈上……

秋和闭着眼睛娇喘着。

直到他的手触碰到她的下体，她紧张而羞涩，不知该如何应对，只好闭上眼睛。

"宝贝，我想吻下去。"

她只是无声地接受着。

“宝贝，我想进去。”

林小语此时已裸露着上身。秋和睁开眼睛一看，内心涌起一种恐惧，突然觉得这似乎不是体验式的游戏那么简单。难道真的要发生什么事情吗？

“不！我要等结婚才能这样！”

秋和说着要坐起身来。林小语却已经压在她身上了。

“宝贝，我爱你。让我对你好，好吗？”

他的声音很激动，呼吸也变成粗喘。

“宝贝，每天晚上我都想可以这样抱着你，你知道吗？”

她感到几乎有些可怜他了。

“宝贝，我好想好想要你，真想把你吞进去！”她听到他急促的喘息。她像一只受惊的小鹿竖起耳朵听着，睁大眼睛看着。

他在她身上狂吻着，她感觉无力挣脱。

“就让我进去，就一点点，不会有事的。”

他几乎是在求她。

“不！”秋和抗议。

“我好难受，宝贝，让我要你！求你！”

她看着他痛苦的表情，有些为难。

“我想把第一次留给未来的丈夫。”

“只是放进去一点而已，不会有事的，相信我！”

他已经忍不住把它放到秋和私处。

“不，你会毁了我的！”

“不会的，只是想进入你的身体，一点点而已，宝贝！”他呢喃着。

她紧张地盯着他。

“你不会伤害我的，对吧？”秋和像只小鹿般望着他，几近无知地提问。

“不会的。”林小语说着。

她看着他满头大汗的样子，感觉很奇怪。

“你什么都不懂吗？”林小语微笑地问道。

她看了他一眼，有些痛苦地闭上眼睛。如果不会有什么伤害，那应该不要紧吧，只是，一切快点结束吧。好像有点脏脏的感觉。

“真的不会有事吗?”她又确认了一遍。

林小语又说了一次不会。

啊!

女人的一声尖叫刺痛耳膜。

林小语从来没有听过这样的声音。那么痛苦凄厉，完全不是和秦丽缠绵时听到的那种难以自持的陶醉呻吟。

他吓得停了下来。

秋和私处鲜红的血液徐徐流出，把床单染红了。

秋和感到一阵疼，却懵懵懂懂呻吟得有些犹豫，缓缓坐起，问:“是例假来了吗?”

她心中还暗喜太好了!那就意味着结束了吧?例假来得真是时候!

林小语说:“是吧。我都没有放进去呢。”

他们对视了一眼。

沉默。

“我想去卫生间看看。”秋和说着，却痛得站不起来。

林小语小心把她抱起，血从卧室一路滴到卫生间。

她用卫生纸去擦，血却还是不断滴下。

经血应该是徐徐渗出，颜色暗红，怎么会这样像水一样往下滴，红得像朱槿花般鲜艳。白色的床单，白色的地板，一朵一朵，鲜红刺眼。

秋和隐隐感到一阵恐惧。

“我会不会死啊?我感觉好虚弱。”

“去医院看看吧。”林小语皱着眉头，脑海中的艳想还未退热，却被突如其来的状况扫极了兴。

秋和抬起头迷茫而惊恐地看着林小语，因为疼痛眉头紧蹙。

秋和从检查室出来时，眼睛红得像兔子一样。

林小语要去扶她，却被推开了。她自己走了两步，便痛得停了下来，靠着墙边休息。

“宝贝……”林小语又要去扶她。

“别碰我！”秋和低声喊道，声音里隐抑着愤懑和悲伤。

“没什么大问题，只是处女膜破裂造成出血。”值班女医生面无表情地说道。

坐在凳子上的秋和一听，眼泪又簌簌涌出。

女医生看了她一眼说：“现在的大学生都开放得很，你们也有教育课，至于这样吗？”

秋和只是一个劲摇头，泪流不止。她确实不知道性是怎么一回事。她没选过性教育课，也没人教过她。但说这些又有什么用呢？谁信？谁让她和一个不爱的男人单独待在宾馆房间？又脱光了衣服？谁让她等到他赤身裸体了才说“不”？谁相信她的单纯她的无辜？

女医生叹了口气，摇了摇头说：“裂痕有点大，给你开了点止血药，回去尽量要少活动，休息几天就好了。”说着把处方递给秋和。

秋和泪眼模糊，似乎没有听到医生的话，也不去拿处方，呆呆地望着窗外不说话。

林小语立刻走过来接过处方，笑着对医生说：“谢谢，麻烦您了。”

秋和看了他一眼，看到他笑的样子，闭上眼睛痛苦地把脸扭过一边。

出到医院门口，林小语说：“你在这等一下我，我去拿车，我们去吃饭。”

他开车出来时却发现她没在门口的地方等他。

她走进雨里，缓慢地挪着脚步，眼神凄迷。每走一步她都感到一阵疼痛，脚步很慢，才走出了十来米就被林小语追上了。

“秋和，快上车！别淋感冒了！”林小语停下车冲她喊道。

秋和没有回头，艰难地缓缓移动。

林小语从车里下来，低声求她：“上车好不好，宝贝？别这样，行吗？”

秋和像看陌生人一样看了他一眼，又继续向前挪动。

林小语皱了下眉，下车把她抱到车里。她挣扎了一下，却发现自己已经筋疲力尽了，唯一的抗议只能是闭上眼睛不去看他。

车里。林小语感到这沉默有些冰冷。

“饿了吧？想吃点什么？”

没有回答。

“那我买些吃的，我们回你那里吃，好不好？”

秋和一听拼命摇头。

不，我不会再允许你进入我的屋子。星和的屋子。一想到星和的背影，秋和痛苦地捂住脸，眼睛又渗出泪来。碎了，那些朦胧的梦清晰地碎了。

林小语看到她又哭，没有再说话。

秋和不知道林小语带她来了什么地方，脑袋时而一片混乱，时而一片空白。

“宝贝，想吃什么？”林小语好像什么也没发生一样笑得灿烂。

秋和伏在桌上，静静地看着玻璃桌上那朵红玫瑰，喃喃地说了句：“玫瑰。好红。”

林小语见秋和答非所问，便叫服务员推荐些滋补的菜，点了乌鸡红枣汤和炒田鸡等几个小菜。

“还疼吗？宝贝？”林小语笑着问她。

为什么他还能笑？秋和抬起眼冷冷地看了他一眼，又盯着那朵玫瑰看，用手抚弄着细长的花瓶颈。

即使秋和对他再冰冷，林小语脸上还是挂着笑容。他是她的第一个男人，他终于实现了朝思暮想的梦。

但随即一个电话把他的喜悦瞬间粉碎了。

手机铃声和屏幕上秦丽的名字瞬间把他拉回到另一个现实里，让他顿时手足无措。

慌乱中他把电话挂断了。秋和对这一切不知晓也不关心。

电话又响了。

秋和扫了一眼那手机，林小语立刻把手机抓起，走出餐厅。

秋和看着他离开的背影，眼神中流露出恐惧。他会不会就这样走了，不回来了？那自己怎么办？她此时突然意识到，自己可以恨他，却不能让他抛弃自己。

最后一个菜上来时，林小语回来了。

秋和低声问：“怎么去了那么久？”

林小语有些不自然地说：“有点事。快点吃，吃完我送你回去。”

“你要走了，是吗？”秋和悲伤地问。

“宝贝，我怎么会走呢？”

“因为我恨你，你就走了。”她说的恨字绵软无力，却足够刺痛林小语。

“宝贝，看到你憔悴的样子，我恨不得杀了自己。我怎么会在这个时候走开呢？”林小语抓住她的手，自责地说。

秋和没有再把他的手甩开，但脸上却现出一种悲戚的神色，紧紧地盯着他，说：“那我不生气了，你不要把我丢弃，好不好？”

林小语笑了，紧紧地握住她的手说：“宝贝，你在想什么呢？我怎么会舍得走呢？别胡思乱想了，好好吃饭。”

秋和或许是真的太累太饿，胃口出奇得好。

林小语却吃得很少。他的思绪因为秦丽的电话变得纷乱极了。明天晚上秦丽就要回来了。有那么些时刻，他突然明白了，那些出轨的男人的痛苦。

“我可不可以在宾馆住几天？”秋和突然小声问道。

“为什么住宾馆，不回去住呢？”林小语不解。

“我不能回那里住。”秋和说道。

“怎么了？”

秋和又陷入沉默，无神地看着桌面，仿佛进入另一个世界里。

为什么会这样？一切都不是想象的那样，一切都发生了，来不及明白，来不及后悔。曾经想象的美好就这样轰然崩塌。

没有人可以倾诉，没有人可以依靠。

我不想面对他，可偌大一个城市，却没有另外一个人可以依靠。

回家吗？可是，这时候，怎么能见爸妈呢？他们引以为豪的女儿，从来都听话的乖女儿，怎么会成了这个样子？不，不能回家。

可是前几天自己才和爸爸打过电话，告诉他自己回来了，找到工作就回去看他。她清楚地记得爸爸开心地一个劲说回来就好，回来就好。想到这，秋和感到痛苦蔓延全身。

“不，不能见爸妈，不见任何人。不想和这个世界有任何触碰。”她突然自言自语。

林小语一听到秋和提起她父母，并未留意她自闭的倾向，自顾自地慌张——若是秋和和她家人提到他的事情，那他便完了，彻底完了！

“这时候，先别见他们吧，省得他们担心。”林小语“善解人意”地劝说。

“我不想见任何人。”秋和其实是自言自语，林小语听了却松了口气。

之后他也没有心思再追究秋和为什么不回原来的房子住，只是开车到近郊的一家小旅馆。他希望在这里不会遇到熟人。

宾馆的浴室里。

血水顺着大腿流下，秋和眼睛又是一阵酸胀。看着林小语小心地给自己清洗，她不知道该恨还是该感谢。

来到宾馆到现在，她一直沉默，既不说话，也不答话，把林小语隔绝在她的世界外。

洗完澡，林小语把秋和抱到床上，给她盖好被子，喂她吃过药，也躺到床上。

秋和看了看他，不喜欢他躺在身边，但旅馆的费用是他付的，而且她行动不便，上厕所都要他抱。她悲哀地认识到对他的依赖，把“滚”这个字硬生生吞进肚里，慢慢地把身子挪到床边，离他赤裸的身子远一些。

“宝贝，我以前就曾想过要是你生病了就好了，这样我就可以一直在你身边照顾你。”林小语关上大灯，只留了淡淡的床头灯。他用手支着头看着秋和，那姿势看起来像一个悠闲度假的人，欣赏着美景。

秋和盯着蓝色的窗帘，疲倦地躺着，却丝毫不敢安睡。感到他要靠近自己，又往床边移去。

“宝贝，让我抱着你好不好？”

秋和抗拒地往床沿挪去。

林小语张开手臂要去抱她。

地上突然发出一阵沉闷的声响。

秋和从床上硬生生摔到床下。

“宝贝?!”林小语惊叫，眼看她宁愿摔到床下也不让自己碰，又是难过又是心疼。

他去把她抱起时，秋和的眼睛还是盯着窗帘，疼痛的泪无声落在地毯上。

“宝贝，疼吗?”

秋和感到伤口撕裂，疼得脸色苍白，但就是一句话也不说，依旧盯着那蓝色窗帘。

林小语痛苦地望着她。

“宝贝，你把我骂一顿，打一顿，别这样对我，好吗?”

林小语跪在床前求道，可是她没有怒视，没有怒吼，没有任何激烈的言行，甚至不愿看他一眼，只是一直沉默，深渊一般。

第十七章 婚约

第二天醒来时，已经是下午了。秋和睁开眼看到陌生的窗帘，感到恍若隔世。

下床时，一只脚跨出去下体一阵剧烈的撕痛，忍不住喊出声来，把张开的脚并拢在一起。

床上没了林小语的影子。她心里感到释然，接着便被恐惧笼罩了。他走了？

那一瞬间她仿佛看到自己从此与幸福绝缘，再也不会有一个男人会爱她，当她赤身躺在一个男人面前时，要接受他的怀疑或鄙视。只因为昨天一晚，她就被判与幸福隔离了。

她绝望地想着。

门突然开了，是林小语。

“宝贝，醒啦？还疼吗？”

秋和看到他回来，心安了些。

她静静地看着他把一些吃的用的摆好在她伸手可及的桌上，用热毛巾帮她擦脸，抱着她进洗浴室洗漱。

林小语抱她出来时，她问：“结婚时，你也会这样抱我的，是吗？”语气平静，似无悲无喜。

林小语听了一惊：“结婚？”

秋和点点头。

林小语把她放到床上，抚摸着她的头发说：“宝贝，你真的想嫁给我吗？”

“我不知道。可是我已经是你的女人了，我必须嫁给你。”

林小语叹了口气，问：“你爱我吗？”

秋和看着他，没有回答。她不敢说不爱，怕那样他就不娶她了。

过了片刻，她问他：“你爱我吗？”

“爱！很爱你，宝贝！”林小语把她拥入怀里，深情地说。

“那我们结婚好不好？我好了就带你回家见我爸妈，秦伯父和丽姐，还有我的好朋友小婷，好不好？”

林小语听到“丽”这个字时头脑瞬间嗡嗡响，心里一团乱麻。

秋和疑惑地看着他，问：“你不想见我的家人吗？”

林小语犹豫了一下说：“我还没有准备好见你的家人，怕……怕他们不接受我。”

“不会的，你有工作，有工资，不是吗？工资低一点也没关系，我用的也不多。”秋和安慰似的说道，很真诚。

林小语自然不是担心钱的问题，那从来不是他担心的。和秋和结婚，他曾经很渴望，可现在却感到畏惧。他已经和秦丽订婚了。所有人都知道他们订婚了。只有秋和一个人不知道。

“我们尽快结婚好不好？我好了你就和我回去见爸妈，好吗？我不能等肚子大了才结婚。不！不！不行！”秋和突然拼命摇头，情绪变得很激动。

林小语看到秋和这样，忍不住紧紧抱住她说：“好，听你的。我和我爸妈说。”

秋和听了渐渐平静。

林小语心疼地亲吻秋和瘦小的脸。

“宝贝，你怎么会觉得自己会怀孕呢？”

“我们昨晚……”秋和困窘地没说下去。

“我根本没有进去，宝贝。”

秋和不完全理解他的话，似懂非懂。

“那样，那样不会怀孕的吗？”

林小语听了忍俊不禁。

秋和脸上却又现出红晕。她只知道自己不是处女了，可能肚子很快会隆起，走路也变得困难了。到时候所有人都知道她怀孕了。那是多糟糕多可怕的事情！

“生孩子要很多钱吗？会不会孩子生下来要光屁股，没有衣服穿呢？会不会买不起奶粉啊？”秋和担忧地问道，脑海里浮现的场景是一个无知少女和一个穷小子吃了禁果，然后吃尽生活的苦头。

林小语看着她稚气的双眼露出的惊恐，又是好笑又是怜惜：“宝贝，我的孩子怎么会没有衣服穿没有奶粉喝呢？”

秋和皱着眉头说：“你只是个打工的，我也还没有工作……怎么养家呢？”

林小语听了哈哈大笑，搂着她的肩膀说：“宝贝，我们要是真的有了孩子，那便是锦衣玉食，怎么会挨饿呢？”

“锦衣玉食？”秋和不解地看着他。

“是啊，你还记得那次面试吗？”

“林氏企业？”

“嗯，那家公司就是我爸开的啊。林楠就是我爸。”

“你爸叫什么？”林楠两个字让秋和感到头脑嗡嗡地发慌，星和日记里“林楠……血债……”几个字像闪电一样让她战栗。

“林楠啊。林氏企业董事长。怎么样？很惊喜吧？”

“你之前为什么要骗我？”秋和脸色苍白。

“我不想自己的身份影响自己找到真爱。你知道，现在很多女孩子太物质了。好啦，是我不好。以后，你就过少奶奶的生活吧！”林小语说着要去抱住她。

没想到秋和却一把推开他，侧过身去。

林小语以为秋和知道自己出身富贵，会感到很欣慰，没想到是这样的反应，很是不解。

他是星和的仇人。我到底做了什么。我要怎么面对星和？

“你是故意害我，是吗？”秋和突然紧盯林小语问。

“宝贝，你说什么呢。我是真心喜欢你，从第一次见面就喜欢你。难道你看不出来么？”

“你会不会只是玩弄我？不会娶我？”

“怎么会是玩弄呢？宝贝，我爱你！永远！”

林小语边说着边把她搂进怀里，慢慢地感到胸口被泪浸湿了。他不知道她哭了多久，把一盒纸巾都快用完了。不管他怎么安慰，她只是流泪，什么也不说，好像完全沉浸在自己的世界里，好像没听到他的道歉，也没听到他那些海誓山盟。

手机突然响了。秦丽的短信。

林小语扫了一眼屏幕迅速退出短信界面，看了看时间，快六点了。

“宝贝，我要先出去一趟，晚上再回来了。”

秋和有气无力应了声“嗯”。

“我要回趟家。”林小语不敢正视她的眼睛。

“那你会带我去见你爸妈吗？”她突然抬起头，说出沉默许久后的第一句话。

“会的，宝贝。”林小语始终低着头。

林小语走到门边时听到秋和轻声问：“你不是玩弄我？”

风吹开了窗帘，午后的阳光映在她苍白的脸上。

林小语回过头，看到她哀伤的眼神，感到一阵心疼，忍不住回到床边，搂了搂她，然后解下脖子上佩的玉观音，给她戴上。

“这是我奶奶留给我的。现在送给你，留作信物。等我回来。”说着眼圈竟有些红。

秋和看着他离去时微驼的背影，拿着那块作为信物的宝玉，闭上眼睛躺下了。

星和，这就是你要的结果吗？这就是你说的，找到一个男人，嫁给他？我这样到底是对还是错？我背叛了你，和你的仇人在一起。这样，我们就再也回不去了。这样，我就该彻底死心了。是吗？

再也没有也许。再也不要见面了吧。

我要如何面对，你有一天见我时，称呼我林太太？

秋和思绪不定，难以安心躺着。突然对着手里的玉观音祈祷起来：观音菩萨，求您宽恕我的罪，让我也能拥有幸福。求您，赐予我们幸福。

走出旅店时，林小语仿佛慷慨赴义的爱情勇士，内心涌起万千豪情，为了秋和，他愿承担一切后果。

去接秦丽的路上，林小语一直想着该如何对秦丽摊牌，可来到车站，当秦丽飞奔着投入他怀里时，他终于还是心软了。

秦丽感到林小语有些异样，一路上她嘘寒问暖，林小语却是心不在焉。

回到秦家，秦母心疼地责备秦丽："下个月就结婚了，还四处奔波！"

秦丽撒着娇说："妈，天天待在家，结婚那天连婚纱都穿不进去了！"

"对了，小语，婚礼准备得怎么样，请帖都发出去了吧？"

林小语两眼无神地点点头。

"怎么了？垂头丧气的？这哪像是快当新郎的人了？"秦母感到林小语有些异样。

"伯母，我先回家了，还有点事。丽，你累了，先好好休息吧。"

"可是我有话要对你说。"秦丽焦急地说道。

"有什么明天再说吧。"林小语声音有些低，却带点不容商量的语气。

"可是我还有一份惊喜要告诉你……"秦丽话没讲完，林小语就夺门而出了。

这样一个夜晚，林小语感觉家里大厅的灯光异常明亮，亮得他无处可躲。

"爸，妈，我有事要说。"最终他还是开了口。

"儿子，什么事啊，这么严肃？"林母坐在沙发上，细细端详着林小语。

林楠靠在沙发背上，跷起二郎腿，点了一根烟，等着林小语说话。

林小语坐在二老对面，低着头，双手紧扣，半晌没吭一声。

林母等得焦急，忍不住问："小语，什么事啊？别让我们着急啊！"

林小语深吸一口气，鼓足勇气抬起头看着二位说："爸，妈，我不能和秦丽结婚。"

"不能结婚？为什么？"林母很惊讶，她一直认为他们是天作之合。

"你是不能结婚，还是不想结婚？"林楠皱着眉头把烟掐熄在烟灰缸里。

"不想，也不能。"林小语缓缓答道。

“为什么啊？”二老不约而同问起。

“因为我要娶我喜欢的女孩。”林小语这话倒是说得理直气壮。

“你和秦丽谈着恋爱，马上就要结婚了，这时候你喜欢上别人了？”林楠质问。

“我一直都喜欢这个女孩，只是她以前总是拒绝我，现在才肯接受我。”

“那为什么她以前不接受你，现在你要结婚了她反而来接受你了呢？这不是破坏人家幸福吗？”林母有些气急败坏。

“因为……”原因自然不好说，这个理由连林小语自己都难以接受，秋和是因为和自己发生了关系而想嫁给自己。

谈话一时中断了。电话突然响起。

林母拿起话筒，只听那端传来秦母焦急的声音：“林小语，不好了！小丽流产了！快来医院！”

林母吓得脸色发白，挂了电话指着林小语大骂：“你这不孝子！你害得妈妈连孙子都没有了！”

林小语不明就里，呆坐在那，一脸茫然看着林母。

“还坐着干什么？还不赶快去医院！小丽小产了！”

“小产？”林小语仿佛当头棒喝一般，愣在那儿，嘴里喃喃地说：“她什么时候怀了啊？”混乱中头脑里浮现出之前秦丽说有惊喜要告诉他的情形。

“快去医院！坐我的车！”姜还是老的辣，林楠镇定地指挥全局。

林小语只觉头脑一片空白，无法思考，像木头人一样跟在父母后面，在车上一直抓着母亲的手，焦虑而愧疚。

“妈，我真是混蛋。”

“儿子，别难过了，一会千万别再提分手的事。小丽可不能再受刺激了。”

林小语点头答应。

在前面开车的林楠也忍不住叹了口气。二老都以为林小语和秦丽提出分手导致秦丽受刺激，林小语脑里一头乱麻。

一家三口来到病房。

秦母正抚着女儿的头发，说着安慰的话。

林小语快步上前来，半跪在床前，抓着秦丽的双手，轻声唤：“丽，我来了。”

秦丽温柔地微笑着说：“小语哥，我们有孩子了。”

“丽，没事，我们还年轻，别难过。”

“小语哥，我怀了你的宝宝，高兴还来不及呢！”

林小语一家人都以为秦丽是伤心过度，无法面对没有孩子的事实，有点神志不清。

林母也正想该如何安慰秦丽，却听到秦母扯着大嗓门说：“你也真是的，秦丽怀孕了怎么还让她出差呢？还好只是流了几滴血。”

林小语听了还是有些疑惑：“这么说，孩子没有流？”

“呸呸呸！大吉大利！说什么呢？”秦母大声斥喝道。

秦丽接道：“没事，医生说怀孕初期流血是正常反应，只要好好休息就没事了。”

林小语听了脸上重现生机。

“哎呀，亲家母，以后你可别再拿这样的事情吓我了！我接了你的电话，不知道死了多少脑细胞！”

林母捂着胸口惊魂未定地抱怨。

林楠笑道：“没事就好，现在是双喜临门了！”

林母也松了口气“是啊，是啊，小语，那女孩的事以后可别再提了。”

秦丽听了奇怪地看了看林小语：“什么女孩？”

林小语神经顿时又绷紧了，脸几乎要抽搐了。

“哦，没什么，林小语以前想要个女孩，现在我们觉得生男生女都一样！”林楠接过话，给林母使了个眼色。

林母心领神会，立即附和：“是啊，是啊。男孩女孩都是宝。”

林母对秦丽心有歉意，提出要把未来儿媳妇接回家里照顾，秦母倒也乐意。一家人因为这喜事开开心心，林小语却一路愁眉不展，寻思着该如何收拾这局面。答应过秋和会娶她，可是如今该如何交代呢？

华秋和平卧在床，两眼无助地看着天花板，下身仍感到隐隐生疼，皱着眉头蜷缩起双腿把头埋进被子里，脑海里突然闪现出妈妈的笑脸。她突然好想像小时候一样，受委屈了就窝在妈妈怀里撒娇，让妈妈哄着自己睡着。

手机突然响了。

屏幕上显示的是邻居家的座机号。熟悉的号码刺痛泪腺，她犹豫着，迟迟不接。

我原本是父亲的骄傲，除了有些任性，自己一直是个听话乖巧的孩子，在学校是老师眼中品学兼优的学生，在家一直是爸妈的骄傲，可是现在一切都变质了。变了，不再纯，不再美了。要怎么面对父亲呢？

铃声一直不断。

“爸。”秋和终于接起电话。

“秋和啊，找到工作了吗？”电话那头父亲的声音那么慈爱，让她更感难受。

“找到了，爸。”她不忍父亲担心，谎道。

“那你怎么还不回家呢？爸妈都好想你。你不想家吗？”

“想……当然想。从来没有像现在那么想家。从没觉得家那么温暖。”秋和说着哽咽了，只说了个想字就赶紧捂住话筒，心里的话咽在喉边。

只听电话那端说：“和妈妈说两句。”

秋和努力平静下来。

“妈，对不起！”经过这些事情，秋和才感到自己是多么任性。

“孩子，都是妈不好。有些事不该瞒着你。”

“妈，我是不是个坏女孩？”

“当然不是。你是妈的乖女儿，一直都是！”

“我是不是好任性？”

“谁都有点小性子，没事。怎么了？总问些没头没脑的问题？”

秋和捂住话筒，拼命擦干鼻涕：“如果我做错事了，您还会认为我是您的乖女儿吗？”

“傻孩子。你当然是我的乖女儿。”

“妈，您和秦伯父，是我误会了吗？”

“我和你秦伯父什么事也没有，你怎么会这么想呢？”电话那端秋和妈妈解释道。

“即使是真的，我也原谅您了。因为我们都有犯错的时候。”秋和真诚地说。

“都说了不是!”电话那端妈妈有些生气。“现在在邻居家。等你回来，妈妈再把这个故事慢慢告诉你。你可别乱想了啊。好了，邻居阿姨要睡觉了，先这样吧。对了，你丽姐要结婚了，正要找你做伴娘呢。你这两天快联系她啊。”那边匆匆挂了电话。

秋和迷茫地看着手机，自己真的误会妈妈和秦伯父了吗？这段时间，自己到底做了多愚蠢的事情啊。呆了会儿，才想起妈妈提到秦丽要结婚。

第十八章　双面人

此时秦丽正躺在林小语床上休息。

林小语紧握她的手坐在床边守着。

手机响了。

“呀！看，秋和居然发短信来了。我要打电话告诉她我们结婚的消息！”

秋和二字却如惊雷般让林小语脑袋嗡地一响，立刻松开秦丽双手，头皮发麻，他想逃，可脚却不听使唤地麻在原地。

“姐，恭喜你啊。”

“傻妹妹，你终于出现啦？姐正想找你做伴娘呢！”

林小语一听秋和要做伴娘，手紧紧地抓着被子，额头冒出冷汗来。

“好啊。我还没有穿过伴娘服呢！”

“你穿上伴娘服，我真怕人家以为你是新娘呢！”

“妹妹从来都不会抢姐的风头啊，放心吧！对了，姐夫怎么样啊，帅吗？”

秦丽冲着林小语笑了笑说：“就是原来和你说的兵哥哥啊！”

听到这，林小语的脸僵了一般，双腿仍是不听使唤无法迈出房间。

“如意郎君哦，好想见见啊。”

林小语隐约听到秋和咯咯地笑，心里一团乱麻。她怎么还能那么开心地笑？她知不知道我要背叛她了？

各种情绪交织，林小语头脑像遭电击一般难受，双腿发软，竟从床上滑下，扑通一声屁股就坐在地板上。

秦丽见状惊叫："小语哥，怎么啦？秋和，先挂了，改天聊。"

秋和听到秦丽尖叫，来不及问怎么回事，那端电话就挂断了。

"小语哥？林小语？没那么巧吧？"秋和疑惑了片刻，觉得太荒诞，也没再往下想。

"小语哥，你没事吧？"

林小语看秦丽挂了电话，舒了口气。"哦，没事，坐得太靠边边了。"

"那你坐过来些。"

秦丽一脸关切的模样，没有一点怀疑他的样子，林小语紧张的情绪即刻舒缓开来。

"你妹妹回来啦？"他故意问。

"是啊，看来是想通了，不再耍小孩子脾气了。"

"那是好事啊。她……提到我了吗？"林小语很紧张，但又很想敲出一些信息来。

"当然提到了。她说很想来见你呢。"

林小语听了脸色发白："想见我？怎么可能？我们又不认识。"他擦着额头上的汗尴尬笑道。

"就是没见过才更想见见你啊。没事，反正她要当伴娘，以后自然会见面的。"秦丽笑着说。

林小语脸上青一阵白一阵，挤出一副勉强的笑容。

"怎么了？脸色这么难看？"秦丽担心地问道。

"哦，我是担心你的身体。今天把我吓坏了。"林小语假装镇定道，内心却暗暗谋划着：无论如何不能让秋和和她家人见面！

"没事的，我和宝宝都好好的，别担心了！"秦丽说着靠在林小语怀里，幸福地微笑着，对这个男人脑海里勾勒的事情一无所知。

秋和伤口未愈，行动不便，只能躺在床上。虽然平时她习惯了孤独，但总是关在屋里躺在床上，她也不禁感到烦闷无力。

星和这个朦胧的梦已经被清晰地打破。如今，这个梦只会加深她自觉不堪的感受。

模糊的泪眼里一切都那么灰暗。她没有开灯，就这样坐在黑暗里。

生活似乎没了什么盼头，她只能盼着林小语快快回来。

等着林小语回来，等着他为自己开启一盏明灯。可是等了很久，那扇门始终无人开启。

她渐渐感到有些怀疑，他会不会不回来了？

就在同一个房间里，打来了秋和的第二个电话。

看到秋和来电，林小语恐慌地挂断电话。

可是电话马上又响了，林小语又挂断。

“怎么不接啊？”秦丽问道。

“你怀孕了，手机辐射对身体不好。”林小语的表情肌仿佛抽搐般不自然。

“那也不能耽误事情啊。那你快出去给人家回电话吧。”

秦丽自然不知道打电话的是谁，“体贴”地鼓励林小语去回电话。

林小语出了房间，第一件事就是把通讯录里秋和的名字删掉了，以防秦丽看到。

“宝贝。”

秋和听到林小语压低的声音。

“你和别的女人在一起吗？”她调皮地问，把心中的怨恨都隐去。

林小语听她语气可爱，有些紧张地笑了：“宝贝，你想哪儿去了？”

“你用避孕套了吗？”她的语气很天真，像个任性的孩子。

林小语一脸伤感笑笑：“宝贝，你脑袋里都想些什么呢？”

“你还不回来吗？”

“明天要上班，晚上就不过去了，下班去找你。”

秋和沉默了，过了会林小语听到电话里传来很轻的哭泣。

“宝贝，别哭啊，我明天一定去陪你。”

“嗯，我不哭。”她柔顺地说，电话那端却已泪如雨帘。她明明心中千万怨恨，却还怕自己表现得像个怨妇。

“那早点睡吧。”

“今天爸爸给我电话了，说我姐姐快结婚了。好巧，她未婚夫也叫小语。”

林小语听了脑袋里像千只蜜蜂嗡嗡响。

“是吗？”他强装镇定，心里却很害怕，要是秋和和家人见面谈到他，他必死无疑。

“我们也会结婚……你会娶我的，是吗？”秋和又问道。

“会的，早点睡吧。”

林小语匆匆挂了电话。我怎么还能娶你？我就要和你姐姐结婚了！我不单不能娶你，也暂时不能和你见面了。我只能把你送离南城！对不起，我的女孩。对不起，我的爱。可是，我已经别无选择。

整个晚上林小语在床上辗转难眠，冥思苦想，千方百计阻止秋和和任何知情人见面。

第十九章　放逐

次日早上，林小语借口说要去乐园交代一下婚礼的事情，要离开一下。秦丽自然不知道他要送秋和走，还幸福地冲他笑笑，轻轻拍着自己的肚子说：“宝宝，对爸爸说拜拜！”说着给林小语一个飞吻。

走出家门，林小语迫不及待来到宾馆找秋和。

门开的一刻，秋和仿佛在黑暗中见到曙光一般。

“你没有抛弃我？”

林小语像久别重逢的恋人，一把将秋和抱进怀里，双手像要把她捏碎一般，闭着眼睛在她脸上、脖子上、裸露的每寸肌肤上疯狂地吻着，手在她身上游移。这样热情的吻让秋和无法怀疑他的爱是假的。但粗喘的呼吸还是让她害怕，紧张地喊道：“疼！”

林小语这才睁开眼睛，如梦初醒，想起他此行的目的。

“秋和，我们搬去另一个地方，好不好？那里适合你休养。”他搂着她，声音柔和，心念邪恶。

“可是我下面还很痛，行动不方便啊。”

“我们开车去，你坐在车上，没事的。”

“住这里不好吗？”

“那是个山清水秀的地方，你一定会喜欢的。”

“那里会离我爸妈很远吗？”

“你现在这样，让伯父伯母看到，他们只会瞎操心的，等伤口愈合，能走路了，再见面岂不更好?”林小语摆出一副顾全大局、考虑周详的模样。

“那我要回租的房子收拾一下。我想……”

“什么?”

“如果我们结婚的话，我现在就退租了。”秋和伤感地垂下眼帘，“我得和过去有个了断。”

和星和，或者说，和星和的房子，好好告个别。她想。

林小语只希望秋和早点离开南城，至于她说的“和过去有个了断”，其中深意他并不感兴趣。

秋和回屋收拾时，坚持要林小语去楼下等她。她内心还秘密地认为这间屋子是属于她和星和的。收拾了许久才依依不舍关上门。

林小语一直在屋外守着，从不吸烟的他靠在墙上不停地抽着，抽一口就像得了肺病般不停地咳嗽，可他并没有停下来，反而越抽越厉害，似乎喜欢上了这新鲜的解愁方式。

见到秋和出来，他一把把烟扔地上踩了两脚。秋和对他的变化似乎毫无察觉，只是沉浸在离开“星和”的伤感里。

“秋和，我抱你下去吧。”

对林小语的话她也置之不理，只是低着头自己艰难地迈开脚步要下楼。

对门阿姨不知是不是被咳嗽声吵到，开了门。看到秋和的样子好奇地问：“秋和，你怎么了?”

秋和也没回话。林小语便回道：“哦，不小心扭伤了。”说着就双手抱起秋和。

阿姨狐疑地将俩人打量了个遍，怪声怪气地说：“哟，还真体贴呢，不会是怀孕了吧?”

秋和转过脸瞥见她鄙夷的眼神，立刻挣扎着要下来自己走。

她艰难而倔强地半步半步往下挪着，因为疼痛脸色发白。

对门阿姨瞧得无趣，扔了句“年纪轻轻不自爱”，呯的一声关上了门。

两人下到楼下来时，都注意到巷口那个朝星和家张望的妇人。

青姨？她又回来了？

星和的妈妈？不，不能让她看到我。

“快把我抱上车。”秋和急切地对林小语说。

他立刻依言把她抱起。

秋和不愿她认出自己，把脸埋进林小语胸口。

车开动时，秋和忍不住回头看了看青姨，发现她居然也一直在盯着她看，表情像是微笑又像是疑惑，秋和心中一颤，猛然想起星和，眼泪喷涌而出，扑在车窗上压抑地哭泣。

“怎么了，宝贝？”林小语问道。

“没什么。”她抽了抽鼻子，冷冷道。

车上气氛湿冷。

林小语觉得她的泪和自己有关，他想安慰安慰她，可是现在他要做的是要抛弃她，把她藏在一个不会被人发现的地方，好去和秦丽完婚。想到这，他只觉得所有的安慰都虚伪无比，便也闷闷地开着车，任由她趴在车窗上抽泣。

沉默了十来分钟，秋和突然说：“带我去那里之前，可以先带我去弄下头发吗？”

“弄什么头发呢？这样不是挺好看吗？”林小语语气有些不耐烦。秋和留在南城多一分钟，他内心就多一份焦虑，好像做贼怕被发现一样。

“我得把头发剪短拉直了，过去的我已经不在了。”秋和盯着车子前方，有气无力地幽怨。

林小语突然一阵内疚，答应她吧，就这么个小小的要求，答应她吧。

下午，当林小语看到秋和从发廊缓缓走出来的时候，竟觉得她有些陌生。她秀发短短，那张略带婴儿肥的脸变得瘦削，两腮边俏皮的自然卷也消失了。那个笑容纯真的女孩如今亭亭玉立站在面前，眼神却忧伤得令人揪心。难道她也感觉到我要抛弃她吗？

“你哭了？”秋和看到林小语流泪有些惊讶。他不是那种什么时候都在笑的人吗?

林小语一把擦掉流下的泪，摇摇头。

“我的发型不至于那么难看吧?”她有些“不合时宜”地幽默。

“好看，宝贝，你是最美的。”林小语把她抱上车，泪水又止不住滴下。这泪让秋和感到些许安慰。

“男儿有泪不轻弹。所以你很爱我，是吗?”

林小语竟像小孩般呜咽着，拼命点点头。稳了稳情绪，才开车上路。

车不知开了多久。

疲惫的秋和才上路不久就迷迷糊糊睡着了。林小语把她叫醒时天色已黑。那个地方一片漆黑，只有一栋尖顶高楼灯火通明。

“这是哪里啊?”秋和问道。

“甲天下乐园。”

秋和睡意蒙眬中看到尖顶高楼上“枫馆”两个字红光闪烁。

林小语见秋和已经疲惫不堪，让服务员把吃的送到房间里。

山间的风清爽怡人，枫馆的房间布置得很温馨，蓝色的主调容易让人放松心情。秋和已累得无法动弹，随便吃了点东西填肚子便躺在床上。

星星。

好多星星。

秋和嘴角泛起一丝疲累的微笑。

星和，你也能看到这片星空么?

林小语洗了澡光着身子躺到秋和身边，看到她久违的笑脸以为她内心接受了自己。

“宝贝，在想什么呢?来这里开心吧?”

秋和把脸扭过一边不看他，紧蹙着眉头，右边的手紧握成一个拳头。必须睡在他身边吗?天啊，我都做了什么蠢事?为了让他娶我，我还要忍受什么事情?难道就因为他要了自己的身体，自己的人生就这样被牵制?是他残害了我的人生，还是我给自己套上了枷锁?

可是这些思绪很快就被恐惧给淹没了。假如他不娶我，我以后怎么办？我已经不完整了，说不定自己会怀孕。怎么办？怎么办？她思绪纷乱，只觉得已经掉入万丈深渊，无路可走了。

她突然转过脸，抓住他的手，哀婉地看着他："不要走，不要走！"

林小语爱怜地抚摸她的头发，笑着说："宝贝，我怎么会走呢？你怎么总是担心我会走啊？"说着又疯狂地吻她。"我爱你！我想一直这么抱着你，宝贝。你要相信我，我爱你。我爱的始终是你，相信我。一定要相信我，好吗？"

吻像雨一样，温润缠绵。只是黑夜里，秋和感到被抚过的地方都是伤。寂静处，伤痛难言，泪水如流。

"宝贝，你怎么哭了？"

"疼。"

这岂是一个疼字能说得清的？但是又能和他说什么呢？我要忍着。让他相信我爱他吧。让他相信我对他恋恋不舍，非他不可，让他娶我！秋和无力地想着。

林小语这才想起秋和还有伤在身，差点没控制住自己。看着她红红的眼睛，他叹了口气，理了理她额前的头发，轻轻把她抱进怀里。

"可怜的小姑娘。"

"为什么来这里？"

"你需要静养。等你好了，再回去。"

"我们什么时候回去？"

"等你好的时候。等你开心起来的时候。"

"我想我再也开心不起来了。"秋和幽幽说道，眼中的伤感似一潭深渊。

林小语看着她，说不出话来，只是拍拍她的背安抚她入睡。秋和平躺着，把脸侧过一边不去看他。她思绪纷乱，难以入眠。不知什么时候睡着了，右边的手还紧握着拳头。

林小语趁秋和熟睡，用她的手机给秦丽、华武分别发了信息。

亲爱的姐姐，很抱歉，不能当你的伴娘了，我找到了一份很好的工作，这个月新员工封闭式培训，不能回去了。祝你幸福！

爸爸，我找到了一份很好的工作，这个月新员工封闭式培训，不能回去了。别担心我，我很好。等安顿好了我会联系您的。

随后他又分别删了短信，让秋和看不到痕迹。

第二十章　不期而遇

夕阳洒在湖面上，粼粼微波像流动的金子。

秋和坐在湖边一块大石头上，望着乐园的大门。没有车。林小语今天又不可能来了吧？

他已经离开一个多月了，杳无音讯，手机永远关机，短信如石沉大海。那个千方百计缠住她的林小语，一夜之间突然就从她的世界蒸发了。

不知何处传来的口琴声，纯美忧伤。秋和听得入神，在等待中枯萎的心仿佛惊获甘露，忍不住循声寻去。

琴声越来越近。

一棵大榕树下，一个年轻男子悠闲地坐在粗大的树根上，闭着眼睛悠悠地吹着，曲子如溪水般潺潺流动，轻吻受伤的心。

年轻人长着一张天使般英俊的面孔，五官棱角分明。秋和看着他，感觉似曾相识。

不知道是不是感受到有人在附近，琴声突然停下，他睁开了眼睛。

秋和就像赏画看到画中人动了一般，惊恐地转身要走。

他却突然叫住她："你好啊，朋友！"

声音充满磁性，但秋和更多是因为那声"朋友"而停下。

"你好。"她低声说道，"你吹的口琴真好听。"

他听了哈哈笑起来，显得更迷人了，双眼仿佛夜空的星星那么璀璨。

“谢谢！有机会我教你啊！”他微微笑着，有一种秋和看不透的诱惑。

那笑容转瞬即逝，他接着又说：“天快黑了，一个女孩子在外面不安全，回去吧！”

他的语气让她困惑，似是关心，又似冰冷。

他说完就往另一个方向走去。

看到他背影的那一刻，秋和心中猛然一颤，这不是星和吗？

这不就是她魂牵梦萦的那个背影吗？那个消失的幻影，居然如此真实地站在自己面前！

她忍不住轻唤：“星和！”

他回过头，惊讶地问：“你……认识我？”

他真的是星和！秋和怔怔地看着他，一股强烈的悲伤席卷而来，默默背过脸，闭上眼睛。

如果重逢是为了最初的约定，那会是梦想成真，抑或梦醒时分？

太迟了。一切都晚了。

我已经不是那个纯洁的灰姑娘。我甚至成了他仇人的女人。如今，已是咫尺天涯！

星和寻思在哪里见过这女子时，却看到她突然流下泪来，转身飞奔而去。

他莫名其妙地看着这个奇怪女子离去的背影，一脸迷茫，遥远的画面从记忆中徐徐走来，这个女子的脸在他心里突然亲切起来，不禁喃喃说了句：不可能是秋和吧？

失眠的夜总是漫长。好不容易熬到天亮，秋和一大早就下楼。她不知道自己下来做什么，只是脑海里全是星和的身影。

才走出电梯，前台服务员就叫住她：“小姐，请问您今天要退房吗？”

秋和一愣，说：“没有啊。”

“那你现在续房费吗？”

“续费？”

“您的房间订到今天，如果继续住的话要交费了。”

“哦，这样啊。”秋和这才想到，这二十来天，自己都没有花过一分钱，没有操心过食宿，那是林小语走前打点好的。他什么都没告诉自己。他把她送来后第二天早上就消失了。

“住一晚上多少钱啊?”

“三百六。”

“这么贵?”

“您在我们这里住了这么久，是我们的 VIP，可以给您优惠价，三百元。”

“可是，我身上已经没有那么多钱了。”

“那您要退房吗?”

“这附近哪里可以坐公交车回南城市啊?”

服务员摇摇头：“这里离城区远，一般客人都是自驾来这里度假的。”

“可是我没有车，怎么回去呢?”

“我们可以提供包车服务，到市里要三百元。”

“这么贵?”

服务员职业性地微笑着，没有解释。

秋和从没想过会出现这样的情况。这段时间自己吃的总有人定点送来，房费也从来没交过。她从来不想来这个陌生的度假村，是林小语带她来的，然后他就一走了之。难道他已经计划好了？他计划好如何抛弃自己？

秋和想到这心里一阵疼痛。

“小姐，您决定好了吗?”服务员微笑着催问。

“哦，我先打个电话。”秋和面露难色。

秋和拨了林小语的号码，依然是关机。

她叹了口气，不知怎么办才好。

当初林小语带她来这里，就是为了把她丢在这里吗?

为什么?

不是说爱我吗？她已经在努力去转变角色，等着做他的女人，可他怎么会这样?

一阵天旋地转，秋和忽地就晕倒在地。

“醒醒，醒醒……”

秋和模模糊糊听到有人在耳边呼唤，有人轻轻拍自己的脸。

等她慢慢睁开眼，发现靠在一个男人怀里，抬眼一看，居然是星和。

她仿佛感到从地狱飞到了天堂，情不自禁把脸贴在星和胸口，双手紧紧抱住他。

“小姐，你还好吧？”

秋和听到他略带惊讶的问候，意识慢慢清醒了，发现自己坐在大厅沙发上，前台的两位小姐一直往她这边瞅。

她立即从星和怀里退出来说：“不好意思，失礼了。”

“你没事吧？刚才怎么晕倒了？”

“哦，没事。谢谢你。”秋和低着头，感到尴尬极了。自己被抛弃在宾馆里，却毫不知情，直到没有钱，没地方住，没地方去。偏偏在这时遇到喜欢的人，真是惊喜极了，也尴尬极了，明明留恋他又不想继续在他面前狼狈。

“不客气，我也是刚好经过。你不记得我了吗？”星和微笑着，眼神柔和。

“怎么会不记得？心里装得满满的都是你的影子。”这话她并没有说出口。此时她只希望能潇洒地走开，从他视线里消失。

“嗯。我还有事，先走了。”

秋和站起身，头重脚轻往门外走去。

“小姐，你的包！”

才走到外面的十二生肖石林，秋和就听到后面传来星和的声音。她这才发现自己没带包出来。

星和赶上来，把包递给她。

“谢谢。”

秋和点头致意，想挤出一点笑容，低头的瞬间眼泪却滴了下来。她立刻转身，不想让他发现。

“别再等他了，傻瓜。”

秋和听到这样一句话，不禁僵在原地。星和知道自己的事情？

“别哭了。值得爱的男人不会让你流泪的。”

他用柔软芳香，带着温暖的气息的纸巾，轻轻拭去她脸上的泪。

“你叫什么名字啊？你和我小时候一位故人好像。”星和问。

秋和抬起头，看着他温柔的眼神，真想一头扑进他怀里，告诉他：我是秋和，是你的秋和啊！

但她只是低下头，藏起那抹深情，带着些许发颤的哭腔说：

“我叫华……华雪婷。”

“哦，原来是叫雪婷。我叫木星和，”星和眉毛一扬，向她伸出右手。

秋和却把手藏到背后，低下头避开他的眼神。

对她的矜持星和一阵讶异，接着微笑道：“别怕，我是乐园心理氧吧的医生。”

秋和猛然想起那次送青姨回疗养院时，她自言自语说：“这孩子不在医院上班，又不在家，跑去哪里了？”原来他是来了这里。

“你……你怎么知道我在等人？”

“你在乐园里住了那么久，又是位特殊的客人。所有人都知道你在等人啊。”

“啊？”秋和听了很意外。她很少外出，从不和人说话，怎么会有人注意到她？

“你在湖边远眺，是在等林总吧。”

“什么林总？”秋和疑惑地看着他。

“林小语，乐园的总经理。难道不是吗？”星和双手斜插在口袋里，低着头审视般盯着她。

“他是这儿的总经理？”秋和只觉得眼前一阵晕眩，一个踉跄，赶紧扶住身旁的狮子石。林小语到底还隐瞒了什么？为什么是星和告诉她？她原本以为和星和再也不会有任何联系，现在他们却进行着这样的对话，谈论的话题，她毫不知情，感到前所未有的惊恐，似乎陷入了某个阴谋。

“别再等了。他这样对你，难道你不想报复吗？”一股仇恨的火焰在他眼里一闪而过。

秋和感到脑袋嗡嗡作响，像几千只蜜蜂缠着她转，难受极了。

“我不知道……该怎么办。”

“让自己经济独立起来。摆脱有钱人的伤害，第一步就是要做到经济独立。”

她看着星和，不确定他到底是关心自己，还是想她和他共同去报复林家。

“赚钱?”

“嗯，找份工作。你学什么专业，会做什么?”

“我……我什么都不会。”她想要说学的是英语，但想起曾告诉过他喜欢学英文，而且他也知道她英文很好，还是改口了。

“洗碗，扫地，拖地板，叠被子，总会吧?”

秋和点点头。

“去人事部试试吧。”

“你是说在乐园里应聘?”

“嗯。就在这里。”星和确定地说。

“他们会要我吗?而且总经理是林小语!”

“不尝试怎么知道呢?只是临时的，等你有一定实力了，再离开这里也不迟。”

“可是我现在连住的地方都没有了。”秋和无奈地说。

“我可以把我的另一间宿舍让给你。”

秋和听了沉默了。这本该是浪漫的桥段，可她感到老天爷似乎在和她开玩笑。星和是千方百计劝她留下，可他是真想帮自己还是借自己报复林小语?她不敢深想。咫尺天涯竟不如不见。

“不是同居，是做邻居。”星和见她犹豫以为她误会，立刻解释道。

“我们又可以做邻居了?”秋和低声道。

“又?”星和很疑惑。

秋和赶紧转移话题说:“等我挣到钱，会给你租金的。”

“退了房，就搬过去吧。然后就去找份差事。”

秋和感到手足无措，就是连回城的路费，甚至晚餐的钱她也没有。她六神无主跟着星和回到酒店大堂时，特意看了看前台的服务员。两个小姐在角落看着她窃窃私语，时不时发出怪异的笑。

为什么她们这样看我?难道真的像星和说的所有人都注意到她了?想到这她不禁苦涩一笑。她可是“林总经理”送来的!她像傻瓜一样等着他，结果他已经想好抛弃她了!所有人都知道，就是她成了笑柄还后知后觉的!这样一个自己，怎么面对星和呢?

“那你在外面等我可以吗？”秋和想对星和挤出一个笑脸，但嘴角只露出一丝压抑的苦涩。

星和注意到了她眼角那抹忧伤，内心突然一丝震动，连他自己都感到惊讶。他点点头，柔声道：“慢慢收拾。我去外面等你。”

秋和走进大堂时下意识朝前台看了看，站在那的两个年轻女孩像是谈论着什么事情，时不时窃笑，一看到秋和立刻站直了，微笑着看着她，笑容里有些尴尬，好像说人坏话刚好被人撞见时的那种尴尬。秋和恍然，怅然一笑。

原来林小语给自己期许的是这样一个未来。

星和等了许久没见“雪婷”出来，看看表时间过去近半小时了。

她不会又晕倒了吧？

星和立刻跑回大堂。他的身影一出现，前台的戴粉丝巾小姐推了推戴蓝丝巾的小姐神秘地说：“看，你的乐园第一帅又回来了！”

蓝丝巾低声叹气道：“唉，可惜了，好好一帅哥怎么和小三走一起了？”

星和走上前对粉丝巾问道：“你好！请问刚坐在这里的那位女孩下来了吗？”

粉丝巾揶揄道：“就是林总送来那女的？”

“应该说是丢在这儿的！木医生，你不是看上她了吧？”蓝丝巾不无敌意地说道。

“她下来了吗？快告诉我！”星和逼视着她急问，并不辩解。

蓝丝巾见他如此执着，不悦地指了指柜台后面的小路说：“刚从这里走了！”

“多久了？”

“没多久，也就半小时吧。”蓝丝巾懒洋洋说道。

她走了？这么轻易就放过背叛她的人？星和边走边想，既然她走了，就算了。反正复仇他一个人一样可以完成。

他回到办公室继续上班。可坐在心里氧吧里他竟像他的一些病人一样烦躁不安，难以静心。咨询室里四面遮挡的窗帘第一次让他有窒闷的感觉。艰难地给一位病人做完辅导，他便像急需氧气一般从屋里跑到外面，无意识地走到湖边，发现自己停在那棵大榕树下。那天自己是故意在这里吹口琴的，为的就是把仇家林小语的女人吸引过来，想让她参与复仇。可是此时他脑海里完全没有复仇的焦虑，反而为一种深刻的忧伤所替代，那个女孩晕倒的样子和她眼角的那抹忧伤在他脑海反复出现。这让他感到忧心而困惑。复仇的人怎么可以如此多愁善感？

难道我潜意识里是在担心她？他惊于自己的分析，但这似乎就是他坐立难安的原因。他突然微微一笑，回家取车后驱车往南城方向直追。

星和开出乐园二十分钟左右，就看到一位女子在路上缓缓走着。她走走停停，看起来很虚弱。她正是拼命逃离乐园的秋和，但心力交瘁的她已经举步维艰了。

星和放慢车速靠边开近，叫道："华雪婷小姐！华小姐！"

叫了几声，"雪婷"才回过头，眼神迷离地看着星和。

星和赶紧下车，看她摇摇欲坠的样子赶紧伸手去扶住她。没想到她一把把他推开，无力地喊道："别碰我！"

这一推似乎用尽了她所有力气，原本是要推开眼前这个男人的，却踉跄倒在他怀里。

星和把她扶上车坐好，给她系好安全带。

她在迷糊中低声重复着："别碰我！别碰我！放开！"直至声音越来越弱，完全安静下来。

这个女孩这么排斥异性的触碰，难道受到过什么伤害么？

"华小姐，你是不是不舒服？"

没有回答。原来她已昏睡在车上。

星和看着她无力无助的模样，内心又生出许多怜惜之情。

他一边提醒自己接近她的目的，一边又发现内心同情泛滥，难以自控。

秋和醒来发现自己在一个陌生的屋子里，床头有一盏淡淡的蓝色香薰灯，旁边还放着一碗冒着热气的瘦肉粥。

这是哪里呢??

她拉开窗帘，外面天黑了，幽暗的灯光下她看到有个人影倚着栏杆站在阳台上。

星和！

白天的事情在脑海里渐渐清晰起来。

她赤着脚就走到阳台上，像小时候玩游戏一样从身后想要蒙住他的眼睛。

“你醒了?”

星和突然转过头，看到秋和孩童般嬉笑的表情和举起的双手显得有些惊讶。

秋和猛然想起自己是“雪婷”，不是“秋和”，手尴尬地落到栏杆上。

“你在看星星?”她故作镇定地问。

“嗯。小时候经常看。”

小时候，我们在一起的小时候?

“一个人看吗?”

“不是。有个小伙伴，和你，还有点像。”

秋和转过头看着星和，四目相对时，感到如此亲切。

星和对她凝视片刻，却立刻避开了她的眼睛。

二人都望向天上的星星，不约而同地想起小时候。

那些时候，他们会顺着扶栏爬上厨房，舒舒服服躺在屋顶上。瓦片还留存夕阳的余温。

月光下瘦长的苦楝树像一位很老很老、会讲故事的老人。村口的老榕树投下一团婆娑的影。风几乎是静止的。

星星像天上顽皮的孩子，不断冲孩子们眨眼，可爱极了。

那时，他们会像两只小老鼠一样啃着煮花生。那花生的脆响仿佛还在耳边，那甜香仿佛还留于齿间。

“唉，那时候多好啊。”秋和看着星和，一头跌进回忆里。

星和听到秋和这样伤感叹道，感到十分奇怪，她眼里像是藏着许多故事，许多话。

“什么?”他追问。

“哦，没什么。”她收回自己深深的凝视，摇摇头。

沉默。

“对了，你之前说你有位故人，很像我？”秋和装作很不经意地问起。

“是啊。你很像我的初恋。”他看她时眼里明明有一丝深情，却转瞬即逝，换之以冰冷的表情。

但“初恋”两个字还是让秋和蓦然心跳加快，心中划过一阵暖流。

“还好你不是。”星和说着，点燃一根烟。

秋和突然干咳起来，肩膀剧烈起伏。

“连咳嗽都那么像。小时候，大人一吸烟，她便这样咳，像只娇弱的麻雀，让人又烦又可怜。”但这些话星和没说出来，只是立刻把烟掐灭了。

“她是怎样一个女孩啊？”秋和轻咳着问道。

“一个讨人厌的邻家妹妹。”

“没有好点的词？”

“嗯，好点的词？”星和低下头，手又插进裤袋去抽出一根烟，举到半空又放下来。

“可以用一种植物去形容，动物也可以。”秋和期待地看着他。

“你很好奇？”

星和忍不住笑了。为什么她也这么喜欢问他各种问题呢？小时候，他身边总是跟着秋和这个小问号，好像把他当成了百科全书一样。

“白蔷薇吧。”

秋和忍不住微微翘起嘴角。原来小时候的自己在他心里是这样的形象。

“动物呢？”

“河马！”星和俏皮地说。

“你才是河马呢！”秋和抗议道，一拳打在星和背上，好像小时候和他打闹一样。

“干吗打我啊？又不是说你。”星和有些惊讶地看着她，心想：难怪林小语会喜欢她。这个女孩生气的时候还挺可爱的。

秋和看他一直盯着自己，脸微微发红，意识到自己失态了，羞怯地低下头。

“那我呢？你怎么看？”

“我不了解你。”星和的声音在秋和听来突然陌生了起来。空气中玩闹的温暖气息瞬间消散了。她清醒地意识到，自己是“雪婷”，不是星和青梅竹马的“邻家妹妹”。

“你为什么不找她呢？”

“我还有事情没有做完。”

“有冲突吗？”

“我是个很复杂的人。”星和从裤袋抽出一根烟，点燃狠狠吸了一口。

秋和印象里的星和完全不会和烟粘在一起，他是那么纯净的一个男孩，是什么时候开始学会吸烟了？烟雾后那张脸如此忧郁，秋和倍感怜惜，却不能温柔地取下他的烟，不能对他说：不许吸烟！对身体不好！

“我知道你是个很单纯的人。”她肯定地说。

星和苦笑了一下。

“你知道我要做的事情是什么吗？”

“什么？”

“复仇。”

“复仇？”

“是的。你还觉得我单纯吗？”

烟闪烁间秋和看到星和眼里一丝嘲讽的笑。好冷好陌生。

“或者你的初恋，也不再纯洁。或许，她有像我一样的遭遇。”

“不会的。”星和皱着眉把烟掐灭了，语气有些不悦。

“你又没有见过她，你怎么知道？”

“我当然知道，她不会像你喜欢有妇之夫，更不会破坏别人的家庭。”星和明显被激怒了。

“什么？有妇之夫？什么破坏别人？你……你为什么要这么说我？”

秋和感到双耳烫得像发烧，眼睛酸胀。星和，你在骂我吗？为什么要用这样恶毒的词？

“整个乐园都在为林家少爷筹备婚礼，难道你不知道吗？”

秋和只感到两腿发软，头脑瞬间陷入一片混乱，思绪不知从何处理清。

嘴里喃喃重复着：“他要结婚了？那些话都是骗我的？”

秋和突然一阵晕眩，眼神迷离，迷迷糊糊自言自语着，似乎不知道自己在哪里，发生了什么，眼前晃动的人影也不知道是谁。

“你醒了？”

秋和睁开眼睛，看到星和坐在床边，眼睛布满红血丝，像是一夜未眠。

“我怎么了？”

“没什么。医生说你是低血糖。你最近都没好好吃东西吗？也怪我，太粗心了，忘记你还没吃东西。”

秋和摇摇头，木然看着床单，头脑一阵胀痛。一阵迷糊后，星和昨晚说的话清晰起来。

“对不起，不该和你说那些话。我以为你早就知道了。”星和低着头，歉疚地说道。

“谢谢你。”

“谢我？”星和不解地抬起头。

“谢谢你让我知道真相。”

“对不起。早知道，我就不会靠近你。”

“靠近我？”秋和奇怪地看着他。

“是的，对不起。”星和深深吸了口气，顿了顿，才继续道，“我……我是想利用你帮我复仇。我，我没想到你是个单纯善良的人。”

“利用我？”秋和疑惑。

“是的。那天的婚礼上记者云集，如果有一些桃色故事，或者一些图片给媒体欣赏，那林家的盛世婚礼就更精彩了。”星和冰冷中带着讽刺，眼中又燃起仇恨的火焰。

秋和簌簌流下泪来。自己怎么竟沦为星和的复仇工具。

看到秋和的泪水，星和的眼神蓦地柔和下来：“对不起，我不该把你卷进来的。”

秋和没有回答。那个口口声声说爱她娶她的男人，不知不觉就结婚了，全世界都知道，可自己居然还在这里等他。而自己真正爱的男人，就在自己面前，却不能相认。他如今靠近自己，目的居然只是为了复仇。如果此时告诉她，自己就是他的初恋，自己就是秋和，结果又会怎样呢？是不是纯洁的水晶瞬间破碎？是不是白蔷薇就成了老巫婆？

“别哭了。我不会让你为我去做这么残忍的事情的。对不起。”

星和看着她泪水不断，歉疚极了。看她那双忧伤的泪眼，心里不禁感到怜惜，把她搂在怀里。

秋和紧紧抱住他，突然放声痛哭。

“星和！不要走，不要走。”

“不走，不走，我就在这里。”

星和拍拍她的背，哄着她。心里却有种说不出的奇怪的感觉。

如果林小语这时候闯进来，看到他曾经的女人躺在自己怀里，会是什么滋味？

她似乎对自己越来越依恋了。他满意地笑笑，不无邪恶地想到。

可是看着怀里的女人泪流成河的模样，心里又感到不忍。自己总不能利用这个可怜的女人吧？

在这矛盾的心里斗争中，他还感到一丝不安。

为什么脚步无法迈开？仿佛疼她是自然而然的事情。

难道自己喜欢上她了？

“星和！”她像梦语般轻呼他的名字。

“我在，我在。睡吧，别胡思乱想。”

为什么她的每一声呼唤都能牵动我？星和看着她泪阑蒙蒙的模样，不禁把她又抱紧了些。

秋和哭了好一会，哭到眼睛都肿了，感到累了，头脑却异常清醒了，看到自己这样狼狈地在星和怀里，立刻抽身出来。

星和看到她的变化，心里感到莫名其妙。前一秒还一直抱着自己不让走，现在却突然那么生分。

“对不起，我失态了。”

星和听她这么一说，倒也觉得自己一直抱着她好像也挺失态的，有些窘。

过了会星和说：“后天就是他的婚礼了，你还是回去吧，别留在这里伤心了。”

“不，我不走。”

“为什么？难道你也想报复他？”

秋和摇摇头。

“为什么还留下伤心呢？”

“因为我要阻止你为了复仇做出伤害自己的事情。”但秋和并没说出口，只是默默看着他。

另外，她还是希望能听听林小语的解释。他曾经是她信任的朋友，为什么会把她骗得团团转？

“你不会赶我走吧？”

“当然不会，傻瓜。”星和伸手捋了捋她额前的头发，有些心疼地说。

“谢谢。”

“快睡吧，别乱想。”

“好。晚安。”

“晚安。”秋和勉强地冲他微微笑。

星和居然有些眷恋地看了看她，特别是听她说晚安时，内心感到似曾相识的温馨。小时候那个女孩，不也是在夜晚和自己这样依依不舍道别的吗？

他带着疑惑回到屋里，躺在床上辗转难眠。

第二十一章　云雾茫茫

“你们怎么回事？不是交代过你要帮我照看好她吗？”

一大早甲天下乐园经理办公室就传来叱喝声。

“您马上就要结婚了，我以为这女孩留在这会给您带来麻烦。”身胖脸白的王秘书一脸无辜地解释。

“现在她下落不明，就不是麻烦了吗？她身上没有钱，人生地不熟，无依无靠的，出事了怎么办？”

说话的正是林小语。

原来就在昨天午饭时秦士突然说他梦见秋和了。在梦里，秋和晕倒了。大家都说秦士糊涂了。秦丽安慰道：“秋和不是说她在培训吗？”

林小语听到秋和的名字，便再也无法好好吃饭了。他记起给秋和交的房费伙食费共一个月。已经一个月了！他把她丢在那里已经一个月了，她现在是不是滴水未进山穷水尽了？我的女孩，我是多糟糕的情人！

“我明天得去一下乐园。”他有些自言自语宣布。

“怎么了？”秦丽腻歪地搂着他的手臂，似乎一天的离别都不愿忍受。

“明天我得提前去乐园布置一下婚礼的事情。我要给你一个完美的婚礼，好吗？”

这个完美的借口让秦丽幸福坏了，甜蜜地搂住他，又亲又吻的，完全感受不到林小语那张笑脸背后的秘密的焦虑和恐惧。

当时他为了阻止秋和和家人见面，费劲把秋和带来乐园，把一个月的食宿都安排好，走之前还嘱咐王秘书留心照顾，没想到这王秘书把秋和看丢了。林小语是又气又急。

“她可不是无依无靠，一个医生收留了她。您不用担心的。”王秘书将功赎罪般爆出秋和下落。

“医生？什么医生？”

“我们心理氧吧的一个男医生。”王秘书一脸谄媚地爆料。

林小语一听瞬间妒火中烧，双拳握得紧紧的，怒气浮溢在那双小眼睛里。

居然敢动我的女人！

王秘书惴惴不安，不知道招惹了这是非话题会不会惹祸上身。

“他现在在哪？带我去找她！”

星和听到门外粗暴的敲门声，从门镜中看到两张脸，一张怒气冲冲，一张战战兢兢。

他打开门：“请问您找谁？”

王秘书在林小语后面皱着那张馒头般的胖脸说：“星和，快把华小姐交出来！”

他们说华小姐，星和只当他指“华雪婷”，并不知道林小语来找的人就是秋和。

可是秋和在另一间屋里听着外面的声响，却是紧张得心怦怦直跳。如果林小语说出她的名字来，那可怎么办？星和要是知道自己居然成了仇人的“情人”，岂不是失望透了！

林小语细细打量眼前的男人，惊讶地问：“我们在哪里见过？”

星和冷冷瞥了林小语一眼，说：“你找我女人做什么？”

林小语听他把秋和称作他的女人，心中气得鸡飞蛋打，但又没底气和他争吵，只好压住怒火，心里盘算着怎样才能把秋和带走。

“林大少爷，你不去操办你的婚礼，找我女人做什么？”

林小语看到星和冷冷的眼神中毫不掩饰的敌意，气势大减。毕竟自己是要结婚的人，还来找别的女人，让别人知道了也不是什么光彩的事。

“华小姐是我的好朋友，我只是来看看，她好不好。”林小语压低了声音说。

“她好不好你管不着。没事请回吧！”

星和说着啪地关上门，把林小语挡在外面。

秋和站在阳台上，感激地望着星和。

“谢谢你！”

“谢什么？”星和摊开双手，酷酷地装糊涂。

“帮我把他挡住了。”

“我只不过借用你报复他而已。”星和有些戏谑地说。

“无论如何还是要谢谢你。但是，我还是要和他谈谈。可以让我和他单独谈谈吗？”

星和看着她，就好像她就是自己的女人，和前男友见面要经过他允许一样。他沉默了一会，点点头。

“我就在隔壁，有事叫我。”

林小语站在门外，手在门上徘徊，欲敲又止。他怒秋和跟这个心理医生走，又怕在这里闹大了影响即将到来的婚礼。他要用这场世纪婚礼为乐园造势宣传，中间出了什么纰漏，他面临的会是身败名裂，人财两空。他眉头紧皱，额头现出深深的纹路。

看到秋和开门出来，他像看到救星一般，立刻紧紧抓住她的手。

“宝……”

宝贝二字未说完，林小语想到一旁的王秘书，松开了手，对他说：“你先回去吧。我有些话要对华小姐说。”

胖秘书点头哈腰，嘴上说着“好好好”离开了。

“宝贝，我找你找得好辛苦。”

“进来再说吧。”

秋和双手叉在胸前，背对林小语站着。

“你来做什么？你不是成功把我这个包袱甩了吗？”

“宝贝，你的说什么话？我是专程来接你回南城的啊。”

“我哪也不去。”

“你不要和我结婚了吗？”

秋和听了摇摇头。他居然现在还想骗自己。

“宝贝，我每天都在想你。”

林小语说着从背后抱住秋和。

秋和忍不住苦笑。

“宝贝，跟我走吧。我已经为你准备好豪华套间了。我们很快就可以长相厮守了。”

“我可不想和有妇之夫长相厮守！”秋和挣脱了他的怀抱，冷冷看着他。

“你都知道了？”林小语惊愕地看着秋和。

“你当初把我带来这里，说是养伤，第二天就不告而别，我苦等了一个月，原来早早就在策划和别人的婚礼。”

“宝贝，我有苦衷的。”

“是什么苦衷，让你忍心把我留在这个陌生的地方？你就一点也不担心我会想不开？你知不知道我那些日子是怎么过的？我是身上流血，心上滴血。我感觉我的整个人生都没有指望了。我只能等你，每天就等你。结果呢？对了，你安排好食宿，却不给我留一分钱，就是要限制我的自由吧？”

“对不起，宝贝。”林小语尴尬地笑了笑。

这个时候他还能叫得出宝贝，秋和不禁感到反胃。

“你口口声声说爱我，然后你就让别的女人怀了孕，这就是你爱我的方式吗？”

“对不起，宝贝。我心里爱的是你。可是，我是男人啊。有些事情情不自禁就发生了。她怀孕了，所以，我只能委曲求全了。”

“委屈？”秋和嘲讽地笑了笑。

“宝贝，别这样，别这样对我。”林小语半跪在地，乞求地仰望着秋和。

“你现在接我回去，是怕我破坏你明天的婚礼吧？”

“不是的。”林小语抱住秋和双腿，居然真的流下泪来，“我是怕家里人知道我和你的事情，会阻止我们在一起。我不能和你分开，宝贝，我们以后还是可以在一起的。”

“你还要和我在一起?”

“宝贝，我无法舍弃你。我的心里始终给你留有一个位置。做我的情人，好不好?”

他居然厚颜无耻提出这样的要求，秋和对他的最后一丝好感都没了。即使他流着泪祈求，她也只是感觉荒唐。

“我心里却从来没有过你的位置。”她冷冰冰地说。

“可我是你的第一个男人!”

“我根本不情愿！我那天去找你只不过想挽回我们的友谊！结果……只怪我太蠢了。”秋和深深地叹了口气说，“一切只不过是荒唐一场。”

星和从摄像头和窃听器里清楚地了解着隔壁发生的事情。听到这他不禁感到奇怪。她不是一直痴痴地等林小语来吗？难道她根本不爱他?

“你是不是心里有别人了？是不是那个心理医生?”林小语妒火燃眉，逼视着秋和。

“是的，我喜欢他。”

“你怎么可以这么残忍?”自恋的林小语自尊心极其受伤，满脸涨红。

星和一听心里咯噔一下，她喜欢我?!

“不！你是我的女孩！我的!”此时林小语已被嫉妒烧晕了头脑，强抱住秋和，把她压倒到床上。

秋和神色冰冷地叫他放开，可是林小语并未停手，像失去理智般开始撕扯她的衣服。

“你是我林小语的，谁也别想抢走!”

秋和脸色骤变，没想到到了这个时候，他还敢强来！她厌恶地闭上眼睛，双手用力推着他，双腿拼命踢着，可是依然无法挣脱他的掌握。

砰！甩门的声音。星和故意把自己的房门啪地关上发出声响。

接着是巨大的敲门声。

“雪婷！我开门进来咯!”

其实“雪婷”的门是虚掩的，但星和不想直接闯进去，他不想让她感到太尴尬。

林小语闻声，惊愕慌张，再看秋和惊恐厌恶的表情，羞愧地夺门而去。

“这个人怎么会是我们乐园的心理医生？”林小语一进办公室便冲王胖子愤愤发问。

“噢，这是您提的，要在乐园建一个心理氧吧啊。刚好这个人就来应聘了，原来是区精神疗养院的精神科医生。他也是一个月前才来的。”

“快把他辞了！把他赶出乐园！”林小语怒气无处可发，只能发发经理的威。

“把他辞了没问题。可是，我们没法把他赶出乐园啊。”王胖子脸上现出为难之情。

“为什么？”

“他租的是乐园原居民的楼房。按合约，原居民可以在乐园随意出行啊。”

“哼！我小瞧秋和这小姑娘了！看来她是串通好别人，要来报复我！”

这时林小语电话响了。

“小语啊，有秋和的消息吗？”是秦士打来的。

“哦，岳父大人，我还在外面找呢。暂时还没找到。您放心，我会继续找的，找到为止。”

“别找了，快回来吧。婚礼的事情还要准备呢！”

林小语诺诺挂了电话。

“看好他们两个，千万别让他们在婚礼上闹事！要有什么事，就别想升副总了！”

林小语下了最后命令，离开了乐园。

“雪婷，是我，星和，可以进来吗？”

“雪婷”还闭着眼睛挣扎着，惊恐中根本没有听到星和的叫唤。

星和看到她受惊吓的样子，不禁心疼怜惜。

秋和感到有双手轻轻放在自己肩上，并不似刚才那般粗暴，但她还是敏感地挣脱了，压抑地喊道：“别碰我！”

星和听到她委屈的祈求，放开手，轻声说："雪婷，别怕。是我，星和。"

秋和这才慢慢睁开眼睛，看到是星和，脸上现出释然的表情，可是眼睛依然像受惊的小鸟，噙着泪花。

太糟糕了，比想象中还要糟糕。

秋和只觉得自己的形象一定差到极点，和星和印象中的纯洁少女相去甚远。

她低头发现自己被扯偏的上衣下半露酥胸，慌忙扯起一旁的毯子遮住，羞窘地抬头看星和。星和其实已经看到了，原本并不十分在意，可秋和的羞涩却让他不由紧张起来，眼睛不知该往哪儿放。

秋和心有余悸地扫视了屋里一圈。

"别怕，他已经走了。"星和柔声安慰。

"你……你什么时候进来的?"秋和紧张地问。

"刚刚进来啊。"

"那你没有听到什么吧?"她还是希望在星和心目中的形象纯净一些。

星和顿了顿，说："没听到啊。哦，我听到自己肚子饿得呱呱叫了，想问你要不要吃早餐。"

秋和听了忍俊不禁。看他样子酷酷的，其实还挺会哄人。

"我去煮吧。"

当秋和端上一碗热腾腾的粥时，星和对这个女子又增加几分好奇。

"你也会煮黄金粥?"

"是啊。快尝尝，好不好吃。"

"是谁教你的?"星和狐疑地看着她。

"从小就会啊。"秋和微笑着说。

"怎么那么巧啊？我的初恋也会做这样的粥。"星和边吹着碗里的热粥，边自言自语。

"哦，是吗？世界上巧合的事情本来就很多嘛。"秋和轻描淡写道。

星和还是好奇地看着她，像做试验一样舀起一小勺粥舔了舔，说："连味道都一样啊!"

"都是用玉米粉、大米、南瓜煮的嘛，味道当然大同小异。"

“你放了糖?”

“你不是喜欢吃甜的吗?”

“这你也知道?”星和忍不住放下碗，仔细从头到脚打量了一遍“雪婷”。

“你自己说的。”秋和面对他狐疑的眼神强装镇定。

“是吗?我什么时候和你说的?”星和追问。

“反正是你告诉我的。我也要盛点吃，饿了。”秋和说着躲进厨房里，暗叫好险。

星和却不信她说的，感觉这个女子越来越引起他的兴趣了。

秋和洗碗时回味着刚才的对话，既感到开心，又隐隐不安。开心的是星和珍藏着和她小时候的回忆，不安的是怕星和真把自己身份认出来。

这时，星和的视线也一直随着秋和游移。这就是传说中的小三么?她既不妖艳前卫，也不自私复杂，或贪图享乐，总之，她身上没有什么讨人厌的地方。特别是看她洗碗的样子，看起来那么温婉可人，即使关水龙头转身擦手的姿势，也有几分优雅。看起来，倒像是个邻家妹妹。

“你在看什么?”秋和边擦手边问。

“哦，没什么。”星和装作不在意的样子说，“只是有点好奇，你为什么还留在这里?”

“那你为什么也还在这里?怎么不回去看你妈妈?”秋和摘下围裙，挂在墙上。

“什么?”

“你不关心她的身体吗?”

星和听了再次惊讶道:“你怎么连我妈的事情都知道啊?”

秋和笑了笑，说:“不知道啊。我……我随口瞎说的。”

“你真是个奇怪的女子。”

“是吗?我很讨厌吧?”

“哦，不是。其实你给我一种很特别的感觉。”星和定定地看着她，嘴角不自觉弯起漂亮的弧线。

秋和看到他嘴角那抹神秘的甜蜜笑容，心倏地乱了，被一种甜蜜包围着，又被不安缠绕着。

那亲密的幻想越陷越深，让秋和感到恐惧。

看到星和时她不由自主地一直看着他的背影，心中有种甜蜜的感觉。

小时候那种亲密也并未让她有过这种感受。她发现自己在渴望。她有时很冲动，很想从背后抱住他，幻想他转过身，给她回应，或报以疯狂的亲吻。

难道是林小语激发了她的性意识?

她有些悲伤地想到。

当星和回过头时她下意识避开他的双眼，羞愧地低下头，为自己内心的欲念，那些她感觉不纯的想法，感到忧伤而痛苦。

她避开他那令人心跳不已的眼神，故意说："又在想你初恋了吧?"

"早点休息吧。车我已经准备好了，明天早上我会送你回城。"星和说着，眼底闪过一丝温柔。

"那你也离开这里，放下复仇吗?"

"嗯，这件事到此为止。"

"太好了，你终于放下了。"秋和欣慰地笑了。

星和脸上的表情忽然黯淡下来，说："早点睡吧，晚安!"又恢复了之前那种冰冷的语气。

这样也好。对自己冷一点也好，别对我太好。要我怎么面对你呢？我不要你认出我就是秋和。就这样吧。等明天离开这里，这个梦也要结束了。如果将来会重逢，我会装作这一切都没有发生。再见时，秋和还是你纯洁无瑕的秋和，不是残花败柳的"雪婷"。她看着他离去的背影，凄苦地笑了笑。

第二十二章 婚礼

五月的清晨。

甲天下乐园一片忙碌的景象。喷泉四起，音乐响彻整个乐园，在树林湖畔回荡着。

秋和拿出箱底一件崭新的白色连衣裙，又期待又忐忑地穿上。

她打开找工作时买的化妆盒，手里抓着眉笔，对着桌上那面小小的镜子发呆，内心突然像初次登台表演的女孩一样焦虑。星和喜欢我纯纯的样子。不知道穿上这洁白的裙子，是否可以重现少女的光辉。今天或许是和星和在一起的最后一天了。

"雪婷！"

星和叫了她两声没见回应，悄悄走到她身后，却把她吓了一跳。

"怎么了？怎么看起来那么紧张？"

"雪婷"看了看他，又看看镜子中的自己，心中有很多话，想说又说不出口。

星和这才发现她精心打扮了一番，惊喜道："今天有点不一样呢！站起来，我看看。"星和轻轻搂住她的肩膀，扶她起来。

秋和顺着他站起来。

星和看到她双眼含情看着自己，嘴角又露出一抹神秘的甜蜜。

秋和立刻察觉了，故意大声道："不是说回城吗？可以走了吗？"

“你化妆的样子还挺好看，忍不住想多看几眼呢。”星和又逗弄道。

“我才没化妆呢！我一向素面朝天的！”秋和涨红了脸辩解，星和看着她着急的模样忍俊不禁。

二人来到楼下时，乐园人已渐渐多了起来。

星和把她送上一辆红色轿车，叮嘱道：“雪婷，回城后多保重，找份工作，别再傻乎乎的了。”

秋和坐上车微笑着说：“知道啦！”

星和关上后门，走到前面，低下头隔着车窗和司机说了几句话，司机点点头，车便徐徐开动了。

秋和见他还没上车，从窗户冲他问道：“你不和我一起走吗？”

星和只是冲她摆摆手。

秋和如梦初醒。原来他是安排我离开，自己却留下来。看来他还是没放弃复仇。不行，我得阻止他，他为了报仇真的会付出“血的代价”，那事情就没有回旋的余地了。不，我要时刻守在他身边。

“司机，快停车！”

星和看到“雪婷”又站到自己面前，有些生气地责备：“你怎么又回来了！有些场合你不应该出现，有些事情你不应该看到的，知道吗？”

“什么不该出现不该看？我不管，我得跟着你，保护你，不许你做傻事！”秋和倔强地说道。

“你知不知道，一旦昨天的视频播放出来，记者们就会追着你不放的。你走在街上都会被人扔西红柿的，知道吗？”

秋和疑惑地看了看他。昨天?！星和居然拍下了林小语侵犯自己的视频？他，他还是没放弃复仇。

“我处理过了，你的脸只是出现了瞬间，而且只是侧面。但是那些记者的鼻子太灵敏太八卦，只要你出现在现场就会很危险的，明白吗？”星和极力劝说。

“那你可以选择删掉。这样谁也不会受伤。”

“不可能的。有些仇是非报不可的。”星和依然坚持。

“你忍心伤害我?”秋和扬起头噙着泪问道。

“你以为你是谁？你不过是我仇家的情人!”

秋和怔了怔，没想到星和会说出这么无情的话。

“你快走啊!”星和狠狠地吼道，自己快步往湖边酒店走去。

喷泉湖边的酒店外铺了百米红毯，两边摆着花架，汇成长长的玫瑰百合花廊。人群中还有些人扛着摄像机，就是林小语要宣传乐园请来的记者。

一阵鞭炮声从乐园大门传来，此起彼伏，不绝于耳。乐园里的服务员看到秋和出现，又低头窃窃私语，指指点点。

“小三都敢出现在婚礼上啊？听说了吗，她已经搭上另一个帅哥了！真不简单啊!”

秋和闻到浓烈的火药味。原来自己真的不合适出现在这里。可是，我不能让星和做傻事。星和听到声音，回头发现“雪婷”居然没走。听到那些中伤的言语，他只好上前牵起她的手，把她拉到自己身边。

随着鞭炮声消失，小车一辆接一辆开进众人视线，像一条长龙停在湖边广场。

在众人的一阵欢呼声中，林小语从花车下来。

秋和一见他便低下头，躲到星和身后。

林小语朝秋和这边看过来，视线逗留了许久，星和故意把手搭在秋和肩上，林小语微微皱了下眉头，收回视线，朝众人微笑招手，人群响起热烈的掌声。

林小语没有叫自己的名字，秋和舒了口气。

可当新娘下车时，秋和脸色却又突然惊变。

姐姐?!

林小语娶的是姐姐？怎么会……怎么是这样?

秋和只感到头脑一片混乱，像缺氧般，无法理清思绪。

后面车里的人也依次下车。一位老者一下车许多人纷纷过去与他握手道贺。秋和看到那人，觉得在哪里见过。对，那不是那天把星和妈妈带走的人吗?

她转过身，看到星和双目含恨盯着那个男人。她才醒悟，这人就是林楠，林小语的父亲。

突然有人大声喊道："秋和！"

星和循声望去，在人群中寻找"秋和"的影子，却不知在何方。把视线收回身边的"雪婷"时，才发现她眉头紧皱，双颊涨红，看起来痛苦不堪。星和以为她是害怕林小语，正欲安慰她，却见三个人走到跟前，惊讶地对"雪婷"说："秋和，你怎么会在这里？"

他们叫她"秋和"？星和这下也惊讶极了。这两位不正是秋和的父母吗？

还有一位星和不认识的，便是秦士。

秋和抬起头看了看三位长辈，张着嘴，不知该从何说起。

她脑海里也理不清怎么回事。姐姐怎么突然成了林小语的新娘？自己怎么莫名其妙就成了姐姐的"小三"？

就在她迷糊不清时，妈妈已经把她紧紧搂在怀里，泪眼迷蒙地说："秋和，爸妈终于找到你了！"

父亲和秦伯父眼睛都有点红红的，但看秋和的眼神很慈爱。

秋和抬起眼，迷惑地看看周围的人，蓦然瞥见星和的表情变得好冷酷，他的眼神仿佛像一把利剑刺向她心里。

"秋和！你来了，真是惊喜！太好了！"秦丽欢喜地把她拉过来。

"来，这是姐夫。"

林小语低下头，乞怜般抓住秋和的手，低声道："对不起，对不起。"

秋和苦涩地笑了笑，这个高大的男人在她眼里从来没有这么渺小过。

大家听了都好奇地望向林小语，不明白他为何向小姨子道歉。

嗅觉敏锐的记者们都把摄像头对准了秋和。这年头，桃色新闻是最易吸引鼠标的。

林小语满脸涨红，紧绷的神经几近崩溃，就要向秋和下跪求她原谅自己。

这时星和突然向前跨一大步，抢先在他双膝下跪前拦住林小语，说："恭喜林总！秋和一直有我照顾，您不需要操心！大家都等着观赏您的婚礼呢！"

言下之意是大家都在看着您呢。林小语这才回过神，往四周一看那些对准他的摄像头让他背后冒冷汗，立即微笑道："之前你姐姐一直让我找你，是我辜负了你们。"

星和听了笑了笑，心里冷冷想到，他说话还真是得体，一语双关。他辜负了秦丽，也伤了秋和。这话自然只有秋和、星和、林小语三人听得明白，外人只当是这姐夫有多关心妹妹呢。

“回来就好！双喜临门了！进去吧，婚礼准备开始了！”秦丽妈在一旁等得心焦，觉得秋和出现得真不是时候，简直抢了自己女儿的风头，赶紧催促。

秋和还在迷蒙中，便被华母拉着随家人去了大堂。

待她回过神，四处寻找星和，却哪里有他的影子？

礼堂大屏幕上开始播放秦丽和林小语的照片和恩爱秀录影。

原来他们在一起那么久了。林小语就是丽姐口中的“军哥哥”。原来林小语早知道我和丽姐相识，却故意隐瞒着。

想到林小语一直欺瞒自己，秋和忍不住感到愤懑。

突然屏幕黑屏了，喜庆的音乐变成刺耳的沙沙声。欣赏短片的众人都感到疑惑。

秋和内心一紧：难道星和要实施他的复仇计划了？他真的要播放那不堪的影片？

她紧盯着屏幕，脸色苍白。她内心对林小语并没什么同情可言，却不希望秦丽受到伤害。

“秋和，你怎么了？”一旁的妈妈抓起她的手关切问道。

这时屏幕上的画面又恢复了，喜庆的音乐又响起。宾客纷纷起身鼓掌。秋和转头看去，原来是丽姐和林小语踏着红毯携手而来。

她猛然想到什么，甩开妈妈朝礼堂后面走去。

忽然礼堂后面的小办公室闪出一个黑衣人影，迅速往一旁的楼梯拐了过去。

星和！

秋和立即跟上。家人都只顾着看新郎新娘，并没人注意到秋和悄悄离席。

那个黑衣人直到湖边才停了下来。

秋和看着那个背影，感觉有点异样。

“你可以放心了，他已经取出那个光碟了。”

声音居然是个女的。

原来不是星和。

“你是?”

那个女人转过身，秋和心中惊道：原来是那天搂住星和的那个女人，那个水蛇腰身的女人。

“我是星和的女朋友!”

秋和听到这回答只觉像五雷轰顶，呆立在原地一句话也说不出来。

“这次复仇计划是最完美的，不流血不牺牲，只是给林小语这风流鬼一个教训，顺便让林家受点冲击，也让林楠心上淌点血。是因为你，为了保护你，星和前功尽弃了!”那女人冷冷地说。

“星和在哪里?”秋和为歉疚捆绑着的声音很微弱。

“你不用再找他了！只有我能帮他完成复仇计划。你只会牵绊他！他是不会再见你了!”那女子冷冷一笑走开了。

“星和，星和，你在哪里?”她坐在草地上，无力地伸出双手。

第二十三章　果园

清晨，华武才起床刷牙，就看到秋和从外面扛着一大捆柴火走进厨房。

厨房已经飘来粥的香味了。

“看，我们女儿怎么变得比以前更勤快了?”华武奇道。

“我倒宁愿看她像以前那样睡懒觉，叫她起床还撒娇。你看她现在，话也不说，也不知道怎么了。”华母愁道。

“话也不说?”

“你昨天喝得醉醺醺的，哪里关心过女儿?”

华武摸摸头脑，酒劲刚过，还有些犯晕：“秦丽大婚，当然要多喝点!”

“唉，我听到秋和说的最后一句话就是：星和，星和，你在哪里?”

华武挠了挠后脑说：“昨天站在秋和身边的那个男生，我当时看着就觉得面熟。那孩子好像是邻居家的亲戚，可是他早就搬家了啊。秋和怎么又和他走到一起了?”

华母拼命回忆着，隐约回想起，其实从他们见到秋和那一刻起，秋和就没有说过话，除了这一句“星和，星和，你在哪里”。

究竟发生了什么事情呢?

秋和这时提着篮子又要出门。

“秋和，去摘菜啊?”

秋和面无表情点点头。

“别走远，就在后院摘点红薯叶好了。”

秋和又是面无表情点点头，华母和华武只能揪心地相视叹气。

“会不会是她还误会你和秦大哥啊？快去和她解释一下。”

华母听了赶快来到后院的菜地。

“秋和，你是不是生妈妈的气啊?”

秋和冲她摇了摇头，又埋头继续摘红薯叶。

“妈有件事，一直瞒着你。其实妈妈不是你的亲妈妈，爸爸也不是你的亲爸爸。”

这话一出秋和立刻停下手中的活，目不转睛看着华母。

“其实你的生母就是你姑姑，你的亲生父亲是秦伯父。”

秋和呆呆地看着妈妈。半晌，她突然笑了，说：“妈，你开什么玩笑?”

华母听到秋和说话，放下手中的菜过来把秋和抱在怀里，激动地流下泪来。

“孩子，你终于说话了。”

“妈，我说话。你不要再开这样的玩笑了。”秋和柔柔地说道。

“秋和，听妈妈说。妈妈说的都是真的。秦伯父一直很关心你，你没有发现吗？别怕，你还是我和爸爸的宝贝女儿。可是你的身世，爸妈有义务告诉你。”

“妈，我不想知道这些。我什么都不想知道。”秋和依偎在妈妈怀里，一脸疲倦的模样。

“秋和，你是大人了，这是你必须面对的。妈知道不容易，因为妈也是犹豫了好久，才愿意告诉你的，妈妈舍不得把你拱手让人。”

“妈，你说什么呢？我在世上只有你一个妈妈。”

华母破涕为笑，慈爱地抚摩秋和的头。

母女俩依偎着回到屋里，就听到吵架的声音。

“这是谁在这里造谣啊？我女儿清清白白的，怎么把她说成是小三呢?”华武气愤地说。

“我相信秋和是清白的。别生气，我一定要查清楚到底发生了什么。”

这时秋和闯了进来，秦士和华武看到秋和进来不约而同都站起身，却来不及把桌上的报纸收回了。

“林氏企业新婚闹剧：小姨疑似小三”，报纸上红色的大标题好像蜂针一般刺灼她的双眼，她颤抖着双手把报纸卷成一团。

秦士立刻安慰道：“秋和！那肯定是小报记者为了销量乱讲的，别放心上。”

秋和哪里听得进去，捂着耳朵跑出门去。

秦士追着出去。

华武也要跟去，华母拉住他说：“就让他担起一个父亲的责任吧。”

秋和努力跑着，在下坡的小路上卷起圈圈灰尘。

秦士一路跑一路喊，秋和就是不停，为了把秦士甩开，秋和还跑到田埂里。村里干活的人都盯着他们，好奇地看着。

“哎哟！”

秋和听到身后传来一阵疼痛的尖叫，停下脚步回头却看到秦士在水沟里趴着。

原来秦士对田里的路不熟，跑着跑着摔到沟里了。

秋和不好意思地走到水沟边，把秦士扶了起来，担忧地看着他。秦士却笑着说：“没事，没事，伯父身子骨硬朗得很，没事。”

秋和扶着秦士一瘸一拐回到家里。

“秋和啊，那些小报记者写东西经常失实的，我们都不信，丽姐更不信。她相信你和林小语是清白的。”

秋和看了看他，面无表情点点头。但一路她还是没有说话，只是小心地扶着秦士。

“哎呀，你的腿怎么了？”华母看秦士一瘸一拐着进来，问道。

“没事没事。”秦士咧着嘴笑答，仿佛伤到脚倒像是遇到什么好事一般。

秋和把他扶着坐下，低着头出门去了。

“怎么啦？”华武夫妇同时冲秦士问道。

“没什么，就摔了一跤，左脚有点肿。这一摔还挺好，秋和就不乱跑了。你们看，还一路扶我回来呢。”

“我把她的身世告诉她了。”华母微笑着说。

秦士紧张地问道：“那她怎么说？”

“别急，孩子需要时间慢慢接受的。二十几年了，突然冒出个爸爸，谁能那么容易接受呢?”

秦士点点头。

“你这腿得敷点药吧。”华武说道。

话音刚落秋和就捧着一个草药包进来了。她小心地把揉碎的草药敷在秦士肿起的脚上，又用布包扎好。

秦士一直咧嘴笑个不停，华武夫妇也露出欣慰的笑容，提议让秦士多住两天。秦士自然高兴，并不推却。

秋和每天还是不停地做家务，帮秦士换药，帮他提热水泡脚，可是让大家都操心的是，她始终没再说话，好像连脚步，都像小老鼠一样，害怕发出声音。

过了两天秦士回城，对秋和说要去医院检查一下脚。但其实是带秋和去看心理医生。他把秋和带到一间诊室，说自己要上厕所，让她在里面等他回来。医生就开始和她说话。可是，心理医生也没有让她开口，也说不出个所以然，只能给他建议：“得找个能让她开口说话的人。”

从医院回来，秋和也随华父华母去果园做活。正是收三华李的时节。要赶早市，一家三口低头穿梭在矮密果树下。秋和娴熟地摘着红李子，草上的露水沾湿了脚，摘了不久拇指和食指就沾上一层青色，黏黏的。秋和拂过沾有露水的矮草，黏糊糊的东西就洗掉了，但摘一会儿手又脏了，便不再理它，紧锣密鼓摘果，顾不得吃上一个。直到快摘满一整筐三华李时，才歇上一会，挑一个红透了的李子，往嘴里一送，水水甜甜，美味酸爽。

“秋和，爸妈去集市卖果了。记得喂鸡鸭和狗，走的时候记得锁门!”

“早点回家。别在果园待太久了!”

秋和点点头，还是没说话。

华父华母话毕开着手扶车下山了。

秋和做完家务，从井里打回一桶水在鱼塘边的冲凉房冲了个澡，回到半山腰小木屋休息。

她干活累了，躺下一会儿便犯困了。

迷迷糊糊间，听到有人在门外叫她的名字。

“秋和!”

声音很熟。

“秋和，我是林小语啊。”

秋和听到这名字，紧张地睁开眼，躺在床上一动不动，希望他听不到动静自己走开了。

“快开门，我和你姐来看你了!”

秋和听说姐姐来了便起来开门，却发现门外只有林小语一人。她欲要关上门，林小语却已夺门而入。

秋和惊恐地住后退，但房子很小，几步就退到床边，无处可躲。

“宝贝，我好想你!”林小语一把将她抱住。

秋和脸上煞的苍白，恐惧地闭上眼睛，却也没有挣扎，也没有喊叫。

林小语低头要亲她，才看到她的表情。

“宝贝，你怎么了?”

秋和紧闭的双眼突然流下泪来。

林小语带秦丽回门时，听说秋和回来以后一句话也没说，便找个机会来看秋和。

“宝贝，我无时无刻不在想你。我的心里始终为你留有一个位置。”林小语深情款款地说着，忘情地低下头去亲吻她，但只亲到紧闭的双唇和咸咸的泪水，他便清醒了一些。秋和何曾爱过自己呢?

秋和微微仰起头，扭过脸去。

“宝贝，难道你连看都不愿看我一眼吗?”

沉默。

林小语叹了口气。

“宝贝，求求你别这样！你这样让我害怕。我宁愿你骂我，打我，不要这样不理我！好吗?”

林小语第一次从那张小脸上读到如此倔强的抗拒。

“是不是只有星和才能让你开口说话?”

他双手捧起她的脸，看着那娟秀的脸庞，和她眼中的冷淡，又是怜爱，又是嫉恨。

秋和突然挣脱他的手，跑出门外。

林小语突然感到一阵无力，像斗败的公鸡垂下头，目光无意落在秋和枕边一张照片上。

这不是第一次见面时钱夹里那张合照吗？当时他就觉得上面的男孩好面熟。

秋和旁边这个眉清目秀的男孩，他一定见过。

林小语好奇地拿起照片细细端详。

儿时的画面涌入脑海，他无比确定照片里的孩子就是邻居星和。

原来他就是她的初恋。原来她一直在等的人就是他，就是她口中那个“男朋友”。

在乐园的时候，他早就看出来，她爱的是那个心理医生。可没想到，她已经爱了那么久！就是现在，仍对他念念不忘！

原来她真的一点都不爱我！

想到此，林小语不禁妒火中烧，冲到秋和面前，阴森低沉地说：“你是我的女人！我是你第一个男人，这点谁也不可否认。”

秋和冷淡地看了他一眼，转身走开。

林小语霸道地把她拉回来，双手抓着她的双肩，又说：“星和不会喜欢你的，知道吗？”

秋和低垂下眼，泪又无声滴下来。就是这滴泪水，也让林小语感到妒忌地发狂，双手拼命摇秋和的肩膀，大声喊着：“说话啊！听见了吗？”

“林小语！你在干什么？”突然半山腰传来叱喝声。

林小语和秋和抬头看去，原来是秦士正走下山来。

林小语赶紧松开双手，又惊又愧。

秋和立刻跑到秦士身边，防备地盯着林小语。

秦士心疼地护住秋和，怒目生威。

“爸，您不是帮华伯父他们去卖水果了吗？”

“幸好我没去！你对秋和做了什么？”

“哦，我只是想让她说话。”

“她可是个病人，你怎么能这样逼她说话？这样会把她吓坏的。”

秦士愤愤地看了他一眼。

“我以为她受到惊吓，反而会脱口而出说话呢。”林小语笑着对秦士说。

秋和冷冷看了他一眼，转过去背对着他。

“好了，你也是一番好意。但还须要慢慢来。”

“嗯，是啊，我太心急了。”

“秋和啊，一定是受到什么刺激了，才患这病。解铃还是系铃人。我得找人帮我查查到底发生了什么事情。”

“这事啊，您就别操心了，我会找到这个人的。”

“哦，你了解情况？”

“我们是在乐园找到秋和的，乐园是我们公司的。我去调查一下，不就了解了吗？爸您就安心忙您的工作，养好身体，别太操心了。”

林小语说得殷勤，秦士微笑点头：“嗯，那要麻烦你了。”

“爸，您说的哪里话。都是一家人嘛。再说了，我也是为秦丽着想。我不想她为这事担心，会影响孩子的。”

秋和听到这，眉头微皱，看着林小语。

林小语似乎明白她心里的担忧，走过来在她肩上轻轻拍了拍说：“放心，秋和，一切都会过去的。”

顿了顿，他又歉意道：“刚才，对不起。我不应该那样。我会帮你，我会把他找回来的。”

秋和听了不禁讶异地抬起头，看到林小语脸上真诚的表情，眨了眨眼。

“无论如何，我……我们都不忍心你这样下去！”林小语有些痛心地说道。

林小语眼圈红红的，闪着泪光，转过身避开秦士头也不回走上坡离开果园。

一路上林小语回忆起和秋和相识后的许多事情。

第一次在雪中相遇时，她像一只雪狐般充满灵性，还有些俏皮可爱，而今却像朵乌云一般。

是我错了吗？我那么爱她，哪怕是结婚了，也不愿放下她。可她不为所动。

她不爱我。从来没有爱过我。

林小语想到此苦涩一笑。

可我依然爱她，无论她对我多么冰冷，我还是爱她。

所以不能让她病下去。

第二十四章　解铃还须系铃人

林小语从村里开回南城，径直往星和的住所开去，也就是秋和原来租的地方。

刚到门口，门便开了，走出一个女子，明眸皓齿，水蛇腰身。

那女子临关上门时探个脑袋进门里甜甜地说：“Bye，亲爱的，我明天再来!”

林小语一听胸中怒气升腾，待那女子一转身下楼就猛敲房门。

星和见是林小语，冷冷道：“什么事?”

林小语推门而入说：“还真是风流倜傥，猎艳高手啊！秋和还病着，你却在这里勾搭其他女孩子。”

“你说秋和怎么了?”

“我看你也比我好不到哪里去。只怕你伤秋和比我还更深呢!”

“你刚才说什么？秋和到底怎么了?”

“你刚才不是还在拈花惹草吗？知道关心秋和了?”

“别把人都想得那么龌龊。那女子只是我的一个病人！快说，秋和怎么了?”星和不耐烦地抓起林小语的衣领，愤愤逼问。

“你还会治病啊？秋和病了，你怎么不去治啊?”

“别卖关子了！秋和到底怎么了?”衣领被扯得越来越用力。

林小语看到他为秋和急得像热锅上的蚂蚁，才松口：“从乐园回来，就没说过一句话！”

“怎么会这样？”星和松开他，低头沉思。

“你不是心理医生吗？应该最了解的。”

“天下也不只我一个心理医生。”

“解铃还须系铃人，这道理难道你还不明白？事情因你而起，不找你找谁？”

“明明是你伤了秋和，怎么倒怪起我来了？”

“我伤了她的身体，你伤了她的心！”

星和听了一怔。

林小语缓缓叹了口气，说：“我还真妒忌你。我是得到她的身体了，却得不到她的心。”

星和瞪了他一样，说：“你居然还敢把这些事情说出来！”

“怎么？你很在乎秋和的第一次吗？”

“住嘴！难道你做了这样的事还很得意吗？”

“当然，我是她的第一个男人！”

“可是，她心里面只有我！”

“你敢说你一点也不在乎这件事？”

星和闭口不言。

“哈哈哈！”林小语突然大笑起来。

星和冷冷道：“秋和在哪里？”

“果园里。嗯，你要是不要她，我还是很喜欢她的！”林小语有些猥琐地说。

突然星和右手一挥一拳挥到他脸上。

还没等林小语反应过来，星和左手又一拳砸到他右脸。

“好啊！好久没和哥打架了是不是？”

林小语说着也抬手挥向星和，二人立时扭打在一起。

星和身材高瘦，平时是个不喜运动的斯文人，和在部队待过的林小语打起来，完全没有优势，但他心里充满愤怒，打得理直气壮，哪有退缩之理。林小语面对情敌，手下也毫不留情。

不一会两个男人就像两个顽童般扭打在地。

“你有什么资格喜欢她！你个花花公子！你根本不懂爱！”星和边厮打边

吼道。

“我不懂！你懂！你怎么不敢找她呢？”林小语愤愤逼问。

“你没资格管！”

“你就是抓着别人的错误不放！”

“都是你这个混蛋害的！你还我那个纯洁的秋和！”

“好！说实话了！”林小语突然停下手，星和也已累得筋疲力尽，两个人就那样躺在地上。

“我知道你是完美主义，但人这一生难免犯错。一生都会生活在怨恨和不满里，失去快乐。更何况对自己喜欢的人呢？如果不给对方机会，也是不给自己机会了！我真羡慕你，你还能爱她。我却不能再爱她了。”林小语幽幽说道。

星和瞧了他一眼说：“结了婚的人还那么多情！真是有其父必有其子！”

“现在别扯我爸。那些事我也是受害者好吗。因为那些莫名其妙的事情，我也开心不到哪去。现在的问题是秋和。对，我不该当初太多情。可是现在，我只希望她幸福。对不起。”

“这话你应该对她说。”

“没用了。现在只有你能让她恢复。”

星和沉默了，坐起来抽了根烟。

“我知道我很无耻。如果可以，我想和她做一辈子的情人。”林小语闭着眼睛说，像对老朋友倾诉秘密一般。

星和瞪了他一眼，这次竟没生气，只是问：“那你怎么不娶她？”

“她不爱我。而且，当时秦丽怀孕了。我不能因为一个不爱我的女人背弃家人和爱我的那个女人。”

说完从星和手里抢过一根烟。

房间里弥漫着烟的味道。两个男人都沉静下来。

林小语走时，星和对他说：“谢谢。但我不会放弃复仇的。”

再次回到小村庄，竟是为了秋和的病。这和星和想象过的重逢完全不一样。发生的一切，和想象中都不一样。爱情，被涂上了很多色彩，让他觉得分不清爱到底是否还纯洁。

可星和还是来了，骑着自行车来到秋和家门口。

华母发现门口站着一位英俊小伙，推了推秋和。

“秋和，快看谁来了？”

秋和放下手中正剥的花生，站了起来，看了看星和，又看了看他那辆自行车，好像回忆起什么美好的情景，嘴角弯起微微的弧线。

华武夫妇终于看到女儿久违的笑。

“秋和，可以出来一下吗？”

秋和询问地看了看父母，他们点点头，她才走出门去，脸上现出羞涩的红晕。

“带你去玩，好吗？”星和温柔地提议。

秋和点点头。

“去山里好吗？”

秋和又点点头。

“上车吧。”

秋和便跳上单车后座。

“扶好了。”

秋和把手紧紧抓住后座的铁条。

下一个大坡时，星和说：“扶着我。”

秋和小心翼翼用手指抓起星和被风吹起来的白衬衣，样子有点滑稽。

“再不扶好我可要放刹车啦！”

秋和听了赶紧双手搂住星和的腰，脸轻轻地贴在他背上。

星和迎着风偷偷笑了。

晨旭在松林里洒下柔和的光。草地芳香柔软，不知名的野花开得欢快自在。

星和把车放在路边一棵梧桐树下，和秋和爬上小丘岭，在一棵松树下停下了。

“还记得我们小时候经常坐在这里吗？”

星和坐了下来，理了理旁边草地，垫了一张干净的纸，给秋和坐。

“坐在这等等我。”

不一会儿星和手捧着一个红稔编成的花环回来了。

“送给你。”说着把花环放在秋和头上。

秋和冲星和甜甜地笑了笑，却还是没有说话。星和忍不住怜惜地摸摸她清瘦的脸颊，是怎样的伤痛消去了曾经的婴儿肥呢？

不行，得想办法让她回应。

“你也送我一个花环好吗？”

秋和点点头，起身去摘花。

过了一会儿，她也手捧着一个白蔷薇编的花环回来了，放在星和手里。

“你一直记得我喜欢白色，因为那代表纯洁。”

秋和又点点头，因为记得星和的喜好骄傲地看着他。

“可是，你看，其实这洁白的花里也有刺的。每个人都可能会被刺扎到。但我们不会因为这刺，就不喜欢这美丽的花。”

秋和迷惑地看着他，不知道他要表达什么。

“爱情本身是纯洁的，不会因为一些伤害而变得污浊。”

秋和似乎知道他话里的意思，脸上又现出忧郁之色，把头垂得很低。

“你在我心目中，依然是纯洁的女孩。”

秋和抬起头，看着星和真挚的眼神，眼睛渐渐染红了。

“傻瓜，想我了吗？”星和说着轻轻把她搂入怀里。

秋和嗯了一声，泪水终于忍不住滑落，所有的痛苦和委屈瞬间都化作泪水。

风似乎也突然安静下来。

两个人像小时候一样，蓝天白云下，相互依偎。

山里的天似乎总是纯净的蓝。

可是不久，星和就发现，秋和依旧没开口说过一句话。

无论他说什么，她只是望着他笑。

他这才真正意识到她的伤有多深，多难抚平。他心疼地捧起她的双手，在上面比画着。

“还记得小时候玩的游戏吗？我写，你猜，好吗？”他柔声问。

她依然是那样柔顺地笑，点点头。

他跪在地上开始在她手心书写，写得很认真，脸上是真诚的表情，像在专注雕刻的工匠一般。写了三个字，他抬起头等待答案，眼里掠过一丝紧张。

“我爱你！”他听到她风一般轻的回答。

“再说！”

“我爱你，星和！”她的双颊泛起红晕。

“秋和！你终于说话了。”他搂紧她说，“以后再也不许这样，不可以生病了，知道了吗？”

秋和点点头。

“我要你说出来。”

“好，我答应你。答应你好好的，只要你一直在我身边。你也要答应我，好吗？”

星和却沉默了，走到他父亲的坟前。

“秋和，知道吗？我比你更渴望在一起。可是，我家里的事情，我从未和你细说。你不了解。”星和垂手而立，声音里尽是伤悲。

“你说的是复仇？”

他苦苦一笑。

“小时候，爸爸妈妈还有我，我们一家三口过着开开心心的生活。可是有一天林楠闯进我们的生活。爸妈开始吵架，爸爸开始酗酒。有一天晚上，我听到窗外传来爸爸的脚步声，跑着去开门。然后，我看到林楠抱着妈妈，样子很亲密。爸爸这时踉踉跄跄走进来，他一看到妈妈和林楠转身就走了，之后就再没回来。他开车遇到车祸，离开了。后来，妈妈的精神状态越来越差，住进精神病院里。我无依无靠，只能来投奔在这里租田养花的小姑。后来小姑也搬走了，我又开始寄养在别的亲戚家，过着寄人篱下居无定所的生活。最可怜的是我妈，病情时好时坏，根本无法过上正常人的生活。我是不可能原谅林楠的。我要他付出代价！”

秋和又看到他眼中的仇恨，在岁月的煎熬中变得更为浓烈。

“可是，即使报了仇，你也不会快乐。难道，你一辈子都要在仇恨的诅咒下生活吗？”

“所以我要你答应我一件事。”

“什么？”

“我身上背负仇债，我给不了你幸福。你得忘了我，把我放在过去。以后我都无法再照顾你了。”

“你要幸福，要找一个能给你幸福的人。”

秋和有些愕然，接着笑道：“你就是我的幸福啊。”

“我不是。我还有事要做。我要放你自由。”

“不！你认为我会让你离开我吗？经历了那么多别离，挨过那么多没有你的日子，现在，你来了，你以为我还会让你离开吗？不，不管发生什么事情，我都不要离开你。我要和你在一起。”

那张小脸因为激动而涨红了，瘦削的轮廓衬托着那双泪盈盈的大眼睛。

她放下所有矜持，要把自己的生命和他紧紧绑在一起。

星和看着她的眼睛，无法不为之动容。如果过去的爱停留在纯纯的回忆里，那这段时间的相处已经重新燃起他心中的爱。而她此时那样忘我的爱也突破了他心底的防线，把他男性的冲动瞬间点燃了。

他把她拥入怀里，吻着，吻着，好像期待了许久，压抑了许久。终于，彼此成全了彼此。

少年时候那朦朦胧胧难以界定的好感变成了炽热的男女之爱。

他卸下每一片冰冷的面具，现出男人在心爱的女人面前情难自已的柔情。

她感受到他的触摸，突然一阵惊恐。一些往事激起她的恐惧。

她猛然睁开双眼，看到的是星和的脸，看到他紧闭双眼的可爱样子。那恐惧消失了。她好像听到有个声音说：相爱的人彼此相许，这是天经地义的。她便安心了，闭上眼睛，感受着，回应着。

她感到他的手在她身上轻抚。

她柔滑的肌肤像花一般慢慢绽放。

她忍不住低声呢喃。

突然，一切戛然而止。

她看着他，见到他眼中大男孩般的羞涩。

他在她耳边轻声问：“你愿意吗？”

“我一直在等你，为你绽放。我属于你，也只愿属于你。”她看着他，柔情似水。

他又吻了吻她说："那你等我，我会让你变成我的公主。我不要你做我的情人，我要你成为我的妻子。"

她再次流下泪。

原来他许她的，不曾收回。即使她已经……她心底感激极了他的爱。

"星和，爱你，好爱你，让我爱你。"她梦一般呢喃。

星和回了她一个深深绵长的吻。

"星和，我想和你一起回市里，先找一份工作，然后边工作边帮你照顾伯母，好吗？"

"这……"

"难道你还把我当外人吗？"

"或许叔叔阿姨不会同意。而且，你还在读书呢。"

"我马上就要毕业了。论文答辩已经通过，就只等签了单位拿毕业证和学位证了。"

"那还是得问问你爸爸妈妈。"

秋和点点头应着，带星和来到山另一边她亲生母亲的坟前，当着母亲的面把自己的身世告诉了星和。

"星和，我居然是秦伯父下乡插队时和我'姑姑'所生，不是'妈妈'。我是错爱而生的，我还有资格去获得幸福吗？"

"原来我们从小都失去了父母。"星和听了忍不住感慨。

这或许可以解释两人为何身上总有那挥之不去的伤感。

星和搂着她的肩膀说："当然！即使是错爱而生，你也是最美好的生命。"

"但上天待我不薄，给了我爱我的爸爸妈妈。"

"叔叔阿姨真是无私。"

"是啊，他们为我付出了所有。"

"爸，妈，我回来了！"秋和像只兔子一样蹦进菜园里。

华武夫妇正在锄草，闻声立刻放下手里的活。女儿开口说话，他们心中的担子终于卸下，脸上露出欣慰的笑容。

“叔叔，阿姨。”

“星和，来来，快快，回屋里坐。”夫妇二人热情招呼着，看星和的眼神充满喜欢。他们知道二人小时候是极好的玩伴，没想到长大了居然发展成恋人。

“爸，妈，我决定了，要去市里找工作，我想和星和一起回去。”

“好！可是你要和爸妈保持联系啊，不许再玩失踪了。”华武听到女儿变得积极起来，很是支持。

“去市里？那住你秦爸爸那里还是你丽姐家啊？”华母担心道。

“妈，我原来在市里就有地方住的。不想再麻烦别人了。”

“是原来住的地方吧？”华武问。

“是啊，就是原来住的地方，菊花巷。”

星和一听暗暗吐了吐舌头，秋和并未和他说过是要和他“同居”，而她爸妈显然还不知道她的计划。

“那地方我认得，那你可要和我们保持联系啊。”华武说完对着星和，严肃地看着他说：“星和，麻烦你帮我们照顾一下秋和了。”

星和给了秋和一个坏笑，转过身一脸真诚地对华武夫妇说：“伯父伯母放心，我一定会照顾好她的。”

二人才出门，华母就冲华武大声责备：“你怎么就答应秋和跟他回去呢？万一他们同居怎么办？”

“我们怎么努力都无法让秋和说话。或许冥冥注定他就是秋和的归宿。如果压着她，反而对她不好。秋和呢，一直是很保守的女孩，相信她会有分寸的。”

华母心中又气恼又担心，却不得不认同华武所言。

回到熟悉的小屋，秋和思绪万千。终于，终于，在星和的小屋，和星和在一起了！

可是两个人很快发现了问题：一共只有一间卧室。一楼原来是青姨住的，现在已经出租了。

“晚上是不是要一起睡啊？”星和逗弄地看着秋和。

秋和微红着脸高声说：“才不要呢！我可以睡沙发！”

“沙发不好睡，起来会落枕的。”星和继续逗道。

“那好办，我睡里面，你在客厅打地铺嘛！”

“你才来就鸠占鹊巢啦！不如，就将就一下，一起睡吧！”星和从背后抱住她，贴着她的耳朵笑问。

“不行，我们不可以婚前同居的！”秋和涨红了脸，很认真地说，又无辜又生气的样子，让星和觉得好玩极了，又忍不住逗弄：

“伯父伯母已经拜托我照顾你了嘛，你还顾虑什么？”

“才没有！要是说和你住，爸妈才不会让我和你这大灰狼回来呢！我不可以辜负爸妈的信任的。”

看到秋和说得眼泪都要掉下来了，星和不禁哈哈大笑：“好啦，快过来看，这个阳台是不是好大？”

“是呀。你的意思是？”

“快来帮忙啦，把阳台改装成我的卧室！”

“那晒衣服怎么办？”

“厨房外面不是还有个生活阳台吗？”

二人说着就出门买窗帘和一些床上用品，回来把阳台改装成一间小房间，摆上一张弹簧床，阳台还留有半米的活动空间，倒也不显得狭窄。

阳台布置好，天已经黑了。秋和躺在沙发床上，看到天上挂着明月，几颗星一闪一闪，兴奋地叫道：“哇，外面风景好美！我要睡这里！”

“好啊，阳台上的睡美人，也是一道美景呢！”星和笑着说。

二人坐在阳台上看星星月亮，像有聊不完的话一般说个不停，直到月亮也疲倦了，二人才依依不舍分开回到各自的床上睡觉。

第二十五章　绿地学校

那天，秋和第一次感受到高跟鞋如此可恶。

她提着大袋简历，走了许多单位，有学校、旅行社、外贸公司。他们大多都收下简历，但并没有显出多大兴趣，只是说："我们暂时不缺人。你可以先把简历留这，有需要我们会打给你。"

还有一所学校拒收简历，对她说："我们今年不招毕业生的。"

"可是你们学校人事网上写着招两位英语老师啊。"秋和奇怪地问道。

"哦，那是我们学校内部人员调整，不对外招聘的。"那个膀阔腰圆的男人慢悠悠地说。

"那招聘需求怎么挂在网上呢?"

那大腹便便的男人透过副厚厚的眼镜对秋和上下打量了一番，说："小妹妹，这个是给相关部门检查的时候看的。你呢，还是到别家单位看看吧，别在这磨时间了!"

"你们怎么那么自私？就为你们一个虚假广告，我就跑了这么多冤枉路。知不知道我走了好远，找了好久才找到你们这里来啊？我脚都磨起泡了啊。"

秋和抬起头，生气地把头扭过一边，才发现办公室另外两个人面无表情地盯着电脑，好像没听到办公室里的对话般漠然。看到这，她咽下满腹牢骚，说了声"谢谢"，迈出那冰冷的办公室。

拥挤的公交车上，她感到脚钻心地疼。

她已经走了一天了。

车一颠簸她就感到水泡和鞋的摩擦，疼痛瞬间传遍整个脚，把她疲累的神经刺得麻痛麻痛的。

车突然停下。司机说车抛锚了。

秋和下车看了看路标，发现还有一个路口就到她要去的绿地英语学校了，便决定步行过去。可她到那时，学校已经关门了。她这才注意到远方那抹夕阳，看了看表，已经6点了，她只好又步行回来坐车。

可她的脚已经疼得不行了。水泡似乎越来越大。

她疼得脱下鞋，穿着丝袜走在路上，很快就感觉到踩在沙子上比让鞋子不停地摩擦水泡上那层薄薄的皮来得舒服。

她就这么拎着双朱粉色高跟鞋缓缓走着。

“Excuse me.”

她听到有人对她说英语。

抬起头，一位金发碧眼的男子站在面前，彬彬有礼地询问。

那男子英俊的外表、高挑的身材让秋和感到像在看电视剧一般。

“Excuse me. Could you show me the way to Greenland English School?”

绿地英语学校？那不就是我要应聘的学校吗？秋和心中感叹真巧，指了指那所学校的方向，用流利的英语回答道：“It’s over there. Walk straight and turn left on the first cross. You will see a green painted wall with sunflowers.”

“Ok. Thanks.”金发帅哥笑着答谢。

“My pleasure.”

这时金发帅哥注意到她的脚和手上的鞋问道：“What’s wrong with you? Don’t you suffer?”

秋和尴尬笑了笑说：“It’s all right. Just some blisters on the feet.”

“Oh, poor girl. Let me help you.”金发帅哥说着便过来扶住秋和。

秋和摆摆手，独自往前走，一边笑着解释：“Thank you. I can manage. People will laugh at me if I walk with your arms around.”

“Why?”

“Chinese people are quite traditional. Men and women should not get too close.”

“Surprise! Your English is quite good.”

“Um, I am an English major. Actually I happened to come back from that school.”

“Oh, really?”

工作找得不顺，有位老外突然出现，和她说英语，秋和感觉倒还不错，心想至少可以练练英语，为面试做准备，便放开和他说起来。

“Yes, I am looking for a job there. But it’s close now. Nobody’s there.”

“So will you come tomorrow?”老外饶有兴趣问道。

秋和点点头。

“OK. Good. See you tomorrow. Wear comfortable shoes.”金发帅哥笑着走了。

第二天秋和来到绿地英语学校，就听到有人用生硬的中文说：“你好!”

一回头才发现原来是昨天偶遇的金发帅哥。

“Hi?”她惊讶地看着他。

“Nice to see you again.”他笑着说。

“Nice to see you, too. But, why are you here?”

“I am a director of Greenland. I just came from Guangzhou headquarter.”

原来这位帅哥是绿地英语学校广州总部的小董事，正是为南城新校区招募新教师而来。

“So you are applying for a job here?”

“Yes. I can teach. I have experiences as a private teacher. Will you give me an interview.”

“Why waste the time? You have passed my interview. You are the best choice for us.”

金发帅哥对秋和很满意，而且让秋和第二天就来参加培训，一周后就可以上课。

临走时，他对秋和说：“Don’t wear that high-heel shoes anymore!”

秋和会心一笑，心里开心极了，就等着回去星和分享好消息。

她比平时多买了不少菜。

星和回来，看到小圆木桌摆得满满的，笑问："今天是什么特别的日子？"

"我找到工作啦！"

秋和双手搂住他的脖子，兴奋地说。

"那太好了！"

"是啊，从今往后，我就是个真正的大人了！我可以和你一起分担了。星和，答应我一件事，好吗？"秋和认真道。

"什么事啊？真香啊！"星和边啃鸡腿边问。

"以后有什么事情都要和我商量，让我和你一起分担，好吗？不管多困难，都要记得，还有我，好吗？"

星和笑了笑，像小男孩一样歪着头说："好，小太太，现在可以吃饭了吧？"

秋和点点头说："吃吧！"说着夹起一个鸡屁股塞进星和嘴里。

星和赶紧吐出来，大叫："小坏蛋！"

秋和已经逃之夭夭，看着星和的窘样幸灾乐祸地坏笑。二人在房间打闹着，仿佛回到童年的欢乐时光。

培训学校的工作很快就开始了，秋和也开始忙碌起来。不过她每天的课还不算多，周末最忙，周一到周五是晚上上课，白天的时间她还是能找到些许空闲。星期二这天，她便来到医院看青姨。她希望了解星和的妈妈，希望她能和她一起劝说星和打消复仇的念头。

她来到医院门口，脚步有些犹疑，有些担心青姨会像之前那样把她当成"狐狸精"，更怕她记得林小语抱她下楼的情景。但想到星和，她还是鼓足勇气走进去，因为世界上只有她能让星和放弃复仇了。

秋和在花园找到青姨时，她正安静地坐在花园长凳上，手里拿着一本上锁的日记，眼睛望着一丛盛开的黄刺玫，静静地欢喜，像在回忆着什么事情。

"阿姨。"秋和轻声叫道。

青姨抬起头，微微一笑，眼神很柔和。

"秋和，你来啦？"

"阿姨，您还记得我？"听到青姨叫出自己名字，秋和感到有点意外。

“你是星和的女朋友啊，星和告诉过我的。”

秋和看到青姨态度和蔼，心中的顾虑才慢慢消失了。

“阿姨，您在这里还好吗？”

“好啊，自从星和回医院上班，我就不担心了。现在星和每天都来看我，还说我很快就可以出院了呢。”

“对了，阿姨，这日记本好精致，您也有写日记的习惯吗？”

“这是星和爸爸送我的日记本。”

“那是不是记了好多好多故事啊？”

“嗯，星和爸爸要是看了我的日记，或许就相信我没有对不起他了。我其实早就原谅他了！”

青姨温柔笑笑，目光似乎随着记忆飘到遥远的过往。

秋和却为之一震。青姨似乎话中有话啊，莫非当年的事情另有隐情？

她正打算探索隐情，一位衣冠楚楚的中年男子捧着一大束百合花走到青姨面前，把花递给她。

秋和记得在哪见过他。

对了，林小语的婚礼上！他就是林楠，林小语的父亲！星和的仇敌！

秋和心扑通扑通地跳，神经紧绷起来，星和怨怒的眼神不停闪烁在她脑海里。

急促的脚步声。星和匆匆过来抢过青姨面前的花，一把扔到地上。

秋和听到星和声嘶力竭地喊道：“你来这里做什么？”

林楠被一把推倒在草地上。

青姨紧靠在秋和身上，用手挡住眼睛，脸上露出惊恐的神色，微弱地叫喊：“不要打架，不要打架！”

秋和搂住她，轻拍着她的背哄道：“没事没事，阿姨，不打不打。”一边扯了扯星和的衣角。

星和回头看了看母亲，收起挥起的拳头。

林楠担忧地看着青姨。秋和从他眼中看到悲戚的神情。那神情中的某些东西让她感到触动。她突然对林楠有些同情，隐隐觉得他不像是个十恶不赦的人。

林楠从地上爬起来，往青姨这边走来，星和一看立刻挡在青姨前面，怒道：

“还不快走！这里不欢迎你！走！”

“星和，乖，星和不生气，听话！妈妈听话，宝宝也听话！”

青姨目光慈蔼地看着星和，轻轻拍打他的背，就仿佛轻抚着一个婴儿。

“好！我听妈妈的话，不生气了！”

“好！乖宝贝，以后天天陪妈妈！妈妈就不会乱跑了！”

特殊的对话让秋和又感动又心酸。她渐渐理解星和的苦闷，但她还是无法让他去复仇，她不能看着他把自己毁了。

第二十六章　误入泥潭

“星和，你妈妈的日记你看过吗？里面好像记着许多故事。”秋和旁敲侧击地问，希望能探出当年的隐情。

“没有，妈妈的隐私怎么能看呢？”

“或许日记里有关于你爸妈的故事，你不好奇吗？”秋和像个侦探般认真地盘问。

“哎，你怎么从医院回来就对我妈的日记念念不忘啊？再问我都烦你了。好了，我陪你去看你爸妈好吗？我得向岳父大人汇报汇报我们的同居生活啊。”星和一脸坏笑地逗弄。

“谁和你同居啊！”秋和伸手去推他，星和却顺势把她搂在怀里。

“不愿意和我同居吗？不愿意做我老婆吗？”他搂着她，在她耳边笑问。

秋和一脸幸福的娇羞。

“爸妈，我们回来啦！”

“哎，回来啦。你丽姐也来了。”华武拍拍手上的土，从菜地里笑呵呵走出来。

“丽姐？她怎么来了？”听到秦丽的名字，秋和就会想到林小语，心情总难免波动。

“你丽姐把工作辞了，现在在家养胎，嫌闷得慌，正想要你去林家陪陪她。”

华母说着捧着两棵卷筒青也走了出来。

星和秋和不约而同目光相交，两个人都担心同一个问题：去林家？和林小语住在同一个地方？这怎么可以？

“秋和！你回来啦！等你半天啦！”秦丽喜笑颜开地迎了出来。

“姐，你怎么有空来玩啊？不好好在家养胎？”

“姐在家都闷死了。小语哥出差了。婆婆什么都不让我做，也不让随便跑。今天好不容易让我出来玩一趟。伯父伯母可是答应让我把你带回家了啊！”

“可是，我得上班啊。我在一家英语培训学校找到工作了。”秋和解释道。

“那不耽误啊。你上班就上班，有空了再来陪我嘛。”

秋和一时不知道该怎么回答，询问地看着星和。

秦丽这才注意到秋和身后有位俊俏男子。

“哎，秋和，好呀你，这位大帅哥，怎么不介绍介绍。”

星和冲秦丽笑了笑，说：“秦丽，你真是贵人多忘事啊。”

“哦，你，怎么这么面熟呢。你，你是星和？”

星和笑着点点头。

“你变化真大啊。小时候又瘦又小，总被人欺负，没想到现在这么高大威猛。”其实她婚礼当天就见过星和，只是那天她无暇注意到他。

“你倒是还是和小时候一样漂亮，嘴巴还是那么厉害！”星和也回敬她一句。

秦丽哈哈笑道：“秋和，如愿了吧？哎呀呀，灰姑娘和王子终于在一起啦！”

秋和有些羞涩地说：“哪有什么王子！”

星和倒是大大方方牵起她的手，宠溺地说：“没什么王子，白雪公主倒有一个！”

“哎哟喂，这恩爱劲儿，可真受不了！就这么说定啦，秋和，你一会就和我回家哦。伯父伯母，可以吗？”

“去吧去吧。姐妹俩是要相互照顾的。”华母笑着答应。

星和脸上显出忧郁的表情。他知道，秋和是很难拒绝秦丽的邀请的。她们从小一起长大，现在她又知道了秦丽是自己同父异母的姐姐，这份姐妹情只怕让她难以拒绝秦丽。

正如星和所担心的那样，秋和心中百般不愿，却还是跟着秦丽去了林家。

“爸妈，这是我妹妹，我让她过来玩几天。”秦丽挽着秋和的手满脸笑容地介绍。

林母热情地招呼道：“来，来，亲家妹妹，像自己家一样啊！”

林楠看到秋和很是惊讶，脸上显出尴尬的表情。

他记起这是和星和在一起的女孩。

“秋和，快叫叔叔阿姨啊！”秦丽催促。

秋和怔怔看着林楠，心想他可是星和的仇人，怎么也不愿打招呼。

秦丽急忙解释：“爸妈，她有些怕生。”

吃饭时林楠有些不自在，目光一接触到秋和就躲躲闪闪，不尴不尬的。

秋和却是一直观察他。她感觉他是位慈眉善目的父亲。可他为什么做了那么可怕的事情呢？他对青姨的感情现在还在？是多情惹的灾祸么？这林小语的多情看来是父亲遗传的啊。

林小语这名字从脑海里一冒出来，与他的往事便在脑海一闪而过，难受的感觉似乎在胃里久久残留。秋和突然没了胃口，便对大家说想四处参观一下，独自走到外面花园。

她在花园里散着步，感觉乱极了。她原本是要帮星和化解仇恨，可当她想起林小语对自己做过的事情，她又理解星和的恨了，又感受到恨的重量，突然找不到能说服自己的理由去让星和放下仇恨了。

玉兰树下，她纠结地徘徊。

不一会，她看到林楠朝她这边走来。她不知该如何应对星和的“仇人”，刚想掉头躲开，却听到他叫道：“亲家小妹。”

“林董，您好！”

“一家人，这么叫太见外了，叫我叔叔吧。”

秋和低下头，叫不出口。

林楠笑了笑，说：“哦，没关系，就是个称呼而已。小和姑娘，我可以和你谈谈吗？”

秋和想了想，或许这样能帮上星和，便点头答应。

林楠带着她走过一排凤尾竹，来到一座凉亭。

“你是星和的女朋友?”

“是的。”

“那天，在医院，我记得，你也在?”。

“是的。”

林楠尴尬地笑了笑，叹口气说：“唉，说到底，是我害了小青。现在想弥补，也补不回来了”。

他承认了！他真的害了星和一家！

“你不止害了青姨！你把他们一家都毁了！星和爸爸因为你死了，星和一直生活在仇恨中，你把他该有的快乐都夺走了!”秋和激动地怒斥。

“是，星和真是个可怜的孩子。我亏欠他的。可是，我没破坏他们家庭，是他父亲毁了他们的幸福。”

这回答让秋和万分惊讶。

“你间接害死了他，你居然还毫无愧疚，还把责任推到他身上？你知不知道他爸离开后，星和一直就没快乐过？你是他不幸的罪魁祸首！可你居然还推卸责任!”

林楠眉头紧锁，说：“唉！小和姑娘，有些事情没有你想的那么简单。可是人死为大，我不想再提那些不光彩的事情。”

“什么？不光彩的事情?”

“星和父亲对当年的事情其实也负有责任。”

“什么？请您说清楚，这对星和很重要!”秋和眼睛紧盯着林楠。

“我想，就是我说了，星和也无法接受。”

“拜托了，您快说清楚!”

“当年，为了保全星和爸爸的名声，也为了保护星和心目中父亲的形象不受损，也为了维护他幼小的心灵，我对此一直沉默。可我现在才知道，这居然在他心中种下仇恨的种子。”

“当年到底发生什么了?”

“当年，木云，也就是星和的父亲，和我是好朋友。我们两家也交好。木云因为经商的关系，应酬很多。后来，他在外面有了别的女人。小青很伤心，为了报复木云的背叛，她让我帮她演一出戏，说也让他尝尝受到背叛的滋味，而好朋友的背叛远比陌生人的破坏更有杀伤力。可是，也怪我，我很久以前就对小青有好感，只是因为木云，我才放弃了。她让我帮她演戏，我是情不自禁，假戏真做。我也不知道，后来事情会变得如此糟糕。那天木云突然就出事了，小青因为受到刺激过大，竟精神失常，住进精神病院。”

旧事重提，林楠感慨万千，禁不住流下泪来。

秋和听了很震惊，沉默许久才问：“那青姨从来没告诉星和实情吗?”

“小青当然不会说。她心里是深爱木云的，她当然不会再说对他名声不利的事情。他的死对她刺激很大，她觉得是自己害了他。正是因为这样，她才病倒的。”

秋和沉默了，更为星和担心起来。星和如果执迷仇恨，那是误伤无辜了。可是，要他如何去接受这残酷的事实呢？那么多年，他崇拜怀念的父亲，居然有这样的故事，这对他来说太残忍了。

“秋和!”

正在她沉思之际，花园里传来了秦丽的喊声。

二人闻声立刻起身往回走。

林楠边走边小声对秋和说：“这些事情我不希望我家人知道。”

秋和点了点头说：“您放心，我也不想事情变得复杂。”

“爸，秋和，你们什么时候一起散起步了?”秦丽迎上来看到二人并肩走有点惊讶。

“哦，我出来遇到小和，就和她随便聊聊。”

“好啊，秋和是需要有人多和她说话的，这样对她的病情好!”秦丽笑道。

“姐，我没病!”秋和嘟囔着嘴扯了扯她衣服。

“好了，我上楼了，你们姐俩聊!”林楠说着进去了。秦丽便拉起秋和到卧室陪她说家长里短。

聊到 10 点多，秦丽才送秋和到二楼给她准备的房间。

秋和一个人在床上辗转难眠，一想到身在林小语家内心就很不安。如果和林小语的一切能装进盒子里，再没有人知道那些荒唐的过往，那该多好。可是，林小语迟早会回来的。如果见面，该怎么面对？不，不能待在这里。

她突然感到恐慌。

天亮就走。不管姐姐说什么，都不能留在这里了。

门铃突然响了。

姐姐？这么晚了她还要继续聊天？

秋和打开门，廊灯下却惊现林小语的脸。

“你？”

她刚吱声，林小语就用手捂住她的嘴，还竖起食指贴在嘴边示意她别出声，一边走了进去轻轻关上门。

“你不是出差了吗？怎么会在这里？”她压低声音，防备地盯着他。

“我今天接到丽的电话，听说你来了，我就回来了。”林小语喘着气，秋和看到他两眼迸发的热切，手心直冒冷汗。

“我好想你，宝贝。”说着突然一把抱住秋和。

“放手。”她的声音因为恐惧而颤抖，但语气却很坚决，丝毫没有退让。

可林小语并没理会她的抗拒，拥着她继续道：“宝贝，别这样。你知道我有多想你吗？我心里始终为你留一个位置。宝贝，我爱你，让我继续爱你，好吗？”

“再不放手，我要喊了。”秋和冷冷道。

“你不会。”林小语笑眼迷蒙看着秋和，自信她不会声张。

可下一秒他就听到了秋和尖利的叫喊：“姐，看谁回来啦？”

楼上楼下马上传来开门的砰砰声和下楼梯的咚咚声。

林小语脸瞬间涨红了，立刻松开秋和，惊慌地夺门而去，三步并作两步往三楼跑。

秋和这才松了口气，定了定神快速把自己的衣物都收拾好。

“小语哥，你怎么突然回来啦？事先也不告诉我。”林小语刚走到楼梯转角，就见秦丽下来迎接了，一见到他就亲热地搂住他的脖子。

“我……”林小语似乎还没从秋和的尖叫中回过神，支支吾吾的。

“我知道了，你是要给我惊喜，是吗？”秦丽甜蜜地问。

“嗯。”林小语点点头，挤出勉强的笑容。

“这秋和，大呼小叫，把你的小阴谋打破了吧？”

林小语内心忐忑不安，不知道如何回答，只好回抱她，在她脸颊亲了亲。

在二楼卧室休息的林楠夫妇此时也走了出来。

“小语，是你回来了吗？”林母在走廊上问道。

“哦，爸妈，是我。”

林小语安抚完秦丽又慌里慌张下到二楼来见父母。

经过秋和房间时他心跳加剧，仿佛小偷拿着赃物经过失主门前那样忐忑不安。

听说儿子深夜回来，林楠夫妇以为公司出了什么问题，已经坐在二楼中央小客厅等他了。

“爸妈，你们还没睡啊？我刚才以为你们睡了，回来也没敢告诉你们。”林小语声音很轻。

“怎么突然回来了？事情忙完了？”林楠一脸严肃问道。

“都安排好了。”

这时秋和打开门，手里提着包，好像没看到林小语他们一样，径直往楼梯口走去。

林楠夫妇看得莫名其妙。

“亲家小妹，这么晚了你要去哪里啊？”林母首先开口问道。

秦丽闻声已走下楼来。

“秋和，你提着包要去哪里？”

秋和一看到秦丽下来，便抱住了她，抑制不住哭出声来。

“怎么啦，好妹妹，不哭。”

秦丽哄着秋和到小客厅沙发坐下。

林楠夫妇也关切地看着秋和。

林小语站在沙发边上，低着头，不敢直视秋和。

“快别哭了，告诉姐姐受了什么委屈。”秦丽继续哄道。

“姐，对不起！”秋和哭着说，像受了极大委屈的孩子。

林小语脸一阵红一阵白，像听候审判般紧张地听着。

“说什么傻话呀？”

“姐，你可以原谅我吗？有些事情我也不希望发生。”

“到底怎么了？”这话让秦丽不由紧张起来。

林小语感到自己手心在冒汗，可是一句话也说不出来，任由焦灼的感觉充斥身体里的每个细胞。

秋和擦了擦眼泪说：“姐，我不能陪你了。我想回家。”

林小语紧绷的神经瞬间放松了，像压紧的棉花突然放开一般，他感到脑袋轻飘飘，晕乎乎的。

“在这里住着不好吗？”

林楠也说道：“是啊，家里多个人热闹。”

“亲家小妹，是不是招待不周让你受委屈了？”

秋和用力摇摇头，咽着泪说：“没有。阿姨，您对我很好。我只是想回家。姐，我想回家。”

秋和像个孩子一般重复说着“我想回家”几个字。

林小语的紧张慢慢消失了，他感觉到，秋和不会把之前的事情说出来。

秦丽看着她哭闹，向林楠夫妇致歉：“爸妈，秋和之前生病了，严重自闭，她才好了些，状态还不大稳定。你们别见怪啊。我本来以为换个环境或许她会开心些，谁知道……”

林楠夫妇听了同情地看了看秋和。

“可能是陌生环境让她不习惯。可是天这么晚了，总得过了今晚才好送她回家。”林楠说道。

林小语感到自己眼睛湿润了。只有他知道病因。都是他，是他在秋和才好转的时候又刺激她。

“爸妈，小丽，我送她回家吧。”林小语突然说道。

“不，不要！”秋和一听他说话就抱住秦丽，激动地拼命摇头。

“是不是怕陌生人啊。唉，可怜的孩子。”林母叹道。

林小语感到陌生人几个字像三粒冰雹落在他灰暗的心上，沉闷而冰冷。

“那我让爸爸来接你，好不好？”秦丽像哄小孩一般哄着她。

秋和这才点点头，脸上重现温顺的表情。

“爸妈，你们先休息吧，我带秋和下去等爸爸。”

林楠夫妇点点头。

林小语上前要帮秋和拿包，秋和像躲瘟疫般避开他，紧紧抓住秦丽的胳膊。

“小语，你回去吧。秋和怕陌生人。”

林小语感到心里在流泪。秋和看他时那惊恐的眼神，让他感到受伤。

他想起给她洗脚时，她忍不住叫他“哥哥”的样子，那么天真，那么可爱，对他充满信任。如今，她的眼神变得恐惧而陌生。

他忍不住还是跟着下楼了，只是小心翼翼，不敢离得太近。

直到秦丽把秋和送上秦士的车，他也只是在房檐下远远地看着，不敢再靠近一步。

林小语眼睛鼻子红通通的。

“小语哥，你哭了？”

“没有。只是，看到秋和，觉得很难过。”林小语看着离去的车幽幽说道。

“小语哥真是个善良的人。”秦丽语气中充满欣赏。

林小语苦笑了一下，五味杂陈，也只能咽下肚里去。

“秋和，现在回村里太晚了，回爸爸家，好吗？”秦士微笑着，有些小心翼翼地问道。

“不，我不能和您回家。我要回星和那里。麻烦您送我到星和家好吗，伯父？”

听到伯父二字，秦士脸上的笑容抹上一丝伤感，歉疚地说：“是爸爸不好，爸爸亏欠你太多了。”

“伯父，我是担心伯母她，她见到我会不开心。”

这点秦士倒是也曾预料过，秋和要是进他家门，那他老婆断不会给她什么好脸色。

“伯父，您就送我去星和家吧。我们之间没什么，您不相信我吗？”

“相信，当然。爸爸相信你会把握好的。爸爸这就送你过去。”

秋和下车时，秦士递给她一个新手机。

“秋和，这是爸爸很久以前给你买的。”

秋和看着手机，没有伸手。虽然已经知道自己的身世，但她从心理上还未能接受这个“爸爸”。

“拿着，工作用得着。就当爸爸给你的毕业礼物，好吗?”

秋和看着他期待的眼神，犹豫片刻接过了手机。

“有事就给爸爸电话，里面已经装有卡，存好话费了，爸爸的号码也在里面。”

这份细心秋和难以不为之动容。

“伯父，您怎么会想到连卡和话费都帮我准备好呢?”秋和好奇地问。

“因为爸爸希望，想你的时候，能找到你。”

秋和看着他说话时慈爱的眼神，心里暖暖的。这周到细心的背后不是爱又是什么呢?

“伯父，我可以问您一个问题吗?”秋和突然问。“当然可以!”秦士期待地看着她。好奇也是关心的开始吧。“您……，您爱过我妈妈吗?”秋和盯着他的双眼，有些紧张地问。“爱，爱你妈妈，也爱你。”秦士诚恳地回答。秋和松了口气，为离去的生母感到些许欣慰。

“上楼去吧，爸爸看着你上去。”

“不，我目送您。”秋和笑着说，语气里散发着欢快活泼的气息。

秦士脸上露出欣慰的笑容，心满意足上了车。

目送秦士离开，秋和突然想起什么。这个情节，她好像经历过。买好手机，存好话费，存好号码，这些，林小语也曾为她做过。只是她以前从未深思他那样做的原因。

“想你的时候，能找到你。”秦士的话在他耳边回响，这是亲情的表达。同样的话林小语也说过，那是爱情的表达吗?他曾经也深爱过我吗?可他怎么却同时让丽姐怀了孕?

今晚，他那样的行为，值得原谅吗?

唉，不想了，不想了。

秋和逃跑一般跑到楼上，希望把那些烦乱的思绪甩掉。

门一开，她就紧紧抱住来迎接她的星和。

“秋和，回来了？他们没欺负你吧？”

星和温柔的声音让秋和委屈的泪倾泻而下。

“怎么了？发生什么事情了？”

秋和不想增添他对林家的仇恨，摇摇头，对发生过的事情只字不提，只是把他抱得更紧了。

“星和，抱抱我好吗？”

星和搂着她，怜爱地轻抚。

“别怕，别怕，我在。”

秋和在他怀里渐渐平静下来，想起了更重要的事情来。

“星和，你有没有想过，或许林楠不是不可饶恕的。或许过去的事情，不是他一个人的错？”

话音未落，星和就一把推开她，怒问：“你什么意思？他破坏我爸妈关系，毁了我们一家的幸福，这不是他的错，还能是谁的错？”

“星和，你听我说，不要让仇恨蒙蔽双眼。事情或许不是你想的那样。”

“你怎么了？怎么从林家回来就给林楠当起说客了？他给了你什么好处？”星和质问。

“我怎么是说客了？我是担心你，我不想你生活在仇恨里！你所恨的人，或许为了维护你，隐瞒了一些事情。”

“你什么意思？”

秋和看到星和冷冷的样子，心里慌极了。他的眼神让她感到自己似乎瞬间就和他站在对立面了。可是，为了让他走出仇恨，她咬了咬牙，继续说道：“其实，当年是你爸爸有了外遇，你妈妈为了报复，才和林楠演了一出戏刺激你爸，没想到会酿成悲剧。”

“住嘴！”星和怒不可遏，“你胡说什么！你怎么可以诋毁我爸爸？”

“我没胡说！是林楠亲口告诉我的。不信你可以去问青姨。”

“林楠的话你也信！我真是看错你了！你走吧。我不要再见到你！”

秋和忍住泪，说道：“好！我走！但是我提醒你，青姨已经为报复酿成悲剧了，别再让仇恨毁掉你自己！”

“滚！”

她知道她才在他心上狠狠地刺了一刀，他不会听她解释。

她倔强地咬牙离开，未曾注意他眼角的泪滴晶莹哀伤。

她走在昏暗的街巷，泪水在眼中打转。情与爱，竟是这般滋味。

手机响了，显示的是：秦爸爸。

“秋和，睡了吗？”

听到那慈爱的声音，她拼命止住哭泣。

“孩子，怎么啦？星和欺负你了？”

“伯父，我没事。”秋和艰难地挤出带着哭腔的轻笑。

“别哭，在那等着，爸爸这就过来接你。”

街灯下，她泪眼蒙眬，星和的话一遍遍在耳边重复，心一遍遍刺痛。

秦士的车不久就到了，秋和急忙抹去泪水。

“秋和，怎么啦？星和欺负你了？走，爸爸带你找他算账。”

“不了，伯父，我好累，只想睡觉。明天还要上班呢。”

“好，爸爸先给你找个地方住下。”

秦士带她来到一家宾馆。

“你好！请问还有房间吗？”

前台小姐懒洋洋地抬起惺忪睡眼，以一种极具职业特点的眼神将秦士和秋和快速打量了一番，问道：“单间还是标间？”

“单间。”秦士说道。

“带身份证了吗？是要大床吧？”前台从电脑后抬起头又瞥了一眼秦士身后站着的秋和。

那个问题和那奇怪目光让秋和感觉到了什么，心里很气恼。

这女人一定在想什么龌龊的事情。

“小床就可以了。”秦士边答边从口袋掏身份证，没注意到前台的表情。

“小床吗？”前台微笑着“敬业地”又确认一番。

秋和上前挽住秦士的胳膊，说：“爸爸，您先回家吧。我明天还得早起去桂林呢。”

前台听到这称呼脸上有些尴尬。

不过也难怪她误会。之前秋和与秦士看起来是挺疏离的。

秦士这时却已经感动得快要流下泪来。这可是秋和第一次称呼他爸爸。

他抱住秋和说：“好女儿!”

秋和看了看前台，发现她又看戏一般微笑着观察着他们。

“爸爸，等我回来给您带您最爱喝的罗汉果茶哦。快回去吧，不然伯母得担心了。”

秦士以为秋和真的要去出差，又对她嘱咐了一番，这才离开宾馆。

“爸，开车小心点!”

前台脸上讶异的表情。

秋和想她一定觉得这对父女很奇怪。不过至少把她心里的龌龊想法消灭了!秋和感觉终于出了那心中的恶气。

第二十七章　一步之遥

清晨的阳光早早把医院里的人们吸引到花园里来。

星和没精打采地陪青姨吃早餐。他没任何胃口，几乎没吃什么。就连萧青也感到儿子魂不守舍。

“星和，现在秋和怎么都不和你一起来啊?”

“妈，别提她了。”星和眼里布满血丝，一脸伤感疲倦。

“这几天啊，她都是一个人来看我。以前你们不是一起来的吗?”

“妈，你说她这几天有来这里?”

“是啊，你不知道吗?”

星和摇了摇头，说：“不知道。”

心中的坚冰已在融化，满满满满都是爱的温柔。他只想快些回家，只想他的秋和快些回到怀里。

进到家门那一刻，看到秋和那双熊猫拖鞋，他雀跃地来到她房间。

而她真的在那。梦一般美好，水一般温柔。

“秋和!”他轻轻呼唤。

秋和放下手里的衣服回过头，有些慌乱地解释：“我，我是回来收拾东西的。马上就好!”说着又低头收拾衣服。

星和走过来从背后抱住她，温柔地请求：“别走。”

他感到有泪水滴在自己双手上。

星和，知道吗？离开后的每分每秒我都在等这一刻。

他把她轻轻转过来，双手托起她的脸，低下头吻下去。

两颗心的冰阂在热吻中融化，彼此相亲相许。

“秋和，这些天你都去哪里了？”

“我就在学校的临时宿舍住。晚上下课后，学校就剩我一个人，安静得可怕。”

“都怪我不好！”星和把她搂得更紧些，不愿她再离开。

“星和，我们以后再不要吵架了，好吗？”

“那你答应我，不再干涉我和林家的事情，好吗？”

“可是，如果你要报仇，也会伤害到自己的。那我怎么办？阿姨怎么办？”

“无论如何，我都要为死去的爸爸讨回公道，我不能让林楠那么逍遥自在。总要让他付出点代价。”

“那天我说的话，你不相信吗？”

“秋和，我相信你，但我不相信林楠。除非妈妈亲口告诉我。”

“可是，阿姨她……”

“秋和，别瞎想了。林楠那种人花言巧语，他的话我是不会信的。好了，不说这个了，好吗？”

星和笑道，那甜甜的微笑让秋和不愿再花时间说这些不开心的事情。

急促的手机铃声不合时宜地介入这浪漫的画面。

秋和接起电话，听到电话那端秦丽在哭泣。

才挂下电话，她就神色惊慌地说要去林家。

“怎么了？”

“林小语和丽姐闹离婚。她让我去陪她。”

星和一把拉住她说：“别去。去了会引火上身的。”

“可姐姐现在需要我。她在电话里哭得说话都困难。我得赶紧过去。”

“那你晚上别在那住，得回来。”

秋和看到他那大男孩般略带羞涩的请求，在他脸上亲了亲，说："等我回来一起看星星！"

秋和来到的时候，秦丽躺在床上，虚弱疲惫，眼睛红得恐怖，即使陌生人看着也感到心疼。

秋和坐到秦丽床边，抓着她的手，却不知道该说什么。她不确定林小语为什么突然要闹离婚，可是隐隐担心会和自己有关系，心中莫名愧疚，找不到合适的话来安慰她。

林母怕她肚子里的孩子受影响，一直陪伴，寸步不离。

"小丽，别难过了。没事的，有妈在，小语不敢乱来。别忘了，你肚子里怀着我们林家的孩子呢。"

"妈，他连孩子都不想要了。"秦丽说着又泣不成声。

"什么？他怎么能说出这混账话？"林母难以置信林小语竟如此"大逆不道"！

"他说，就是因为这个孩子，他辜负了自己最爱的人。他说，如果没了这个孩子，他就自由了，他就可以追求他的爱情。"秦丽幽怨地说，泪水不停地从那红肿的眼睛流下。

"孩子，别哭别哭，保重身体啊。你不为自己想，也要为肚子里的孩子着想啊。小语啊，一定是一时糊涂，胡说八道。今天他喝多了，你也看到了，醉醺醺的，他说的话怎么能当真呢？"林母苦口婆心地劝说。

"妈，只怕是酒后吐真言。妈，我是全心全意对小语哥，可是，不知道他的心，是不是还在别人身上。"秦丽红肿的眼里丝丝幽怨。

秋和脸瞬间苍白，心里紧张极了，难道秦丽猜到了些什么？

"怎么可能呢，别瞎想了。"林母一口否定秦丽的瞎想，心里却忍不住疑惑，想起林小语曾经提过要娶一个女孩。

秋和看着秦丽的样子又心疼又歉疚。

"小丽，别哭了。快吃点燕窝。快，身体要紧。"林母把粥端到秦丽面前，秦丽看了一眼粥开始干呕。

"姐，你还好吧？"秋和看到这情形不知所措。

林母把粥放一边，焦急地说："哎呀，怎么又呕了，什么都不吃还老吐这怎么行啊。"

"妈，我不想吃粥。"

"那你有没有什么想吃的啊？"

"什么都不想吃。"

"唉，那要怎么办啊？"

"姐，我去给你买酸枣糕吧，我记得你最喜欢吃了。"秋和没等秦丽应声就便出了门。

离开秦丽的视线秋和心中的紧张才缓和些，低着头忧心忡忡下了楼。她走到大门小喷泉边时，突然一个人影迎面扑来，一把将她紧紧抱住。秋和来不及反应，那个人的嘴巴已经凑了过来。一股酒味。她本能地推开那个人，仔细一看，是林小语。

她压低声音斥道："你疯了吗？"

"宝贝。"林小语不理会她的斥责，又过来将她抱住。

这次秋和怎么挣扎也无法挣脱，可因为害怕惊动秦丽，她不敢大声反抗，只好低声说："你先放开我，让人看见了不好。"

"那你答应我，不许再躲着我了，宝贝，我好想你。"林小语说着又把嘴巴凑上来。

秋和往旁边一闪躲开了，低声说："明天晚上，新桥咖啡屋见，我有话和你说。你先放开我，要是姐姐看见了，你想你还能和我见面吗？"

林小语这才放开她，还笑着说："说的是，秋和还是你想得周到。"

秋和挣脱林小语怀抱的一瞬隐约看见喷泉后的紫藤亭子窜出一个人影，飞一般冲出大门，倏地消失不见了。秋和很怕被人看到林小语拥抱自己的样子，这人影让她深感不安。而且，她感觉那身影似乎很熟悉，可是消失得太快，难以确认会是谁，这疑惑让她心中更是惶乱。

那人正是星和。他原是担心秋和来林家会受欺负，可听到秋和和林小语秘约，心下不悦，冲出了清风别院。

深陷爱河中的人多易冲动，星和也不例外。听到和自己相亲相许的女子在别的男人怀里，还与他秘约，瞬间便只感到受到背叛的恼怒，并不曾想到秋和对秦丽的顾忌。

夜晚十一点多，秋和才回到星和家。

“怎么样？问题解决了吗？”星和故作轻松地问。

“林小语要和姐姐离婚。”

“他才结婚就又闹离婚？”

“嗯。”秋和闷闷地坐到沙发上。她心情很糟糕，心中的烦恼和愧疚却不知道该怎么向星和倾诉。

两人在沙发上沉默片刻。

“看来他心里还是很爱你的。”星和先打破沉默，却让气氛更凝重了。

“你说什么呢？”秋和有些生气地说。

“他有没有为难你？”

“没有。”她不希望增加星和心中对林家的憎恨，所以对林小语对她的举动只字未提。可这样反而增加了星和心中的疑虑。

“答应我一件事，别再单独见林小语，好吗？”星和带着些许命令的语气请求。

秋和点点头说：“好。我好累，洗澡睡吧。”

两人各怀心事回到各自床上睡觉。各种顾虑各种担忧却让两个人无法敞开心扉。这一步之遥的距离，把夜拉得无比漫长。

第二十八章　毁灭之路

新桥咖啡屋一间包厢里。

“你要我不和秦丽离婚，可以，那你答应我，不许疏离我。”林小语靠在椅背上，像谈判中胜券在握的一方充满自信地开出条件。

“不疏离你，是什么意思?”秋和紧张地盯着他，双手不自觉捏紧拳头。

“就是，你搬进我们家，这样我可以天天见到你。”

“这怎么可能！不可能的。”秋和一口回绝。

“那好，那我只好和秦丽离婚了。反正，我们的婚姻只是一场错误。”林小语一副破罐子破摔的样子。

“如果你因为我和姐姐离婚了，我这辈子都不会再见你。”

“那你答应我，搬进我们家来住。而且，再也不要和星和见面。”

“你太过分了。”

“至少现在先不要和他见面。给我多一些时间，让我的痛苦减轻些，好吗?不然，我只好和秦丽离婚，再重新追求你。”

“林小语，你疯了?”

“我是疯了。爱你爱得疯了!”林小语突然从凳子上坐起来，过来半跪着抱住秋和双腿。

“宝贝，原谅我，我爱你。”

“我也曾等过你。你知不知道那个时候，我也曾试过等你。可是我等到的是你结婚的消息。”

林小语把秋和一番话当成是她爱过的见证，激动地站起来抱住她，强吻下去。

站在门边一直等待的星和，不动声色走开了。

“别这样！我们之间都过去了！”秋和冷冷道。

“你曾经爱过我吗？秋和？”

“不知道。我只知道我最初爱的，是星和。我现在，也全心全意只爱星和。或许我们的相识，只是一场错误。你和丽姐有缘，你就好好珍惜吧。林小语，别毁了自己的幸福。要是你因为我让丽姐不幸，这诅咒也会跟随我一生的。”

“宝贝，我知道，我对不起你，也对不起她。可是现在，我真的太痛苦了。有时候，我真想从楼上跳下去。”林小语两眼涨红，像电影里的爱情狂魔般吓人。

“你？你威胁我吗？”

“宝贝，求你，求你不要那么绝情从我的世界完全消失。我答应你，只要让我每天见到你，我就会恢复正常。我也会试着去接受秦丽，好吗？”

秋和感到双眼泪水胀满，却说不出拒绝的话来，感觉心被人硬生生地锁了起来。

“就这么决定咯！快回去收拾收拾，我马上接你回家！”林小语霸道地命令。

打开星和家的门秋和就闻到浓烈的酒精味，那刺鼻的味道仿佛催化剂般加剧了她内心的不安。

要怎么告诉他要去林家的事呢？他要是知道林小语就在楼下等我，会怎么样？

星和仰卧在沙发上，地上摆着好几个酒瓶，半瓶酒在他手里摇摇欲坠。

电视机正在播放DVD，是莎士比亚的《哈姆雷特》。

“真是个优柔寡断的家伙！”星和盯着电视里再三犹豫的哈姆雷特，自言自语道。

“星和，你怎么喝那么多酒？”秋和说着伸手要夺过他手里的酒瓶。

星和闪过一边，斜着头瞥了一眼秋和，自嘲般笑道：“你在外面和别人喝酒，就不允许我在家喝点吗?”说着仰头又给自己灌酒。

“你在说什么?”

“我说你没资格管我！你和高富帅幽会啊，还理我这穷小子做什么?”

秋和有些不知所措，望着星和受伤的表情，心仿佛沉至谷底。他知道我去见林小语了?

“星和，你听我说，我是为了丽姐才找林小语的。我和他之间什么都没有，我们是清白的。”

星和冷冷哼了一声：“是吗? 清白? 你们之间早就不是清白的了!”

秋和脸一阵红一阵白，惊愕地看着星和，难以相信他会这样揭开过去的伤疤，泪水不觉溢出眼眶。

“别装无辜了，我再不信你这一套!”

“星和，你一定要这样吗? 你明知道我心里只有你。或许我和林小语之间有过些纠葛，但那都不是因为爱，而是因为我的无知。我心里始终只爱你。”

“别说了!”星和大声打断她的话，声音大得似乎连头顶的吊灯都在发颤。

“别说那个字！你原来不是苦苦等待林小语吗? 好了，他要离婚了！你终于梦想成真了。我成全你，你自由了！以后你都不必再背着我偷偷和他见面！光明正大去投怀送抱吧!”

秋和挥起手，手落到星和脸边时却停住了，她咬着嘴唇，失望地看了看他，转身夺门而去。

星和看到她终于离去，长长叹了口气，像是解脱，却又饱含伤感。

他走到阳台，看到林小语从车上走下来，冲秋和挥手。

她没有上车，双手抱着小包往另一个方向走去，双肩还在剧烈抖动。星和仿佛听到哭泣的声音，是他与秋和爱与痛的和弦。

对不起，秋和，如果不残忍些，你是不会离开我的。

他关掉电视，翻看日历。第二天就是六一了。

“爸妈，我回来了!”

林小语牵着秋和进屋来，轻快的语调配上那神采奕奕的表情，整个人仿佛获得新生一般。秋和却只是低着头沉浸在星和赐予的伤感中，林小语的声音越轻快她的情绪就越低沉。

“混账，还有脸回来！你不是要抛妻弃子，一走了之吗?”林楠气急败坏指着林小语痛骂。

“谁说我要抛妻弃子的？我林小语是那种人吗?”林小语笑嘻嘻地说，每句话每个表情都透着兴奋。

“儿子都回来了，你就别再生气了。”林母一旁劝道。

秦丽闻声也下楼来。

林小语雀跃到她跟前，抱着她又亲又吻的，像个乐坏了的孩子。秦丽却激动地流下泪来。

这一幕让林楠夫妇看得有些莫名其妙，不明白自己的儿子为何这样瞬息万变，好像和他们认识的林小语完全不是同一个人。

“快看，我把谁给带来了?”林小语把秦丽拉过来，这时大家才注意到在门口低头沉吟的秋和。

“秋和?”秦丽朝秋和看去，像第一次见面般将她上下打量了一番，慢慢地脸上的笑容渐渐僵住了。

“姐，怎么了？你怎么这么看着我?”秋和不自在地说。

“哦，没什么。秋和，谢谢你帮我把小语带回家。”秦丽避开秋和的眼睛，笑了笑，转身用手抹去不经意又涌出的泪水。

林小语上前轻轻给她擦了擦眼角的泪，边柔声道歉边轻轻哄着。

秦丽感到林小语的眼神里有种前所未有的深情，深情到让她感到陌生。她感到这一切似乎与她无关。他的喜悦，他的伤悲，似乎都不是因为她。他好像，只是把心里对某个人压抑许久，不得不表达的情愫借她表现了出来。

这个晚上这个小城又多了四个辗转难眠的人。星和，秋和，林小语，秦丽。每个人都各怀心事。

秋和半梦半醒之间看到星和在向她告别，慢慢地他的身影越来越远，直至消失在繁密的星空来，再找不到踪影。

“星和!”

秋和呼喊着他的名字惊醒。

“喵喵……”

她听到楼下传来猫叫的声音。

啾啾……呵呵……

喵喵……

啾呵……

秋和越听越感觉像是有人在叫她。

她打开灯走到窗边。

天已经蒙蒙亮了。

一个身影从花丛中冒出来，冲她招手。

秋和看出那是个长发女孩，身形有些眼熟，似曾见过。

“秋和，快下来！”那人说着从窗口扔了团纸进来。

秋和捡起打开一看，上面写着：用林楠的血祭奠爸爸，洗清妈妈受辱的名节！

秋和惊恐地卷起那团纸，立刻跑下楼来。

“你是？”

那人转过身来时，秋和更觉得眼熟。是那个水蛇腰身的女人。

“哦，我想起来了，我在乐园见过你。你，你就是星和的那个病人吧？”

黑衣女子甩甩长发，冷傲的表情实在不像精神病人所有。

“说话小心点，我可不是病人。我是为了接近星和才装作有病的。”

“这是星和写的？”秋和无暇理会她对星和的情感，焦急问那纸条的来源。

“他的字你都认不出吗？亏你们还同居那么久。”

“这么说，他还是没放下仇恨。”

“他说要在父亲忌辰那天报仇。”

秋和记得小时候每到六一，其他孩子玩游园，星和却总带着她去他爸爸坟前祭拜。

“今天几号？”

“31 了。”

“糟了，那不就是明天？怪不得他要赶我走。我怎么那么粗心？”秋和懊悔不已，心急如焚。

“你真是蠢，他根本没放弃你。他是怕连累你才放开你。”女孩看秋和的眼神又是羡慕又是嫉妒。

“那我马上回去阻止他。”

“没有用的。他不会听的。”

“那怎么办?”

“除非让青姨出面。”

“可是……”

“好了，你赶紧想办法吧。我得走了。他心里只有你，以后我都不会再管关于他的事情了。”

那长发女子说完便离开了。

秋和再无睡意。回到客厅焦急地等林楠下楼。她得阻止他出门。

“林董，您今天可不可以不要出去?”林楠一下楼秋和就紧跟在他身后，想劝他别出去。

“不行，今天公司有个重要会议，我必须去。”

“可是……”

“怎么了?”林楠停下脚步，奇怪地看着秋和。

“呃，反正，您最好就是，别出去了。”

秋和害怕真的会发生可怕的事情，但又不能告诉他星和的复仇预谋，左右为难。

林楠看她支支吾吾，说不出个所以然，只当她是小孩子发傻，没在意她的话，照常出门去了公司。

眼看无法阻止林楠，秋和内心七上八下的，急得像热锅上的蚂蚁。

青姨，只有青姨才能化解这一切了。

想到这，秋和火急火燎来到疗养院。

第二十九章　青姨日记

病房里，青姨坐在床上看着什么。

“青姨。”

听到秋和叫她，萧青回头冲秋和微微一笑，又低头继续看。

“阿姨，您在看什么呢?”秋和焦虑不已，但看到星和妈妈的表情，又不禁犹豫如何开口。

“日记啊。”

青姨神态安详，低着头在看着什么，仿佛沉浸在另一个世界里，对现实的烦忧一无所知。

秋和突然感到犹豫，不知道去破坏这份宁静，把她卷入俗世的烦恼中，对青姨是不是有些残忍。她安静地在一旁坐着，内心却翻江倒海，星和仇怨的眼神一次次在她眼前闪过，“血债血还”几个字在她脑海里激起各种血腥的想象。在极度恐惧和不安中她终于还是开了口。

“阿姨，有件事，得和您说。您得劝劝星和，不然他要做傻事了。”

“星和怎么了?”

“星和要找林楠复仇。”

“为什么?”

“阿姨，您什么都不记得了吗？林楠，他是不是害死了星和的爸爸?”秋和坐上前，紧盯着青姨问。

青姨这才把头抬起来，神色有些慌张，好像在努力回忆着什么，突然双手捂着脑袋，表情痛苦万分。

“阿姨，您没事吧?”秋和担心道。

青姨忽然双目圆瞪，双手抓住秋和，嘴里喊着“狐狸精，狐狸精”!

秋和这才意识到自己又刺激到青姨了，眼见情况失控，不得不喊人帮忙。医护人员来到，秋和才得以挣脱。

青姨在医护人员的安抚下渐渐安静下来，躺到床上休息。

秋和送医护人员出门时问：“医生，您有没有见星和来上班啊?”

“没有，他这段时间经常请假。”

听到这秋和更担心了，想必他是去实施他的复仇计划了。

“阿姨，您休息会吧。”

“不，我还要看日记。秋和，你念给我听吧?阿姨眼睛累了。”

秋和急着想去阻止星和，刚想拒绝，可转念一想或许日记里藏有秘密，说不定可以化解星和的仇恨，于是回到青姨身边说：“阿姨，那您躺着，我念给您听。”

1982 年 2 月 12 日

今天，我们的小儿子出生了。他好像上天赐给我们的礼物。我们给他起名叫星和，希望他的人生如星璀璨，又清静平和。

星和的名字这么好听，原来还有这么好的寓意。

……

从青姨和星和爸爸相恋到结婚，秋和读到许多幸福，许多甜蜜。青姨听着听着就睡着了。

秋和迅速往后浏览，寻找有用的信息。

1992 年 5 月 30 日

今天是个痛苦的日子。我发现他背叛了我，背叛了我们的誓言。我从未感到如此的痛苦。恨折磨着我，让我每分每秒难以呼吸，胸口像被大石头压着。我要做点什么。我要报复。他会后悔的。他也会像我一般痛苦。他也会尝到背叛的滋味，而且更痛苦百倍。

1992 年 6 月 1 日

他的好朋友，林楠，已经答应帮我演一场戏了。

我既痛苦又兴奋。

我真想看看他看到我在另一个男人怀里时的表情。

我是不是病了?

可是我真的好痛苦。

我停不下来。

……

1992 年 6 月 2 日

一切都太晚了。所有的恨都变得没有意义。

我恨我自己。我把他毁了，把我们的幸福都毁了。

如果当初我能宽容一些，给彼此一个机会，或许我们还能拥有幸福。

可如今，我已经亲手埋葬了这个机会。

我无法入睡。生活已经没有任何色彩……

……

秋和把日记收进包里，十万火急赶到菊花巷。

但是星和已经离开了。

桌上，放着一封信，上面写着：秋和亲启。

秋和迅速打开，里面只写了两行字：

我走了。这是一条毁灭之路，所以我不要你陪伴。

你是我心中永远的公主。

星和

2009. 6. 1

毁灭之路？星和是选择了要玉石俱焚么？

滴滴……

秋和听到类似 QQ 信息提示的声音，发现原来电脑还开着。她动了动鼠标，屏幕上显示着一张三维地图，搜索的内容是从这里到 CBD 的驾车路线。星和已经去 CBD 找林楠?

星和是临时决定要去那里的吗？秋和有些疑惑。如果他的复仇那么坚定，那他的计划也未免疏漏百出。可转念一想，她反而感到欣慰。这说明星和是个善良的人，他从来没有真正实施过复仇，也从来不会策划什么周详的阴谋。只是父亲的去世让他过度悲伤，才积累了这些仇怨。

但无论如何，目前最要紧的还是先找到星和。

她试着拨打星和的号码，但如她所忧，他并没有接。

接着她拨给林小语。

“林小语，你爸爸去哪里了？”

“我们刚开完会，还在公司，怎么了？”

“那你陪着你爸，让他小心点。”

“到底怎么了？从一早你就莫名其妙的，还不让我爸上班。怎么回事啊？”

“我没法和你细说了。我现在就打的过来。你们一会就下来和我会合。别说是我说的，你就编个别的理由，好吗？”

“好好，都听你的。”林小语在那头开心地笑着答应，沉浸在要见心上人的喜悦里。

秋和想的是，只要自己和林楠在一起，相信星和就不会有什么行动。

可是她还是想维护星和，不愿告诉林小语真相。

第三十章　因为爱情

秋和来到CBD，林小语早已在门外等她，可林楠却不见踪影。

“你爸呢？”

“刚才下楼的时候，他接了个电话，说有事就走了。”

“去哪了？”

“他是按电梯到负一层，大概是去停车场了。”

“快带我去！”秋和语气急切，就怕晚了一步。

来到停车场时，二人看到林楠在四处张望，似乎在等待什么人。

“爸！”

林楠回头瞬间一辆小车朝他飞快驶来。

他还没反应过来，秋和已经把他推开挡在他前面。

“秋和！小心！”

车上传来星和急促的叫喊，可秋和却听不见了。

混乱的声音在一阵急刹车后戛然而止。

秋和躺倒在地，手里紧紧攥着那本日记。

林楠毫发无伤地站在原地，惊出一身冷汗，如果不是刚才这个女孩冲过来挡在自己面前，大概现在躺在地上的就是自己了。

“秋和!”林小语看着突发的一切，完全惊呆了。

星和从车上冲下来，伏在秋和身上失声痛哭。

“秋和，你怎么那么傻。”

“星和！你放开她！你这个凶手，你撞死秋和了!”

林小语挥起拳头冲星和又捶又打，像小孩般号啕大哭起来。

星和任他打骂，像木头般跪在秋和身边。

林楠大吼道：“别打了，快送医院!”

二人这才清醒过来，立刻合力把秋和抬进车里，往最近的医院赶去。

急救室外，星和不停往墙上砸拳头，手都出血了也未察觉，只希望身上的疼痛可以减缓一下心中的痛苦。

秋和，你快醒来，只要你醒来，我就再也不去想什么复仇了，我只要和你开开心心在一起生活。

星和双手抱着头，痛苦悔恨。

“怎么会？我怎么会撞到秋和?”

林楠在一旁安慰道：“别难过，她会好过来的。”

“为什么？为什么躺在里面的人不是你，而是秋和?”星和愤懑地质问林楠。

“星和！你什么意思？你居然诅咒我爸!”林小语上前怒问。

林楠拦住林小语，说：“小语，你先出去一下，我有些话要和星和说。”

林小语看着星和，犹豫了一下。

“放心，爸爸没事。你先出去。”林楠坚持道，林小语这才走开。

“是，他说的没错。我是诅咒你！你害死我爸爸，毁了我们一家。这十几年，我无时无刻不想着为爸爸报仇。”星和再抑制不住内心的仇怨。

“孩子，你如果还这么执迷不悟，那就辜负秋和姑娘的一番苦心了，为了让你放下仇恨，她宁愿伤害自己，难道你还不明白吗?”

林楠说着给他递过那本青皮日记。

“这是什么?”

“这是我在停车场捡回来的，是你妈妈写的日记。”

星和疑惑地看了看林楠，接过日记。

看完日记，星和在原地呆坐了许久。他合上日记本，又打开，又合上，反反复复翻看父亲出轨母亲报复的片段，始终难以相信那些文字是真的。

“爸爸怎么可能？为什么我妈从来不告诉我？我不信，这一定是你杜撰出来的。”

“如果你还不相信我，那等秋和醒来，亲自问她吧。”

“你走吧，我不想见到你。”

“秋和有什么需要帮忙的，请告诉我们。我会让小语留下来帮忙的。”林楠说完便离开了。

过了许久抢救室门终于开了。

星和一个箭步冲上前询问情况。

“医生，她醒了吗?”

“目前还处在昏迷状态，不过，已经过了危险期。”

“这么说，她没有生命危险了?”

“应该不会有什么大碍，不过，病人受猛烈撞击，还得观察一段时间，才能确认脑部的情况。”

“您的意思是，还有危险?”

“凡是脑部受到撞击的，都要观察一段时间。耐心等待吧。”

星和听了踉踉跄跄回到凳子上，目光呆滞。发生的一切让他感觉像一个自己无法主宰的噩梦一般。

病房里。

星和坐在病床边，把秋和的手握在手里，默默祈祷。

“她会醒来的。就是为了你，她也会醒的。”林小语安慰道。

“是，一定会醒的。不然，我永远都不会原谅自己。”星和伤感地说。

“真羡慕你，她是真的很爱你，用自己的生命去守护你。和她比起来，我才发现，我从来没有好好爱过一个人。”林小语突然感慨道。

“她为了这爱，付出的代价太大了。我真恨我自己，我宁愿躺在这里的是我。”

“别自责了。你要有信心，要坚持，一定能把她唤醒的。”

“谢谢你，我会努力的。你不介意的话，我想单独和她待会儿，可以吗？”

“好。我想我也该回去看看我的爱人了。有事打给我。”

林小语从没像现在一样觉得秦丽是这个世界上和自己最亲近的人，从没像现在这样想要拥抱她，欣赏她在自己怀里甜蜜的表情，用心去感受自己一直忽视的幸福。

林小语回到家后几乎是跑着上楼的。

他喊着秦丽的名字，好像久别重逢的恋人一样亲切。

可是到处都没有秦丽的影子，直到他经过二楼秋和住那个小房间。

门开着。

秦丽在里面坐着，低着头。

“丽，你在这里做什么呢？”

他走到秦丽身边才发现她正在看一封信，脸上挂着泪痕。她面前摆着一个盒子。林小语认出来那是他的字迹。天啊，这个盒子是秋和留下来的。这些，是他给秋和的情书。可秦丽怎么竟发现了！在他决定全心全意爱她的时候，她怎么就发现了他和秋和的秘密？

他感到心痛。为自己而痛，也为秦丽感受到的痛而痛。可他却无能为力。

看着秦丽泪水涟涟的样子，林小语瘫软在一旁，眼神流露出绝望。

他没想到，当秘密被揭开时，他会是这样心痛。就在两天前，他还想着和秦丽摊牌。

可是现在他后悔极了，为什么不早一点把这些东西收好？为什么不去好好享受拥有的幸福，却荒唐地执着于不属于自己的爱呢？

“丽，对不起。”

他跪在秦丽面前，流着泪道歉。

“怎么了，怎么在这说傻话？你什么时候站在我身后的？”秦丽抬起头微笑着问他，她笑容中闪动的泪珠像珍珠般晶莹。林小语忍不住抱紧她，仿佛初吻般亲吻她柔软的唇。

“我是看着这些情书感动了。里面口口声声叫着的宝贝，日日夜夜的思念，就好像小说一样动人。你看这一句：我想你，就像乡愁一样。多诗意，多动人啊。”

林小语先是一阵紧张，慢慢地他想起来他写的那些情书都是没有称呼也没有署名才安心一些。

可是看到秦丽的眼泪他才第一次明白原来自己的多情有多大的摧毁力，假如秦丽知道真相，那岂不是会伤心欲绝？

“那样的热情或许是出于不真实的幻想。其实，我们的故事也很美，不是吗？”

“是，很美。”

林小语又俯下身亲吻他的妻子。

“对不起。其实，我……”

林小语正要忏悔时秦丽用亲吻阻止了他。她对他说：“什么都不要说，什么都不用说。”

“我爱你。”她在他耳边柔声说，“因为爱你，所以懂你。”

“我也会努力去爱你。”林小语说着忍不住也流下泪来。

第三十一章　宽容

病房里，星和守在秋和身边寸步不离。

她还在昏迷中，但表情安详，看起来像累坏了而熟睡的孩子。

秋和，还记得吗？你曾说想要我画一幅画给你。你希望我重拾画笔。其实，我已经为你画好了。你不想看看这幅画吗？上面有我们小时候常去的山林，漫山遍野的野花，黄色的蒲公英，粉红的稔花，还有你喜欢的白色栀子。最美的还不是这些，而是画中的女孩。你不想看看吗？秋和？

星和感到秋和手牵动了一下，他立刻按了呼叫。

病房外传来一阵密集的脚步声。

不是医生，而是秦士和华武夫妇。

“你是怎么开车的？怎么把我们秋和撞成这样？”秦士怒不可遏质地问。

华武夫妇眉头紧蹙，扫了他一眼，疼惜地看着躺在床上的秋和，什么也没说，但他们阴郁的沉默却像利剑一般让星和感到刺痛。

星和低声说：“求你们让我照顾秋和，直到她醒来。”

“你还好意思说照顾秋和？你伤她还不够吗？”秦士瞪着他，克制着握紧的拳头。

医生进来见状，提醒他们病人在休息，客气地请他们都出去。

“星和……”

众人正要离去，病床上一阵微弱的声音让大家都停下脚步，惊喜地转过身来。

“爸妈，秦爸爸。”

三人脸上的愁云立刻散去，阴暗的病房因为秋和的苏醒而充满阳光。

“秋和，谢天谢地，你终于醒了，吓死妈妈了。”华母喜极而泣。

“爸妈，秦爸爸，你们不要怪星和，好吗？是我去拦车，他来不及刹车才撞上的。”

“傻孩子，你为什么这么做？”

“因为我想和星和在一起。”

三位长辈一时不解，面面相觑。

星和突然跪在三人面前，说：“叔叔阿姨，伯父，都是我不好，秋和是为了阻止我去做傻事才拦车的。现在秋和醒了，你们把我交给警察吧！”

“你这年轻人，这么伤害我女儿，我不会这么轻易放过你的。”

秦士说着便拿出手机要打电话给公安局。

“秦爸爸，别打。每个人都有犯错的时候，仇恨和惩罚解决不了问题，爱和宽容才能拯救我们。我已经原谅您了，您就不能给星和一次机会吗？”

秋和一席话让在场的人都感动了。大家陷入沉思。

“秋和，你真的长大了，懂事了。”华武欣慰地笑道。

“爸妈，秦爸爸，那你们原谅星和了吗？”

三人相互交流了下眼神，都点了点头。

“星和，你过来。”秋和轻声呼唤，挣扎着想坐起来。

“秋和，你快躺下。”

“星和，你愿不愿意将功赎罪，以后都一直照顾我？”

“我愿意！”星和用力答应着，一个劲点头，唯恐显得不够真诚。

星和来到疗养院时，青姨正在翻箱倒柜地找什么东西。

“妈，您在找什么呢？”

“星和，快来帮妈妈找找，我的日记不见了。放哪里了？我要看日记，那是你爸爸送我的本子，你爸爸送妈妈的回忆。”

“妈，在这呢。”星和把手中的本子双手呈到母亲面前。

“原来在这，太好了。”青姨接过日记珍爱地抚着那微微泛黄的青皮。

“妈，这些年您受苦了。”

“孩子，你又要离开妈妈吗？你是不是又要走啊？”

“妈，今天儿子就是来接您出院的。我们回家。我再也不离开妈妈了。我会一直在您身边照顾您的。”

“嗯。妈妈听话，妈妈和星和回家。”

星和突然眼泪就掉了下来。

他低头擦掉泪水抬起头冲妈妈笑着说：“好！”

“秋和呢？秋和给我念日记。我们回家。”

星和现在才明白秋和为什么拿着青姨的日记去拦住他。

她知道如果自己撞了林楠，就是自寻毁灭。可是如果自己伤了她，她却不会怪自己。

原来她是这么爱我，那么一往情深，那么一如既往。

第二天，病房里又挤满了人。今天，秋和就要出院了。

秦丽和林小语是最后进来的。

“秋和，你怎么样？没事了吧？”秦丽还没开口，林小语就上前关切地问候，不自觉就把对秋和的关心流露无遗。

可秋和却迷茫地看着他，疑惑地望着秦丽，问：“姐姐，他是谁啊？”

秦丽听了很奇怪，不久前她还顾虑秋和会不会抢走林小语，没想到秋和居然会问自己这样一个问题。

“秋和，你真的不记得了？这是林小语，你姐夫啊。”

“哦，是吗？原来姐姐结婚了。太好了！”

说着她转向林小语说：“姐夫，你一定要对姐姐好哦，一心一意对姐姐，好吗？”

林小语凝视她片刻，眼圈突然红了。他曾对她说过：我要用一辈子来忘记你。当时她的回答是：我要用一辈子的时间记住你。

从离奇的相遇到虐心的伤害，终究她是忘了。但这又能怪谁呢？遗忘大概就是最好的结局吧。

众人无暇理会林小语的思绪，纷纷担忧起秋和来，一个个问秋和记不记得自己，结果发现秋和记得所有人，唯独不记得林小语。

林小语见状眼泪忍不住掉了下来。从雪中相遇开始，每一次交汇都深深印在他脑海里，可如今这些记忆就只有他记得了。只有一个人记得的记忆，还有意义么？

秦丽拿出纸巾给他擦掉泪水，什么也没说。

“对不起。谢谢。”林小语心里很想对秦丽这两句话，却说不出口，只是紧紧地抓着她的手。

秦丽微微一笑，说：“一切都会好起来的。”

后来，等大家散去星和和秋和单独相处时，星和还是忍不住好奇地问：“秋和，你真的不记得林小语了？”

“不记得了。怎么，我应该记得他吗？”秋和笑问。

“哦，不。那你不会把我也忘了吧？”星和有些担心地问。

“当然没有。我还记得小时候你说要给我穿上玻璃鞋，让我成为你的公主。”

星和单膝下跪，从口袋取出一个淡绿色的盒子，盒子啪的打开，一枚闪闪的钻戒呈现在秋和面前。

“那你愿意成为我的公主吗？”星和真诚地说，声音因为紧张而有些颤抖。

秋和幸福地伸出手：“我愿意！”

一年后。

秋和边工作边写作，经过一年的努力终于出了第一部小说。

林小语惊讶地发现，书中有一段雪中相遇的描写，竟然和他们的初遇惊人的相似。

“每一场相遇总有无限种可能性。刚开始，我们都无法预料结局。有些人，我们注定要遗忘，有些故事，却永远定格在回忆里。”